红字

[美] 霍桑 著
黄水乞 译

The Scarlet Letter

江苏凤凰文艺出版社
JIANGSU PHOENIX LITERATURE AND ART PUBLISHING, LTD

目录
CONTENTS

译序

——霍桑与《红字》的文学技巧

纳撒尼尔·霍桑于一八〇四年的美国独立纪念日诞生于马萨诸塞州的塞勒姆镇。他的父亲和祖父都是船长。霍桑的祖先到塞勒姆已有两百年了，他们于一六〇三年跟随温思罗普总督来到美洲。霍桑两位美国著名的祖先（如“海关”一章中所描述的）是威廉和威廉的儿子约翰。威廉是教友派教徒的严苛的迫害者，而约翰则是一六九二年塞勒姆女巫案的三大判官之一。霍桑四岁时，他的父亲在一次漫长的航程中不幸遇难，于荷属圭亚那去世。穷困潦倒的母亲便将这个小家庭（包括她本人、纳撒尼尔及两个妹妹伊丽莎白和玛丽亚·路易莎）迁往塞勒姆的亲戚家。大约九岁那一年，他脚部受伤，不得不长期待在家里，于是他有时间博览群书，尤其是沃尔特·司各特、约翰·班扬和莎士比亚的著作。随着时光的流逝，霍桑成了缅因州雷蒙德市一位叔父家的常客，他在这儿尽情地享受户外生活。大约十四岁时，他举家迁居雷蒙德市。

这时，纳撒尼尔在塞勒姆的一位家庭教师的指导下准备赴考，并于一八二一年就读于缅因州布伦斯威克市的波多音学院，于一八二五年毕业。霍桑在这所学院的学业很一般，只是中等水平。有的评论家认为他在班上的这个成绩是具有象征意义的，说明他对“平常与正常”的挑战与嘲讽，也说明他有一种病态的心理谦让，以及越来越严重的自馁和自我埋没的心理倾向。霍桑是个英俊的小伙子，但他却拒绝参加班上的剪影活动。毕业前夕，他在给妹妹路易莎的信中这样写道：“我对这个问题思考了很久，最终的结论是我永远不会成为世界名人，我所希望或向往的一切就是与民众一道前进。”表面上这封信流露出他的反常心理和对个人的讥讽，实际上却反映了他内心对人生之梦的炽热追求。难怪他的一位朋友，民主党的忠实信徒西雷说：“我喜欢霍桑、钦佩霍桑，但我不了解霍桑。他生活在一个充满思想和想象而从不让我介入的神秘的世界里。”

毕业后，他返回塞勒姆老家，几乎将全部的时间都花在提高创作技巧上。一八二八年，他出版了小说《范肖》。这是一部描写他在波多音学院所见所闻的大学生活的小说。他认定自己在文学上最好的表达形式是故事（即我们所说的经典短篇小说）。在此期间，他写了许多短篇小说，其中有不少发表在杂志上或“纪念册”上（如圣诞节的赠阅本）。他花了十二年时间在塞勒姆的母亲家中写作。从一八二五年至一八三六年的这些岁月被一些评论家称为“孤独的十二年”，因为他大部分时间深居简出，交游甚少，孤独感一直是他内心的主流。

一八三六年，霍桑在《大西洋实用趣味知识杂志》任职，但因服务报酬极低或几乎无报酬，他很快便放弃了这项工作。第二年，他出版了第一部短篇小说集《重讲一遍的故事》。虽然此书获得好评，但他并没有获得他期望得到的稿酬。这时，他结识了索菲娅·皮博迪小姐——一位美国的伊丽莎白·巴雷特·白朗宁[①]式的人物。他们于一八三八年订婚。为了补充家庭

① 白朗宁（1806—1861），美国女诗人。

收入，霍桑从一八三九年至一八四〇年在波士顿海关当煤盐计量员。一八四一年，他在布鲁克农场住了半年。这是由超验主义俱乐部发起的一项集体工程，农场的成员计划一边共同参加体力劳动以求生存，一边进行艺术创作活动。霍桑后来根据这些素材创作了《福谷传奇》。一八四二年他与索菲娅·皮博迪结婚，婚后小两口迁往康科德的“古屋”居住。就在这一年，《重讲一遍的故事》第二卷出版，受到埃德加·爱伦坡[①]的高度赞扬。有三年半的时间，霍桑和他的妻子在康科德过着非常幸福的生活。尽管不富裕，但他们读书、写作、闲聊，享受人们羡慕的“美满生活”。他们喜欢他们的康科德邻居，尤其是拉尔夫·埃默森和亨利·索罗。一八四六年，霍桑生活中发生了三件大事：儿子朱利安诞生；出版了他在康科德创作的另一部短篇小说集《古屋青苔》；因发现生活拮据而接受待遇优厚的塞勒姆海关检查员的职位。一八四九年，美国辉格党上台，扎卡里·泰勒当选总统。根据“政党分赃制”[②]的原则，霍桑失去了这一职位，因为他是位忠诚的民主党员。他对此非常气愤，求助有影响力的朋友帮助他恢复这一职务。但他的一切努力都归于失败，于是他便定下心来完成《红字》的创作。此书他早在一八四七年就动笔了，但那时他不怎么上心。《红字》于一八五〇年出版，被众多的评论家们公认为最伟大的美国小说之一。同年，霍桑迁居马萨诸塞州的伦诺克斯镇，住在一幢“小红屋”里。他在这儿又写了另一部小说《七个山形墙的房子》。这是一部以塞勒姆为背景的关于邪恶的遗传后果的研究的书，出版于一八五一年。在伦诺克斯期间，他与赫尔曼·梅尔维尔过往甚密。梅尔维尔将自己的名作《白鲸》

① 爱伦坡（1809—1849），美国诗人、小说家及评论家。

② “政党分赃制”指美国将政党大选获胜后有权委派的官职视为战利品，以便分配给该党的有功之臣。

（1851年出版）题献给霍桑。一八五一年晚期，霍桑及家人（那时他已有三个孩子，即尤纳、朱利安和罗斯）到马萨诸塞州东部旅行，并待在西牛顿过冬。他在这儿写了四部长篇小说中最不成功的一部——《福谷传奇》。《福谷传奇》是对他1841年在布鲁克农场试行的社会主义社会的研究。

一八五二年，霍桑在康科德购买了一幢名为“路边”的房子。他在这里为大学朋友富兰克林·皮尔斯撰写竞选总统传记。后来，民主党在竞选中获胜，皮尔斯当选为总统。为了对霍桑表示感谢，皮尔斯委任他为美国驻英格兰利物浦领事。自一八五三年至一八五七年，霍桑一家居住在英国。霍桑出色地履行了领事职责。他抽空游遍了不列颠诸岛的各个地区，以日记的形式记载了自己的所见所闻。这些日记后来以《英国笔记》为名发表。一八五八年至一八五九年，霍桑一家旅居意大利，尤其是罗马和佛罗伦萨。他在这儿广泛地搜集素材。这些材料后来有些以《意大利笔记》为名发表，有些则成了他最后一部完整的小说——《云石牧神》的背景材料。此书出版于1860年，是对善与恶，及对欧洲的美国人的详尽的研究。同年，霍桑返回美国，在康科德安家。他的健康状况开始衰退，创作能力开始衰竭，尽管他还能将一些英国日记融合于书名为《我们的老家》的一部关于英国的杂文集中。（霍桑的创作主要来源于三个方面：一是日记，二是阅读，三是自己虚构。）霍桑在晚年身体状况迅速恶化。一八六四年五月十九日，他在与他的朋友富兰克林·皮尔斯（前总统）前往新罕布什尔的白山的旅途中猝然去世，被安葬在马萨诸塞州康科德的睡谷公墓。

霍桑在世界文学史上一直占有非常重要的地位，因为他至少有两方面是现代西方文学的先驱：一是象征手法在小说创作中的应用，二是对人在精神上和道德上失常心理的分析。他在《红字》中非常娴熟地运用象征主义、浪漫主义、哥特式文体、心理冲突、间接法、舞台技巧等手法来表现主题。在这方面他是无与伦比的。

首先，霍桑在《红字》中运用了丰富的象征主义手法（通常以双关语的形式出现）。书名《红字》本身为此书定下基调。女主人公赫丝特胸前戴红字A，公开地表明她犯了清教的“第七戒”通奸罪，是奸妇、淫妇。然而，读者最终会发现，A不仅仅代表“Adulteress”（奸妇），而且也代表“Ab1e”（能干）、“Angel”（天使），在赫丝特女儿珀尔眼中，A则代表着她家中缺少的那部分——她的父亲“Arthur”（亚瑟）。第一章末尾的玫瑰花是一种象征，它象征着自然对人是仁慈的，尽管人待人并不仁慈。绞刑台是清教的司法或执法的象征。衣着考究的贝林厄姆总督是整个殖民地的领导和权力的象征。“leech”这个古语意为“医生”，但是霍桑巧妙地选择它，因为它是个双关语，通常的词意是“吸血鬼”，用它来描述奇林沃思与丁梅斯代尔之间的关系真是恰如其分。打扮得花枝招展的珀尔，是赫丝特罪行的活的象征。珀尔这名字也是双关语，意为以极大的代价购买来的珠宝。丁梅斯代尔胸前那“红色小标志”（A字形未愈的伤口）象征着这位不幸的牧师的悔恨与良知。对他来说，天空中“A”字形的红色流星象征着通奸的行为。对全体教徒来说，丁梅斯代尔则代表人间的一切美德。另一方面，希宾斯老夫人却是与森林里可怕的魔鬼有关的一切陌生魔法的象征。

《红字》中运用的浪漫主义文学手法是霍桑独特的一种艺术手法。当然，霍桑融合代表浪漫主义的某些通常的办法，如冒险的行动、英雄人物或独特的背景等。他甚至涉及某些日常生活中被认为非常遥远的神秘的事件、场面和思想。在《红字》中，他降低了所谓浪漫的、独特的衬托场景的重要性，却寻求创作能揭示“人的内心世界”的严肃主题，而不仅仅创作那在时间、地点或思想方面非常遥远的小说而已。然后，他选择稍微远离公路的地方作为故事的背景。这样，他想象中的人物在这儿可以自由自在地扮演各自的角色而不必过多地与真人真事相比较。霍桑不愿小说中的人物和行动与具体的真人真事相混淆。然后，他选择实际存在的人物，并将这些人物掺入想象中的虚构人物。选择好背景和人物之后，他紧接着就描写他们，使他们成为真实与虚构的奇怪混合物，于是，这成了他的文学手法最显著的特征。《红字》是一部传奇小说，赫丝特以爱情和情欲为基础的私通可以被认为是浪漫的，而虚伪和报复则是严肃的主题。人的内心世界得到探索，良知和悔恨是值得思考的严肃问题。《红字》的背景——十七世纪的波士顿和绞刑台，是读者所陌生的。人物是一种混合体，既来自现实生活中的真人（如贝林厄姆总督和约翰·威尔逊牧师），又来自作者的想象（如小说中的四个主要人物：赫丝特·普林、亚瑟·丁梅斯代尔、罗杰·奇林沃思和小珀尔）。作者所运用的“气氛手法”（即“明暗对照法”）是非常有效的。第一个绞刑台场景发生在中午灿烂的阳光下（赫丝特被大家看得一清二楚）。第二个绞刑台场景发生在夜里（黑暗中人们见不到丁梅斯代尔握住赫丝特和珀尔的手）。第三个绞刑台场景发生在白天，人们可以清楚地看到牧师站在绞刑台上（丁梅斯代尔牧师在光天化日之下忏悔，承认一切）。读者由此可以注意到明与暗的道德含意——明揭示邪恶，暗掩盖罪恶和胆怯。明暗对照法的另一个方面是利用阳光。珀尔很开心，因为剧中她的周围常常充满阳光。可是，象征背离道德的赫丝特一到场，阳光就立即消失了。流星炫目的光照亮了和显现出夜里绞刑台上这对情人及他们的孩子的那幕景观。无数的镜子（如那套盔甲的反射的护胸甲及珀尔往里照的一摊摊水），都给《红字》浪漫的人物、行动和场景增添了丰富的和多层的意义。

霍桑在《红字》中继承了恐怖的哥特式创作手法。他对哥特式小说文体所运用的许多艺术手法非常感兴趣。这些手法细分起来，大致可归纳为如下几种：（1）手稿。作者试图让读者相信故事来源于某一文献，令人觉得神秘兮兮的，如“海关”一章所描述的检查员皮尤那用一块破红布扎成A形的“一小卷失去光泽的文件”。（2）有着会闹鬼的楼梯的阴森凄凉的城堡（暗示赫丝特的黑牢房和贝林厄姆总督精心装饰的官邸）。（3）罪行（如赫丝特的通奸，这是按清教徒的法律可判处死刑的罪行）。（4）宗教（其代表人物是清教徒牧师；亚瑟·丁梅斯代尔牧师、约翰·威尔逊牧师及埃利奥特使徒）。（5）意大利人（其在哥特式小说中被描述为面目微黑的无法无天的人）。他们在《红字》中的代表人物是那一群相貌粗野、身穿奇装异服、精力充沛的来自拉丁美洲大陆的水手。（6）缺陷（如罗杰·奇林沃思的肩膀一边高一边低）。（7）鬼魂（如亚瑟·丁梅斯代尔彻夜不眠时在镜子里看到的“恶魔似的幽灵”）。（8）魔法（由希宾斯夫人暗示出来——当她谈及森林的魔鬼时，希宾斯夫人后来被作为巫婆处死）。（9）自然（利用自然现象，如天空中的红字，丁梅斯代尔看见表示“通奸”的A字）。（10）穿盔戴甲的骑士和警察（如贝林厄姆总督官邸里那套盔甲的护胸甲和盔构成的“镜子”，以及“新英格兰假日”期间那群穿戴整齐、伴着音乐行进的士兵队伍）。（11）艺术品（例如丁梅斯代尔公寓有关大卫、巴思谢巴和预言家内森的象征性的《圣经》挂毯）。（12）血（如丁梅斯代尔胸部未治愈的令人毛骨悚然的“红色标志”）。描写人物的心理冲突是霍桑在《红字》中运用的又一文学技巧。霍桑不像许多小说家那样，光描述表层的细节，而是深入一步地分析人物内心的紧张心理。伪君子丁梅斯代尔在脑海中不断地回忆自己的罪行时，其内心就充满着悔恨，敏感的良知迫使他半夜起来，彻夜不眠。当奇林沃思开始对丁梅斯代尔实行心理报复时，自己便变成了“魔鬼”。而赫丝特表面上屈从于清教徒的压力，内心却在继续思考着世界上妇女的地位问题。

间接法是霍桑在《红字》中运用的另一艺术手法。他常常不把问题的正确答案告诉读者，只是提供多种解决办法——提供多项选择，让读者自己去寻找正确答案。例如在《红字》最后一章（第二十四章），他对丁梅斯代尔胸部的“红色标志”做出多种解释。三种理论暗示为什么那儿会出现“红色标志”——其中一种理论解释牧师的胸部根本就没有什么红色标志。

霍桑借用英国伟大的传奇作家司各特的专门技巧主要有三方面，一是“陌生的”人物出现于故事中，并促使情节复杂化。这种方法有助于制造悬念，使故事神秘化，尽管最后“陌生人”的面纱还是被揭开了。《红字》中的“陌生人”就是奇林沃思。读者在小说中很早就知道他是赫丝特的丈夫普林大夫，然而丁梅斯代尔根本不知道。二是霍桑偶尔采用的小人物漫画式的手法。希宾斯夫人以她考究的服饰并不时地提及森林的魔鬼，就是一幅刻画得很好的漫画。三是利用大规模精心策划的场景，如第一个绞刑台场景、“新英格兰假日”活动和第三个绞刑台场景。

最后，霍桑在《红字》中还善于运用舞台技巧。人们常常见到动作仿佛被置于戏剧舞台的中央，观众（读者）的目光老是盯着这一点发生的动作，耳朵聚精会神地倾听这儿的所有对白。譬如苦行赎罪中的赫丝特站在绞刑台上，成了观众注目的焦点。人群中抨击她的女人们不友好地注视着她；“陌生人”好奇地望着她；贝林厄姆总督、威尔逊牧师、丁梅斯代尔牧师等全都盯着她。赫丝特是个静止的人物，围绕着她发生了一系列的行动。此外，戏剧性的登场在舞台上是很重要的。虽然第一章很简短，但它为赫丝特在第二章的登场制造舆论。第三章接近尾声时，在丁梅斯代尔要求赫丝特说出情人的姓名之后，他担任了“旁白”。赫丝特拒绝供出珀尔的父亲的名字，于是松了一口气的牧师（丁梅斯代尔）低声地说道：“她不肯讲！一颗女人的心的神奇的力量与慷慨！她不肯讲！”而观众——读者却收到了透露秘密的戏剧陈述的全部效果，可是其他“演员”——阳台上的官员和它下面的人群却没有听见。

正是由于霍桑继承、借鉴和发展了前辈的文学理论，熟练地运用上述种种文学创作技巧（还不是《红字》运用的全部技巧），同时，作者在长期的创作实践中逐渐地形成了自己独特的审美观和创作风格，这使《红字》赢得了很高的声誉，尽管经济收入微不足道。《红字》自一八五〇年问世以来，一直受到权威评论家们的一致好评，他们盛赞它是霍桑的“代表作”，是“美国文学史上最伟大的小说之一”，更有人称它为“清教徒的《浮士德》”。

同时，它还赢得了美国读书界的热烈反响。《红字》是公认的第一部从美国本身的社会历史条件下产生的，并带有这种条件下形成的特殊思想文化烙印，散发着浓郁的美国乡土气息的小说杰作，也是第一部跨出国界、赢得世界声誉的美国文学名著。一百多年来，《红字》始终受到世界各国文学爱好者的广泛喜爱，已成为深受广大读者欢迎的世界文学名著。

黄水乞

于厦门大学

1994.11.2

作者第二版序[1]

让作者大为诧异（如果他可以这么说而不致引起新的冒犯的话）并颇感兴味的是，他的有关海关的生活速写——《红字》的导言——竟然在他周围体面的社区中，立即激起了前所未有的轩然大波。诚然，倘若他放一把火将海关给烧了，再以某位令人肃然起敬的社会名流的鲜血，来扑灭还冒着一缕缕青烟的最后余烬——想必他对其怀有特殊的恶意——那么，其反应也不可能比这更加强烈了。鉴于公众的非难使作者的心情非常沉重，如果他意识到自己是该遭此非难的话，请允许作者重申：他已经把导言重新细细地读过，旨在修改或删去任何不妥之处，同时，对自己横遭指责的种种令人不愉快的事件竭力予以补偿。然而，在他看来，导言唯一显著的特征是，他以直率和真诚的心境，以及普遍感到的精确性，来传递其中所刻画的人物的真实印象。至于个人的或政治上的敌意，或任何仇视，他断然否认有此动机。也许，导言可以被全部略去。这既无损于读者大众，也无损于此书。可是，既然作者已经写出来了，他以为，即使精神再好，心境再

① 《红字》虽然正文是第一版的，但为了历史性的意义还是加上霍桑的第二版序。

佳，而且，就他的才能所及，对事实真相的体会再深，他也写不出这样的导言了。因此，作者非一字不改地再版他的导言不可。

1850年3月30日

于塞勒姆

海关
——《红字》导言

虽然，我向来不愿意在炉火旁向我个人的朋友过多地谈论自己或自己的事，但是在和读者交谈时，我一生中竟有过两次写自传的冲动，这实在有点不可思议。第一次发生在三四年前，那时，我正给读者描述自己在一幢极其幽静的古屋里的生活情景——对此，无论是宽容的读者还是冒昧的作者都想象得出，这是不可原谅的，也是毫无道理的。这一次实在是造化，由于我非常荣幸地在上述场合找到了一两位听众，因此我再次拖住读者大众，谈起我在海关的三年经历，并且忠实地仿效著名的“教区牧师——本教区执事”的榜样。然而，事实似乎是：当作者将自己的整部作品抛向人间时，作者并不是对会将书扔到一边或将之束之高阁的多数人叙述，而是对能理解他的少数读者讲述——这些人比作者大多数的同窗学友和终生的伴侣都更了解作者。确实，有些作者远不只是叙述而已。他们随心所欲地揭示内心深处的隐秘，甚至可以适当地专门向完全富有同情心的人讲述；仿佛随意问世的这部出版物一定可以找出作者自己天性的各个分离的部分，同时将他与这些分离的部分彼此沟通，而使他的生活范围完整无缺。然而，即使我们不针对个人地将一切都抖出来，那也有失礼仪。但是，由于思想僵化，表达迟钝，除非讲述者与他的听众的关系确实非同一般——想象那是一位仁慈谦和、善解人意的朋友（虽然不是最亲密的朋友）正在恭听我们的谈话，这也许是可以被原谅的，这时，由于天生的缄默为这一友好的意识所缓和，我们可以就我们周围的情况，甚至就我们自身的情况进行畅谈，但是我们仍然会把内心最深处的自己隐藏于面纱之后。我认为，这种谈话在这种程度上和在这些范围内可以是自传式的，不至于侵犯读者的权利和自己的权利。

同样，人们可以看出，海关导言具有文学上向来公认的某种行为规范：它说明了我如何拥有下列大部分材料，并为此中所叙述的故事的真实性提供了证据。事实上，这仅仅是一种愿望，一种使我自己处于编者的真正的地位的愿望，或仅仅是构成此书的故事之中最冗长那部分的编者的真正地位的愿望——这一愿望，没有别的，正是我认定与读者大众有着私人交情的真正理由。为了达到这一主要目的，我假如通过额外地添加几笔，轻描淡写地描述迄今尚未描述过的一种生活方式，以及在其中生活的一些人物——作者又恰好是他们当中的一员，看来这是被容许的。

半个世纪以前，也即年迈的德比王年代，在我的塞勒姆老家有一个繁忙的码头——不过如今码头被颓败的木头仓库充塞着，也许，除了死气沉沉的码头中央正在卸兽皮的一条三桅帆船或方帆双桅船，或者较近处一条新斯科舍的纵帆船正在卸木柴外，它有很少或几乎没有商业生活的气息——我是说，这座现已破烂不堪的码头的最前面，常常被涨满的潮水所淹没，沿着码头，在那排建筑物的基底和背后，在路边不繁茂的草丛中，可以见到漫长的怠倦岁月留下的踪迹。这儿坐落着一幢宽敞的砖砌大厦。从建筑物前面的窗口可以望见眼前一派不太有生机的景象，以及对面的港湾大厦。每天上午整整三个半小时，挂在大厦屋顶最高点的共和国的国旗，或在微风中飘扬，或在风平浪静中低垂着，但是旗帜上的十三个条纹已不是横的而是垂直的了。这表明这儿已建立起一个文职的，而不是军人的山姆大叔[①]政权。大厦的正面是装饰着六根木柱的门廊。这些木柱子支撑着一个阳台，阳台下面是一段宽阔的花岗岩台阶，向下斜伸，直通街上。一个巨大的美国老鹰标本盘旋在大厦入口处。它展开着双翅，胸前护着盾牌，而且，倘若我没有记错的话，每一个鹰爪都抓着一把交叉的雷电和带刺的箭。由于它具有代表这一不祥的飞禽的特征——通常坏脾气的弱点，凭着它的凶神恶煞的鹰嘴和眼睛，以及好斗的姿态，它似乎在向与世无争的公众预示灾祸的来临，尤其警告所有的居民要注意自己的安全，不要贸然闯入它以双翼庇护的这座大厦。然而，尽管它看上去很凶猛，但是眼下许多人正在这只联邦老鹰的羽翼下寻求庇护。我想，他们一定以为它的胸脯如鸭绒枕头那样柔软、舒适，殊不知即便在它心情最佳的时候，它也并不温柔，而且，迟早，通常只会早不会晚，还可能会用它的利爪一抓，用钩状嘴一啄，将它的巢中的雏鸟甩掉，或者用带刺的箭给人造成疼痛不已的创伤。

上述这座大厦周围的人行道——我们还是马上把这幢大厦称为港口的海关为好——旁边的裂缝野草丛生。这表明近年来众多商人并没有在这条人行道上行走。然而，在一年中的某些月份，人们也常常碰到一个商务进展比较顺利的上午。这种场面可以使上了年纪的居民回想起与英国最后一仗之前[②]塞勒姆独自是个港口的那个时期，而不是像如今这样备受自己的商人和船主所蔑视。

---

① 山姆大叔，指美国政府或人民（被描绘成一个高而瘦的人，满脸胡须，身穿红、白、蓝色的燕尾服上衣和条子裤，头戴高顶帽。此名称源于1812年战争时期纽约州的Troy与Albany区）。

② 指英美之间1812年爆发的战争，交战双方于1814年签订和约。

这些商人和船主让自己的码头化为废墟，但他们的企业却继续发展——使大量的生意不必要且不知不觉地涌入纽约和波士顿。在这样的上午，每当三四条船碰巧同时驶进港口时——它们通常来自非洲和南美洲——或者船正要驶往那些地方时，人们便会听见频繁的脚步声轻快地、来来回回地从花岗岩台阶上传来。这里，在船长的妻子前来迎接他之前，你可以向刚进港口、腋下挟着装有船舶单证的已失去光泽的洋铁皮盒的船长打招呼。他的脸因海风的吹打而变得通红。他的船主也会在这里出现，他有时兴高采烈，有时愁眉苦脸，有时谦和有礼，有时怒气冲冲，这要看现在完成的航海计划是带来了很快能转手变成金币的商品，还是带来了没人光顾的滞销品而使他陷入无穷无尽的麻烦之类的情况而定。同样在这儿我们还会见到一个精明年轻的职员——一个将来也会额角爬满皱纹、胡子灰白、饱经忧患的商人。他正尝到了买卖的甜头，犹如狼崽尝到鲜血的滋味似的。他已经把商业投机送到船长的船上，其实这时他最好在水磨用的贮水池里驾驶模型船。现场中出现的另一个人物是那位走外轮，企图寻求他国护照的水手，或者那位刚抵达的、脸色苍白、身体虚弱、正寻找进医院的途径的水手。我们也不再忘掉从英国乡下为我们运来柴火的那些锈迹斑斑的小纵帆船的船长们；也不该忘记那伙相貌粗鲁的水手，他们没有美国佬机灵的外表，但他们却为我们衰退的贸易提供了一件举足轻重的商品。

将所有这些人与其他杂乱的各色人种汇集在一起——正如他们有时候那样，于是，一时间海关便出现了一个人声鼎沸的场面。然而在更多的情况下，一登上海关的台阶，你就会看到——如果在夏天则在入门处；如果在冬天或恶劣的天气，则在他们各自的房间里——一排德高望重的人物坐在老式的椅子里，这些椅子斜倚着的后椅腿紧靠在墙上。他们常常睡着了，但偶尔可以听到他们一块交谈的声音，其嗓门介于讲话声和鼾声之间，看那有气无力的样子，仿佛他们是济贫院的居住者，及其他一切靠救济、靠垄断劳动过日子的人，或是那些根本不靠自己的努力谋生的人。而这些老先生就是海关的关务员——他们像马太[①]一样端坐在收税所里，却不会像马太那样，动不动为了使徒的差事而从那儿被叫走。

此外，当你走进大门时，靠左边是一间大约十五平方英尺的极高的房间或办公室，其中的两扇拱形的窗俯瞰着上述那个破旧不堪的码头，第三扇窗子面朝一条狭窄的小巷，并可以看到德比街的一部分。从任三扇窗子都瞧得到杂货商、滑车制造商、卖廉价成衣的商人和船具商人等开的店铺。在这些店门口，通常可以看见一群群谈笑风生的老练的水手，以及一些老是出没在海港码头一带的盗贼。这房间本身布满了蜘蛛网，并因陈年的油漆而失去了光泽；地板上撒满灰暗的沙子——这在其他地方早已经过时了。总之从这个地方的邋遢劲，人们不难得出结论：这是一个连女性，以及她手中富于魔力的工具——扫帚和拖把——都很少光顾的圣堂。至于家具，里面有一只带着大烟囱的炉子，一张陈旧的松木书桌，旁边有一张三只腿的凳子；两三张破旧不堪、摇摇晃晃的带木坐垫的椅子；还有，别忘了那个藏书室，在一些书架上放着三四十卷的《国会法案》和一部大部头的《税务法汇编》。一根锡管直穿天花板，构成了这房间与大厦其他部分口头传话的媒介。就在这里，大约六个月前——曾有一个人或者从这个角落走到另一个角落，或者一只肘部撑在书桌上，身子懒洋洋地靠坐在那条长腿的板凳上，眼睛上上下下地浏览晨报的专栏——尊敬的读者，你也许会认得欢迎你到他欢快的小书房的这个人。在这里，阳光透过古屋西边的柳枝，发

① 马太，基督教《圣经》中的人物，原为罗马帝国的税吏。

出微弱怡人的光。而如今，倘若你再到那儿去找他，要找到这位身为民主党党员的检查员，那简直是徒劳无功！改良的铁扫帚已经将他扫地出门，一位更可敬的继任者摆出他的威严，正将薪水装进自己的腰包。

尽管在我的童年和长大成人的岁月里，我常常远居他乡，但塞勒姆这座古镇，我的家乡，现在支配着或者过去也确实支配着我的情感。然而在我实际在此居住期间，我从未认识到这种情感的力量。不错，就它的物质方面而论，家乡的地面是平坦的、千篇一律的，其上主要盖着一些木头房子，能称得上建筑上的美的房屋寥若晨星——参差不齐，错落不一，既不别致，也不古雅，只有平淡乏味——死气沉沉的长街萎靡不振地穿过整个半岛。街的一端是加罗斯山和纽吉尼镇，在街的另一端可以看到济贫院——这就是我家乡的地理特征。它就像一副混乱不堪的棋盘，要说你对这副棋盘怀有深厚的情感，那也在情理之中。然而，虽然我在其他地方总是最快乐的，可是我内心深处对古老的塞勒姆却怀有一种感受力。在缺乏恰切的词汇来表达的情况下，我倒愿意称它为“爱”。这种情感很可能归因于我的家庭在这块土地上深深扎下的老根。自从我的姓氏最早的移民——原先的英国人——出现在这荒无人烟的、森林环绕的村落以来，已经将近二百二十五年了。村落后来已经发展成了这座城镇。在这块土地上，他的后代就在这儿降生、死亡，并且已将他们世俗的物质与这块土地交融在一起，一直到有相当一部分土地肯定其与人类的身躯有了血肉关系，我也短暂地以这身躯走在这些街上。因此，在某种程度上，我所提及的情感，只是尘土对尘土的感觉上的共鸣。我的同胞几乎没有什么人知道这种情感为何物。由于频繁的移植也许对血统的发展有利，因此他们也不必知道这种情感究竟是什么东西。

然而这种情感同样有其道德素质。远从我能记事起，家族传说所赋予第一个祖先暗淡朦胧，但又威武高大的形象，便出现在我幼年稚气的想象里。如今，它仍然萦绕着我，并产生出一种怀旧的深切情感。我声称，这种情感与目前城镇的现状几乎没有什么联系。看来我有权强烈地要求在此居住，因为有这么一个威严的、胡子拉碴的、身穿黑貂斗篷、头戴尖顶帽的祖先——他带着《圣经》和宝剑，那么早就到了这儿，如此威风凛凛地在没有人涉足的大街上行走，并树立起这么高大的形象——成为经历过战争与和平的顶天立地的男子汉——这是我所望尘莫及的，我的名字别人很少听过；我的面孔别人几乎不认识。而他却是个战士，是个立法者，也是个法官，他更是教会的统治者，他具有清教徒善与恶的一切特点。他同样也是一个残酷的迫害者，正如那些教友派教徒所证明的。他们在历史记载中，也提到了他。他们讲述他残忍地迫害他们教友派的一名妇女的事件，虽然他一生有过举不胜举的丰功伟绩，但这件事恐怕会比他所有业绩的任何记载更久远地流传。他的儿子也承袭了他的这种迫害的禀性，使他自己在女巫们的殉难中[①]如此惹人注目，以致可以公道地说，她们的鲜血已在他的身上留下了斑斑血迹。确实，这点血渍渗得如此之深，以致他那被埋入查特街的墓地里的那把干枯的老骨头，如果还没有碎成粉末的话，想必上面的血痕还保留着！我不知道我的这些祖先们是否考虑过忏悔，请求上帝饶恕他们犯下的过错；或者他们在另一个世界里，正在这些过错所造成的严重后果的折磨下呻吟。无论如何，我，本文的作者，作为他们的后代，特此为了他们的缘故自甘蒙受耻辱，同时祈求上帝：由他们招惹来的任何诅咒——正如我已经听说过，也正如多少年来这个家族的沉闷、衰落的状况，都表明这种诅咒的存在——可以从现在起一笔

① 指1692年“塞勒姆女巫案”，当时有十九个人被处以死刑，其中主要是妇女。

勾销了。

然而无疑地，我的这两位严峻的、不苟言笑的清教徒祖先都会觉得：事隔这么多年，在我的家谱这棵上面长满许多古青苔的老树干上，竟然会在它的最高枝上，长出一个像我这么游手好闲的人，这正是对他们的种种罪孽的惩罚与报应。我所珍惜的生活目标，他们都不认为是值得称道的，对于我的成就——倘若在家族范围以外，我的成就也曾为我的生活增添了光彩的话——他们除了认为一钱不值外（如果不是肯定地认为我不会给家族增光的话），不会有别的考虑。“他是干什么的？”我的祖先的一个灰蒙蒙的幽灵向另一个幽灵嘀咕道。小说家！那能算是人生中的什么行当呢？在他的那个时代，那能算是什么赞美上帝的方式，或服务人类的方式？“哼，这个堕落的家伙还是去当二流子算了！”我的老祖宗们跨越时间的鸿沟互相就是这么问候的！不过，他们爱怎么瞧不起我就由他们去好了。他们倔强的性格特征已与我的性格特征交织在一起了。

由于这两位一本正经和精力充沛的祖先在这座城镇的初期和早期发展阶段便深深地扎下了根，这个家族从此在这儿生息、繁衍，而且总是体面地生活着。就我所知，家族的声名从未曾被某个不肖的子孙玷辱过。不过，另一方面，在前两代之后，则很少或几乎没什么人干过永垂青史的大事，甚至没有提出过引起公众注意的主张。渐渐地，他们几乎都销声匿迹了，犹如街道周围的几幢零零落落的旧房子快要被堆积的新土块埋到屋檐了。一百多年来，他们祖祖辈辈都从事航海的职业，每一代都有一个白发苍苍的船长从船的后甲板上告老还乡，回到祖传的住宅，而由一位十四岁的男孩继承祖业，接替水手的职位，面对带有咸味的狂风恶浪。这些狂风恶浪过去曾经吹袭拍打过他的祖祖辈辈。到了一定的时候，这个小男孩就从水手晋升为船长。他在度过了暴风骤雨般的成年期，周游了世界之后返回家乡，衰老，死去，遗骸被埋入故土。一个家族出生在同一个地方，被埋葬在同一个地点，和这块土地有了长期的联系，那么人类和区域之间就产生了“血缘关系”，这种关系完全不受任何人类周围的如画风景或道德环境的魅力所支配。这不是爱，而是本能。新的居民——他本人来自异邦，或他的父亲或祖父来自异邦——都没有资格被称为塞勒姆人。他们根本不懂得，一个老居民——第三个世纪正在悄然向他逼近——是怎么用牡蛎般的坚韧和顽强，执着地依恋着这块接连几代人被埋入的故土。尽管这个地方没有欢乐，他也厌倦了这些古老的木头房子，厌倦了这儿的泥浆和尘土，厌倦了毫无生气的位置和情感，厌倦了冷飕飕的东风，厌倦了如此冷漠的社会气氛，但这些都无关紧要——这一切以及他可以看得见或想象得出的其他毛病，都不是主要问题。这种魅力一直存在，而且强大无比，仿佛故土是人间天堂似的！我的情况亦然。我觉得我在塞勒姆安家几乎是命中注定的。这块土地上一直为人所熟悉的风俗和生活习惯——一个家族的代表人物不在人世了，另一个代表人物就会在他之后，采用同样的步调沿着大街行走——在我年轻的时候，在旧市镇上仍可以被看到和认出来。然而正是这一情感证明，这种已经变得很不健康的联系最终应该被切断。土豆如果一代又一代地被种植在同一块贫瘠的土壤中，是不会长得茂盛兴旺的。人类的本性也是如此。我的孩子都出生在别的地方，并且只要我还能掌握他们未来的命运，他们就都将扎根在陌生的土壤里。

走出古屋，正是出于对故乡的这种奇怪的、消极的和没有欢乐的眷恋之情，我才来到山姆大叔的砖砌大厦里供职，虽然我蛮可以或者最好到别的地方去求职。我在劫难逃，我已经不是第一次，也不是第二次逃脱了——仿佛我就要永远逃脱了——可是，就像那枚仍处于流通中的坏了的半便士一样，我又回来了，或者，好像塞勒姆对于我来说是无法规避的宇宙中心似的。因此，在一个晴朗的早晨，我口袋里揣着总统的委任书，登上那段花岗岩台阶，以海关稽查官的身份，被介绍给海关的那群先生们——他们将在我责任重大和任务繁重的任职期间协助我工作。

我很怀疑——或者换个说法，我一点也不怀疑——美国的公务员，无论是文职或是武官，都像我一样，指挥着这样一批德高望重的老族长。当我打量他们时，对于哪位是最老的居民，我心中马上就有数了。在这个时代之前的二十多年里，海关征收员的独立地位使塞勒姆海关置身于动荡变迁的政治旋涡之外。一旦被卷入这种旋涡，这一职位就岌岌可危了。有一个士兵——新英格兰最杰出的士兵，因为在作战时表现英勇而赢得了人们的尊敬。他一直在几任政府中任职，历届政府的英明和公正使他的地位得以稳固。因此，在许多面临危难和人心动摇的时刻，他一直是其部属的安全保障。米勒将军是一位激进的保守党人，他具有仁慈的天性，而且这种品性一般不会受到影响。他非常喜欢熟悉的面孔，但很不愿意进行变革，哪怕这种变革会毫无疑问地带来进步。因此，我一接管我的部门，就发现那里的人几乎都是老头。他们大多数是年迈的船长，在经历过各大洋的浪涛的颠簸和坚强地面对人生中的狂风暴雨之后，终于漂泊到这个风平浪静的角落。除了总统选举带来的周期性的恐惧之外，这里很少受到外界的打扰，可以说，他们每个人都在这个角落里获得了新生。虽然他们也免不了和他们的同胞一样会年老体衰，然而他们显然有不让死亡逼近的某种法宝。我确信他们当中有两三个人患有痛风病或风湿病，甚至卧床不起，一年中的大半年时间都不会在海关露面，但是，当死气沉沉的冬天过去之后，他们又会悄悄地走出来享受五六月份和煦的阳光，懒洋洋地着手干他们所谓的本职工作。然后他们在高兴和方便的时候，又再次卧榻不起了。有人指控我，说我缩短了不止一个可敬的共和国公仆——公务员的寿命。对于这种指控，我甘愿认罪。因为根据我的提议，他们被允许离开艰苦的工作去安心地休养。没过多久——仿佛他们唯一的生活原则一直是热心为国效劳似的，对于这点，我确实相信——他们便隐退到另一个更好的世界去了。正是因为我的干预，他们才有了足够多的时间对他们的邪恶和腐败行径进行忏悔，这对我来说是种莫大的安慰。事实上，据说每个海关关务员都会涉嫌营私舞弊，海关的前门和后门都没有通往天堂的道路。

我手下绝大多数的官员是辉格党党员。我这位新来的海关稽查官不是一名政客，而且，虽然我原则上是一名忠实的民主党党员，但我既不接受也不赞成任何政治服务。这对他们那种“神圣”的兄弟关系而言倒是幸运的。如果不是这样，而是把一个活跃的政客安插在这个有影响力的职位上，承担起抵制辉格党出身的海关征收员的任务——这是易如反掌的事，因为这个征收员病魔缠身，无法亲自主持工作——那么在这位赶尽杀绝的天使登上海关台阶的一个月之内，这群老家伙中就几乎没有一个人能够继续在这里待下去了。根据公认的准则，将那些白发苍苍的老头一个个地裁员，对一个政客而言这简直可以说是恪尽职守。显而易见，这些老家伙担心我会有此类鲁莽的举动，他们一看到我就露出一副惶恐的样子。那张饱经半个世纪风霜的布满深深的皱纹的面孔，一见到我这个绝无害人之心的人，就一下子变得神色黯淡了。有一两位在跟我讲话时，我能觉察出那战战兢兢的声音——而在往昔，这声音足以盖过扩音器，其声嘶力竭的程度也足以将北风之神[①]吓得不敢作声——看到这一切，我感到很痛心，同时

① 北风之神，希腊神话中的人物。

也感到好笑。他们这些杰出的老人也知道，根据常规，同时也考虑到他们当中的一些人被自己办事效率之低压得喘不过气来，他们应该把位子让给在政治上更正统，比他们更适合为我们共同的山姆大叔政府效劳的年轻人。我自己也明白这一点，但是我不忍心照此办理。因此，他们在我任职期间，继续在各码头走动，在海关大厦的台阶上上上下下。我自己的声誉因此丧失，也活该丧失，同时，作为公务员，我的良心也受到损害。于是他们照常花很多时间将椅子斜靠在墙上，在他们惯常待的角落里打盹。他们上午会醒来一两回，千遍万遍地讲着老掉牙的航海故事和发了霉的笑话，以此来互相烦扰。这些故事和笑话已成了他们之间的口令和暗号。

我想，他们很快就发现我这位新来的稽查官并没有伤害他们的想法，于是，他们的心情又轻松起来，并愉快地意识到自己还能派上用场——如果不是为了我们可爱的国家，至少也是为了他们自己——这些值得尊敬的老先生继续履行着各种公务职责。他们戴着眼镜，窥视着船舱口，一副精明的样子。尽管他们经常小题大做，但有时却很迟钝，让更重大的事从他们的指缝间漏过！每当发生这种不幸的事，譬如，当一货车贵重的商品在光天化日之下被走私上岸，并且毫无疑问就是从他们的眼皮底下溜掉的，那么，此时就什么也比不过他们的那份警惕性和机敏劲了。他们着手对这条导致他们失职的船只采取一切行动：上锁——上双锁，用胶布和火漆加固。这么一来，他们先前的疏忽没有受到指责，看样子似乎反倒需要颂扬他们在事故发生后表现出的值得称赞的谨慎了。在没有其他补救办法的时候，也得承认和感激他们所表现出的满腔热情。

除非有极其难打交道的人，否则对他们和颜悦色，便成为我愚蠢的习惯了。我的伙伴的性格中较好的一面——如果有较好的一面的话——通常会最先引起我的重视，并形成我借以认出其人的标志。由于这些年迈的海关官员大部分都具有良好的品性，也由于我待他们如父亲般的和具有保护性的态度有利于发展友好的感情，因此，我不久便喜欢上了他们每一个人。夏天的上午，酷热的天气令其他人汗流浃背，而给这些海关官员半麻痹的身体带来的则是宜人的温暖。每当此时，看到他们如往常一样把整排椅子都斜靠在墙上，在后入口处聊天，我都感到十分愉快。这时，冻结了的祖祖辈辈的俏皮话也都融化了，伴随着笑声从他们的口中汩汩地冒出来。从表面上看，老年人的欢乐与儿童的快乐有许多共同之处，才智也只是一种深刻的幽默感，几乎不能称为才智。这两者都具备了，那就是一束照射在物体表面的亮光，这种亮光在照射到绿色的树枝和腐朽的树干上时都将赋予其阳光和欢乐。然而，在一种情况下，它是真正的阳光；在另一种情况下，它更像是朽木上发出的磷光。

读者应当明白，将我这些杰出的老朋友全都描述为年迈老朽的样子是极不公正的。首先，我的助手并非全是年迈的老人，他们当中也不乏年富力强、才能出众、精力充沛的人，他们那种懒散的和依赖别人的生活方式，完全是不能人尽其才的厄运的结果。其次，老年人的白发有时被认为是维护得很好的智力宝库的茅屋顶。可是，对于我手下的这群老兵中的大多数人，如果我将他们描绘为一群令人生厌的老家伙，说他们没有从丰富的人生经验中收集到任何值得保存的东西，则一点也不冤枉他们。他们曾经多次有从实践中收获智慧的金谷的机会，可是他们似乎把这些宝贵的金谷都抛弃了，只是小心翼翼地将那些空谷壳贮藏在自己的记忆里。如今，他们讲起自己的早餐，或昨天的、今天的、明天的晚餐，比讲起四五十年前的船难以及他们在青年时期见过的一切世界奇观，兴趣更浓，也更津津有味。

这里的海关之父——不仅是这一小班海关官员的族长，而且，我敢说，也是全美国令人尊敬的海关工作人员中的元老——是一位终身检查员。他确实可以称为税务系统的嫡生子：他出身显贵，因为他的父亲——一位美国独立战争时期的上校，这个港口的前任征收员，为他创造了一个空缺，并在他小小年纪时（现在还健在的人几乎都不记得这个时间了）就委派他上任。这位检查员，在我第一次见他的时候，已经是一位八十岁的老人。当然，他很可能是你毕生要寻找的最奇妙的白珠树标本之一——红润的脸颊，结实的身体，身穿纽扣发亮的蓝上衣，迈着轻快有力的步伐，一副老当益壮的样子。总之，他看起来——虽然实际上已经不年轻了——就像是造物主新发明的一种人类外形，似乎年迈与疾病都与他无缘。他的声音和笑声不断地在海关回响，一点也没有一般老人发出的声音中的那种颤音和咯咯叫似的声音。它们从他的胸腔里发出，好像公鸡啼叫或号角长鸣。如果只是把他看作一只动物——其实也只能这样看待他——他是最令人满意的标杆：强健的体魄，在他那样的年龄仍可以享受他曾经希望或想象过的一切乐趣的能力。他在海关的生活无忧无虑、安安稳稳，有固定的收入，不必为丢饭碗而担心。这一切无疑有助于他轻松地打发日子。然而，根本的、更令人信服的原因，还在于他那罕见的、完善的动物本性，平凡的才智，以及微不足道的道德和精神成分的混合物。确实，后面的这些品质勉强使这位老先生免于用四肢爬行。他没有思维能力，没有感觉深度，没有令人苦恼的情感，简而言之，除了一些普通的本能外，他什么也没有。这些本能，加上得益于身体健康的那种开朗的性情，使他能令人尊敬地履行职责，并得到普遍认可。他曾经是三个妻子的丈夫——她们都早已过世。他又是许多孩子的父亲——他们当中的大多数也已在童年或成年后的不同年龄段归入尘土。人们也许会认为，这一定会引起足够的哀伤，为他那开朗的性格蒙上灰暗的色彩。然而，事实并不是这样！短短的一声叹息，就足以让他勇敢地面对这些忧伤的回忆和卸掉由此而来的全部重负。过了一会儿，他就会像一个穿开裆裤的小孩那样随意地开玩笑了——他比他的那个下级办事员还要爱开玩笑。这位办事员年仅十九岁，可是在他们二人当中，他反而比八十岁的检查员显得老成、庄重得多。

我想，与我观察其他任何人时相比，我观察和研究这位元老级的人物时的好奇心都更为强烈。他的确是个罕见的人物：从某一方面来看，他是如此完美；从所有其他方面来看，他是如此肤浅、虚妄、令人费解，又是一个如此无能的人。我得出的结论是，他没有灵魂，没有心灵，没有头脑，正如我已经说过的，除了本能外，他什么都没有。可是，他性格特征中的少数几种材料如此巧妙地组合在一起，以致他对任何缺陷都根本没有痛苦的感觉。但是，就我而言，我倒因为在他身上发现了这一切而有一种心满意足的感觉。他看起来如此世俗，如此易受感官乐趣的支配，因此要设想他今后会如何生活，也许是困难的——而且的确是困难的。然而毫无疑问，他活在这个世界上，直至他走完人生的最后旅程，也一直是被施予仁慈的。他和动物一样没有更高的道德责任感，可是却比动物享有更大范围的乐趣，同时又有动物所具有的那种天生的免疫力，从而免遭年老力衰所造成的忧郁和凄凉之苦。

他比他的那些“四条腿的兄弟”强的一点是，他回忆美味佳肴的能力很厉害。享用这些盛餐已成为他一生幸福的一个重要的组成部分。他的美食主义是一种令人愉悦的特质，他描述的烤肉就像腌黄瓜或牡蛎那样令人垂涎欲滴。由于他没有更高尚的品性，更由于他把全部的精力和才智都用于促进他的胃的快感，这不会牺牲和损害他的任何精神天赋，因此，听到他绘声绘色地谈论起鱼、家禽和鲜肉，以及最适宜的烹调它们的方法，我总是感到心花怒放和由衷的满意。他对好酒好菜的回忆，无论他实际参加宴席的日期有多久远，似乎都能使人们闻到烤猪肉或火鸡的香味。那些滋味在他的味觉上已足足停留了六七十年，但显然仍如他早餐刚咽下的羊排的滋味一样新鲜。我曾经听到他在说起过去的盛餐时发出咂嘴声。除了他之外，其他几位享用盛餐的人都早已作古了。想到昔日饭菜的鬼魂不断地在他面前出现，实在是妙极了。这些鬼魂既不生气，也不惩罚他，而是好像在感激他从前的品尝，试图重复一系列无穷无尽的乐趣——既虚幻又世俗的乐趣。一份牛腰部的嫩肉、一份小牛的后腿肉、一份猪排、一份味道独特的鸡肉或者一份特别值得称赞的火鸡肉等——它们在老亚当斯[①]时代也许曾为他的餐桌增色不少——都会被他牢牢记住。而我们民族后来的一切经历以及使他的个人经历增辉或黯然失色的一切事件，却如转瞬即逝的微风一样从他的身边一掠而过。据我判断，这个老头一生中的主要悲惨事件，是他与一只鹅的不幸相遇。这只鹅大约卒于二十或四十年前，它的“身段”长得极美，可是当人们把它端上餐桌时，它却被证明已老得如此“顽固不化”，以致切肉刀无法在它的身上留下痕迹，最后人们只有动用斧子和锯才能将它切开。

本来该是停止这篇速写的时候了，然而我还是很乐意继续做更长篇幅的详细叙述，因为在我认识的所有人当中，只有这个人是最适合当海关官员的。大多数人出于我因篇幅所限而不能暗示的种种原因，都会因为这种特别的生活方式而蒙受道德上的伤害，但这位老检查员是不会受到这种伤害的。即便他继续在职，直到永远，他也会像当初的他一样愉快，并以同当初一样好的胃

① 约翰·亚当斯（1735—1826），美国第二任总统（1797—1801任职）。

口坐下来用餐。

这里有一幅肖像，少了它，我的海关肖像的画廊便会很不完整，但是我那有限的观察机会，使我只能对其做提纲挈领似的描述，这就是我们勇敢的老将军——海关征收员的肖像。他在服役期间立下了显赫的战功，接着又管辖西部的一个未开发的地区。二十年前他来到这里，度过了他丰富多彩且无上光荣的一生中的晚年。这位勇敢的战士已经有七十岁左右了，他正在继续走完人间的最后旅程。他在余生中病魔缠身，即便回想他那激动人心的往事也无法减轻些许病痛。昔日冲锋陷阵时跑在队伍最前面的双脚如今已经麻木。现在，只有在仆人的搀扶下，同时自己用手吃力地扶着铁栏杆，他才有办法缓慢地、痛苦地登上海关的台阶，费力地在地板上挪动脚步，坐到壁炉旁边他平时坐惯的椅子里。他常常坐在那儿，样子带有几分迟钝和安详，注视着来来往往的人们。人们沙沙地翻阅文件、发誓、洽谈业务以及在办公室里漫不经心地闲聊，所有这些声音和情景似乎只能给他的感官留下模模糊糊的印象，而无法深入到他处于冥想中的内心。在平静中，他的表情是温柔的、慈祥的。如果他注意到了什么东西，他的脸上便会流露出一种礼貌的和感兴趣的神情。这证明他的内心深处还有光明存在，只是这盏理性之灯的外部介质阻隔了光线，使其照射不出来。你越深入他的思想实质，就越能感觉到他思想的健全。无论是讲话还是聆听，显然都会让他感到费劲，当再也没有人要他讲或听时，他的脸部表情会迅速地恢复到先前的怡然自得的平静状态。我看到这种神色并不会感到难过，因为尽管他看上去有些迟钝，但从他的表情上看不出衰弱的老年人的那种痴呆与愚笨。他那天生的坚强、有力的骨架，尚未彻底崩溃。

然而，在这么不利的条件下来观察和阐释他的性格，实在是太困难了，就像观察了一下旧堡垒——如提康德罗加堡的灰色的破碎的废墟，之后，凭借想象将它描绘并重新修建出来一样。也许，那些墙壁还基本完整，但是堡垒的其他地方却只有一堆堆不像样的土墩，因其自身的笨重、坚固而显得累赘，并由于天长日久的和平和荒废，上面早已杂草丛生。

然而，当我怀着深情来看待这位老战士时，我看出了他的肖像的主要特征。因为，尽管我们之间交往不深，但是我对他的感情如所有认识他的两足动物和四足动物对他的感情一样，称之为“深情”并没有不当之处。正因为他具有高尚的、英勇的品质——这样的品质表明他赢得了好名声并非只是出于偶然，而是理所当然的。我想，永远不能单凭某种不安的行动来描绘他的精神特征。在他一生中的任何时期，要启动他的精神，想必都需要某种冲动。一旦这种冲动被激发出来，不论是要克服重重障碍，还是要达到某一适当的目的，他都不会是那种半途而废、自甘失败的人。以前在他的天性里存在的那股热情——至今尚未熄灭——从来就不是火焰中闪烁的光，而是犹如熔炉里的铁条发出的深红的、灼热的光。沉静、稳重、坚定，这就是他处于安静的状态时的表情。虽然在我讲话中间，衰老已经过早地悄然向他逼近，但即使在这个时候，我也可以想象得到，他在意识深处一旦受到某种激励——一个足够响亮的号角声将他那尚未死亡、仅仅处于睡眠状态的全部精力激起——他依然能够像病人甩掉其病号服一样摆脱疾病，扔掉拐杖，紧握战剑，再次成为一名战士，驰骋疆场。而且，即使在如此紧张的时刻，他的举止仍然会那样镇定自若。然而，这样的表现只有在想象中才能再现，既不能期待，也不能希望。我在他身上所看到的——如古老的提康德罗加堡的牢不可破的壁垒那样明显（壁垒在前边已被用于最恰当的比喻）——是顽强的、巨大的耐力，这种耐力在他的早年时期完全可能达到了顽固的程度；是正直，像他的其他大部分天赋一样，这种品质存在于一个沉重的“矿体”中，就像一吨铁矿石一样不易冶炼和难以处理；更是仁慈，尽管他在指挥对齐帕威部族[1]的战斗或在伊利城堡与敌人展开肉搏战时是如此凶猛，但是我把他的仁慈看作他真正具有价值的品质，这种品质与这个时代所有爱争论的慈善家的仁慈之心完全一样。也许，他曾亲手杀过人——这些人纷纷倒下，就像一片片被大镰刀横扫过的草叶那样倒在地上。他的精神使他在冲锋陷阵时充满勇往直前的力量。尽管如此，他的内心并不残忍，就连蝴蝶翼上的绒毛他都不忍心拂去呢。我还从未认识一个比他更仁慈的人，能让我大胆求助。

在我遇到这位将军之前，他的许多性格特征——包括在一篇速写中所描述的那些与此相似的特征——想必已经消失或变模糊了。一切优雅的品性，通常都是转瞬即逝的。大自然也不会以新颖、艳丽的花朵来装饰人类的废墟——如同她在提康德罗加堡的废墟上播种的桂竹香的种子一样，这些花朵只能在残墙的裂缝和断壁的罅隙中扎根和吸收养分。但是，即使就优雅和美观而言，也有许多值得注意的方面。有时，一线幽默的光芒会穿过朦胧的、遮挡的帐幔，惬意地照射在我们的脸上。将军天生高雅的性格在他对鲜花和芳香的喜爱上表现出来。这一特征在已经过了童年和少年时期的成年男子的性格中是罕见的。一个年老的士兵似乎应该只珍视他头上的血染的桂冠，而他这个人却像个青春少女一样，具有对各种花卉的欣赏力。

这位勇敢的老将军习惯坐在壁炉旁，而那位稽查官却喜欢站在远处，观察老将军那平静的、近乎恹恹欲睡的脸部表情。如果能够避免的话，稽查官就尽量少跟老将军搭腔。虽然我们离这位将军只有几码远，但是他似乎离我们很远；虽然我们从他的椅

① 齐帕威部族，指北美印第安人（又叫奥吉韦印第安人）。

子旁边走过，但是他似乎与我们相隔甚远；虽然我们一伸手就可以触及他的手，但是他似乎是那样遥不可及。也许，与处于征收员办公室这个不合适的环境相比，他在自己的脑海里过着更真实的生活。阅兵场上的操演、战斗中的喧嚣、三十年前听到的古老的英雄乐曲——这样的场面和声响，也许还全部活跃在他的脑海中。同时，商人和船长、穿得整整齐齐的职员和粗野不堪的水手正在进进出出。这种商业和海关生活的喧闹声不断地在他周围低声回响，但这位将军似乎对这些人和事都置若罔闻。他犹如一柄如今已锈迹斑斑的旧剑，被放在副征收员书桌上的墨水台、文件夹和红木尺子当中，看上去是那样碍手碍脚。但是这把旧剑当年曾经在战场上闪闪发亮过，即使是现在，剑刃也还是明晃晃的。

有一件事能大大地帮助我还原和重现尼亚加拉河[①]前线的这位意志坚定的战士——一个真正具有活力的人，那就是回忆他说过的那些令人难忘的话："我会试试的，长官！"这句话是他在即将执行一项孤注一掷的、英勇绝伦的任务时说出来的，他表现出了新英格兰人的刚毅的气魄与精神。他们了解一切危险，更能勇敢地面对一切危险。在我们的国家里，如果英勇是以代表荣誉的纹章来奖赏的话，那么，这句话——说起来似乎如此容易，但只有他一个人在面前摆着如此危险和光荣的任务时才说过这样的话——它将是这位将军的盾形纹章上的最好的、最恰当的箴言。

让自己习惯于与和本人性格不同的人为伍——这些人对他的职业毫不在意，而他必须竭力欣赏他们的地位和能力——这对一个人的道德和脑力健康大有裨益。我生活中的不幸遭遇常常给我提供这种有利条件，但从未像我在海关留任期间这样丰富多样。尤其是有这么一个人，观察他的性格使我对"才能"有了新的看

① 尼亚加拉河，加拿大安大略省与美国纽约州的分界线。

法。他具有成为一个实业家的天赋：动作迅速、感觉敏锐、头脑清醒；一眼就能看穿一切令人困惑的事物，并且具有某种解决能力，犹如法师挥动魔杖一般，使困惑迎刃而解。他从小在海关长大，这里是他活动的合适领域；许多困扰着生意人的复杂的业务问题，在他面前却呈现出一目了然、有条不紊的规律性来。我沉思默想，发觉他就是他那个阶级的典范。事实上，他就是海关本身，或者他是驱动各种各样的转轮转动的主要动力，因为在这样一个机构里，被任命的官员都只为自己谋取利益和方便，却很少考虑他们是否正确地履行了职责。他们必然会到别处去寻求他们本身所不具有的机敏。于是不可避免地，我们的这位企业家好像磁铁吸引铁屑一样，把大家遇到的困难都引到自己身上。他表现出一副谦虚的样子，并对我们的愚蠢保持温和的克制态度——对他那清晰的脑子来说，愚蠢简直就是罪过——毫无头绪的事情，一经他稍加暗示和指点，便一清二楚了。商人对他的尊重并不亚于我们——他的密友对他的尊重。他的正直是无懈可击的——这是他的一条自然法则，而不是一种选择或原则。这种正直是像他一样清晰、精确的智力的主要条件，使他在处理事务时做到诚实和有条不紊。像在他职责范围内的任何事情一样，只要他的良心上有一丁点的污点，就会使他内疚不安、忧心如焚，其程度远比在结算账目时出了差错或在记录本的一页干净的纸上沾上了墨迹要严重。总之，我在这儿遇到了一位完全适合和胜任他所担任的工作的人，这在我的生活中尚属罕见。

这就是我现在与之共事的那些人。我并不因为自己处于一个与我过去的习惯迥然不同的环境而不愿欣然从命，而是决心竭尽全力认真地从中获取任何能得到的利益。我曾经与布鲁克农场[①]的

① 布鲁克农场是美国超验主义者于1841年至1847年在波士顿附近创办的农场，作者的另一部小说《福谷传奇》（1852）取材于此农场。

喜欢幻想的弟兄们一起实施过辛苦而又不切实际的计划；曾经在爱默森①这样一位有才智的人的微妙影响之下生活了三年；曾经与埃勒里·钱宁②在阿萨贝思河边用被伐倒的树木点燃的篝火旁，异想天开，度过一段疯狂的、自由自在的日子；曾经与索洛③在沃尔登——他的隐居住所谈论松树和印第安人的遗物；曾经与希拉德④文化的文雅产生共鸣而变得爱挑剔；曾经在朗费罗⑤的炉火旁接受诗的情趣的陶冶——经历过凡此种种，终于是我运用自己天性的其他官能，以迄今为止令我没有多大胃口的食物，来滋养自己的时候了。对于一个认识奥尔科特⑥的人来说，为了变换口味，结识那位年迈的检查员也是可以的。在某种程度上，我把这看作一个保持自然平衡、不缺少完整的组织所必需的基本成分的系统的证明，也就是，因为有这些值得怀念的朋友，我变得能马上与具有完全不同的品质的人交往，并对这一变化毫无怨言了。

文学，无论是它的运用还是它的目标，现在对我来说都已经不重要了。在这个阶段，我关注的不是书籍——它们已经与我疏远了。天性——人性除外——从天地间演变起来的天性，在某种意义上逃避着我，而一切已被赋予精神上的意义的想象力的喜悦，也已在我的脑海中荡然无存。一种天赋，一种才能——如果它尚存的话——也是毫无生气地静置于我的体内。倘若我没有意识到自己还可以随心所欲地回忆过去任何有价值的东西的话，这一切一定含有几分悲哀和难言的沮丧。诚然，这是一种不能泰然地过很久的生活——这也许没错——否则这种生活将会使我永远

① 爱默森（1803—1882），美国哲学家、散文家及诗人。

② 钱宁（1780—1842），美国新教徒牧师，唯一神教派的创始人。

③ 索洛（1817—1862），美国随笔作者和诗人。

④ 希拉德（1808—1879），美国慈善家。

⑤ 朗费罗（1807—1882），美国诗人。

⑥ 奥尔科特（1799—1888），美国哲学家及教育改革家。

变成另一个人，但不是把我改变成任何值得我改变的模样。因而，我把这种生活看作一种稍纵即逝的生活。一直有一种先知的本能、一个低低的声音在我的耳畔告诉我，不用很长时间，也不论何时，只要习惯上的一个新的变化对我的利益来说是必不可少的，那么这种变化就会来临。

其间，我当了税务稽查官，而且，就自己的理解所及，尽量当一名好的稽查官。一个爱思考、爱幻想而又敏感的人（如果他的品质十倍于一个稽查官应具备的品质的话），他只要愿意花心思，在任何时候都可能成为一位事务家。我的海关同事、商人以及因我的职务关系而与我有联系的船长们都把我看成一位事务家，而且很可能不知道我还有别的性格特征。我想，他们谁也没有读过我的一页作品；或者，他们即使把我的作品全部读了一遍，也不会对我刮目相看；即便那些无利可图的作品是出自彭斯[①]或乔叟[②]的手笔——他们在年轻的时候也跟我一样，当过海关官员——那也根本于事无补。一个渴望获得文学名望，渴望靠这种方法在世界名流中为自己谋得一席之地的人，一走出自己的权利被认可的小圈子，就会发现他所取得的一切成就和他所追求的一切，在这个圈子之外都毫无意义。这是一个很好的教训——虽然这是一个沉痛的教训。我不清楚，无论是作为告诫还是指责，自己是否特别需要这个教训，然而，无论如何我都彻底地吸取了这个教训。我已经完全了解了这一事实，但它并未使我感到痛苦，也不需要我在唉声叹气中摆脱它，因而现在想起来，我还是蛮高兴的。在文学探讨方面，那位海关官员——一个很不错的人，他与我同时上任，只是比我晚些时候离任——常常跟我讨论他最喜爱的这个或那个话题，如拿破仑或莎士比亚。还有征收员手下的

① 彭斯（1759—1796），苏格兰诗人。

② 乔叟（1340—1400），第一位伟大的英国诗人。

小职员——一位年轻的绅士，据人们暗中传说，他有时在山姆大叔的信纸上写一些看起来像是诗歌的文字（隔几码之遥，看不大清楚）——也常常与我谈论书籍，好像我对此很精通似的。这就是我与别人的全部文化交流，但它已经完全能满足我的需要了。

由于不再千方百计地寻求和计较自己的名字是否会被印在书刊的扉页上，因此一想起我的名字现在又有另一种流传方式，我不禁觉得好笑。海关标号员用模板和黑油漆把我的名字印在胡椒袋上、果红[①]篮子上、雪茄烟箱子上以及各种各样应缴税的商品的包装上，用以证明这些商品已经付了关税，并已经正式地通过了海关的检验。通过这一奇特的传播方式，关于我的消息便尽我的名字所能传送的范围被带到我未曾到过的地方。但是，我希望这种消息今后再也不要流传了。

然而，往事并没有消亡。偶尔，那曾经充满活力、生机勃勃却又悄无声息地进入休眠状态的思想又复活了。当昔日的习惯在我心中苏醒时，一个最引人注目的情况，就是我将现在正在创作的这篇速写纳入文学创作的法则之内，以奉献给读者。

在海关的二楼有一个大房间，房里的砖墙和一根根光秃秃的椽木都没有被涂饰灰泥和饰以镶板。这座海关大厦被设计得很大，以适应旧时港口的商业活动规模，并考虑到了之后港口的繁荣——这种繁荣并没有实现。它占据的空间太大，以致其居住者不知如何安排这些空间。因此，位于征收员的房间上面的这间通风的大厅迄今尚未竣工。尽管这个大厅里满是灰尘的横梁上布满了年深日久的蜘蛛网，但它看起来还在期待着木匠和水泥匠来装修。大厅一端的壁龛里有几个琵琶桶，一个挨一个地堆起来，里面装有一捆捆的官方文件。大量诸如此类的废物零乱地堆积在地

① 果红，又称“胭脂树红”，用来给食品着色。

板上。想到在这些发霉的文件上花费了那么多天、那么多星期、那么多月乃至那么多年的辛劳，如今它们只是人间的累赘，被放在这个被人遗忘的角落里，谁也不会再去看它们一眼，我实在感到伤心。但另一方面，又有多少其他手稿——不是单调乏味的官方文书，而是充满了创造性的思想和尽情倾吐的内心衷曲——也已同样被人遗忘。它们的命运还不如堆积在这里的文件：这些手稿在它们那个时代并未曾派上用场，更可悲的是它们并没有为作者赢得舒适的生活，而海关职员却通过这些一钱不值的、潦草涂写的文件，过得安逸自在。不过，作为地方的历史资料，也许这些文件并非完全一钱不值。毫无疑问，从这里可以发现以前塞勒姆的商业统计数字以及那时塞勒姆的王侯般的商人们的历史记录——老船王德比、老比利·格雷、老西蒙·福雷斯特以及那个时代一个又一个的商界巨头。但是，油头粉面的他们刚进入坟墓不久，那堆积如山的财富便开始减少了。人们可以通过这些文件追溯到塞勒姆贵族阶层的大部分家族的创始人，他们都是在美国独立战争之后开始创业的。创业伊始，其运输业务还微不足道，且不引人注目，之后，就渐渐地发展起来，甚至他们的子孙以为他们家族的这一地位早已确立。

在美国独立战争之前，存在着缺少档案的现象。当英国国王的所有官员都随军队从波士顿逃跑的时候，海关早期的文件和档案很可能都被运往哈利法克斯了。这对我来说是一件遗憾的事，因为，如果追溯到护国公执政时期，这些文件想必记载着许多已被遗忘的或仍被铭记的人的资料，以及许多古时的风俗习惯。它们会使我感受到像我过去在古屋附近的田野里捡到印第安人的箭头时一样的喜悦。

在一个雨天，我闲得无聊，却有幸发现了一些很有趣的东西。我在角落里的垃圾堆中东翻西找，解开一卷又一卷的文件，读着一艘艘早已沉没在海底或已在码头腐烂的船只的名称和一些商人的名字——他们的名字现在在交易所里不会被听到，在他们的长满青苔的墓石上也难以被辨认出来。我怀着悲哀的、厌倦的心情和一点点兴趣粗略地看了一下这些材料，同时，运用我多年不用而显得迟钝的想象力，力图从这些枯燥无味的材料中再现昔日这座古镇的繁荣昌盛的景象。在那时，印度还是个新的贸易区，只有塞勒姆人才知道通往那儿的道路。我碰巧找到一个用一张古旧的黄色羊皮纸小心包裹起来的小包。这包东西有着年代久远的某个时期的官方记载的气派。那时候，职员对重要的材料都用刻板、规范的字体书写。一些引起我本能的好奇心的东西，使我解开了捆扎在这个小包上的褪了色的红带子——我觉得一定有一件宝贝要显露出来了。拆开羊皮纸封套，我发现这是一张委任状，由谢利总督亲自签名盖章，任命一位叫乔纳森·皮尤的人为英国国王陛下驻马萨诸塞湾殖民地塞勒姆港的海关稽查官。我记得曾看到过（很可能是从《费尔特年鉴》上看到的）大约在八十年前稽查官皮尤先生逝世的讣告，又在最近的报纸上看到过关于在这座大厦修缮期间，在圣彼特教堂[①]的小墓地里挖出他的遗骸的描述。如果我没有记错的话，除了一具不完整的骷髅、一些服饰的碎片和一副庄严的、卷曲的假发外，我的这位令人尊敬的前辈什么也没有留下来。这副假发，与它过去所装饰的那颗脑袋不同，保存得很令人满意。但是，当我仔细地检查用羊皮纸委任状包裹着的文件时，发现了比卷曲的假发遮盖着的那颗可敬的脑壳本身所包含的更多的内容，即许多有关皮尤先生智力方面的和脑袋内部活动的蛛丝马迹。

总之，它们不是官方文件，而是带私人性质的文件，或者，

① 塞勒姆的第一座英国教堂，建于1633年。

至少是以他私人的身份写的，而且显然是出自他自己的手笔。我只能以这样一个事实，即皮尤先生死得突然，而且这些文件很可能被放在他的办公桌里，他的继承人从不知道这些文件或者把它们当成税务业务文件，来证明为什么这些文件会混杂在海关的废物堆中。当档案被转往哈利法克斯时，这个包裹因与公事无关，便被留了下来，从那以后一直未被人打开过。

这位德高望重的稽查官——我想，由于那时很少受到属于其职责范围的业务打扰——似乎把他的一部分空闲时间花在对地方文物的研究和其他类似的调查上了。这些调查研究为他的脑子提供了可做少量思维活动的素材，否则，他的脑子早已生锈了。不久以后，他收集的部分事实材料，在我构思标题为《大街》的文章（这篇文章包括在本书中[①]）时帮了我很大的忙。其余的一些材料今后也许可以用于同样有价值的事情，或者，倘若我对家乡的崇敬之情能促使我去完成一项十分虔诚的任务的话，那么就这些材料而言，它们被整理成系统的塞勒姆历史资料，也不是不可能的。同时，这些材料完全服从任何人的支配，只要这位先生愿意并有能力从我手中接过这项任务，从而使我摆脱这一无利可图的劳动。作为最后的处理办法，我打算将这些材料交给埃塞克斯历史协会。

然而，在这个神秘的包裹中，最能引起我注意的是一块很旧的褪了色的细红布。红布上面有金线刺绣的痕迹，但是刺绣的花纹已严重磨损，因此昔日的光泽已不存在或几乎荡然无存。显而易见，它是以奇妙的绣工精心绣成的，其针法（我敢担保它出自精通这种工艺的女人之手）有着一种失传已久的技艺的痕迹，即使采用针拨丝线的方法，也无法恢复这种技艺了。对于这块破

---

① 作者最初计划把几篇较短的故事一起印在《红字》一书里，但最终并没有成功。

红布——时间、磨损和亵渎神圣的蛀虫已使它变成一块破布——经过仔细观察，它似乎呈现出一个字母的形状，这就是大写字母A。经过精确的测量，字母每条边的长度正好是三又四分之一英寸。毫无疑问，它是被用来做衣服的装饰品的。但是该如何佩带这个字母，它过去代表什么等级、什么名誉和什么身份等，是我不能解开的一个谜（在这些方面，社会的时尚是如此的瞬息万变）。然而奇怪得很，它特别能引起我的兴趣。我的眼睛紧紧地盯住那个陈旧的红字，视线就是不愿意移开。无疑，这其中肯定存在着某种值得解释的深刻含义。可以说，这个含义从这个不可思议的符号中涌现出来，微妙地传递给我的感应器官，却避开了我的脑子的分析。

正当我困惑不解，并且，除了做其他种种假设外，还苦苦地思索着这个红字是不是过去白人常常挖空心思，以便引起印第安人注意的装饰物之一时，我无意中将红字放到我的胸前——读者也许会发笑，但千万不要怀疑我说的话——我想，当时我有一种不完全是肉体上的，但又几乎是肉体上的火辣辣的感觉，仿佛这个红字不是用红布做的，而是用一块灼热的铁做的似的。我一时感到毛骨悚然，于是本能地任它落到地上。

在我全神贯注地思考这个红字的时候，我竟忘了检查一小卷被红布缠绕着的颜色已经变得灰暗的文件。于是我打开它，满意地发现了年迈的稽查官记载的对整件事情的相当完整的说明——他用好几张大幅面的书写纸，记载了一位名叫赫丝特·普林的女人的许多生活状态和谈话的详细情况。在我们祖先的眼里，赫丝特·普林似乎是一位相当显赫的人物。她在马萨诸塞州开创初期至十七世纪末这一期间最负盛名，在稽查官皮尤先生那个时期尚在世的老人们还记得在他们年轻的时候，她已是位年迈的、但并不显得老态龙钟的女人，而且仪态高贵、庄严。皮尤先生的叙述就是根据这些老人的口头证词组织而成的。几乎无法记起是从何年何月开始，她便习惯在乡下四处当义务保姆，或做各种各样力所能及的善事，对各类问题，尤其是男女之间的感情问题，她总会给人提出忠告。通过这种方法，正如一个有如此癖好的人经常遇到的，她赢得了许多人只给天使的那种尊敬。不过，我猜想她也被一些人看成是爱管闲事的人和令人讨厌的人。再进一步仔细查看这些手稿，我发现了关于这个奇特的女人的其他行为和她所遭受的苦难的记载。关于这些记载的大部分内容，读者请看名为《红字》的小说，而且必须牢记，这部小说的主要事实是经过稽查官皮尤先生的文件证实的。原始文件及这个红字本身——这些最奇妙的文物——还在我手里，并将随时向对此叙述发生浓厚兴趣而想看一看这些东西的人展示。人们千万别误解，以为我在精心组织故事情节、构思想象故事中的各种人物的行为动机和思考方式的时候，常常使自己局限于老稽查官的那六大页书写纸所记载的内容。恰恰相反，在这方面，我允许自己完全自由发挥，仿佛这些事都是我自己虚构出来的似的，我力求内容的真实性。

这件事使我的思想在一定程度上又回到了旧的轨迹上，似乎这儿有一个故事的基础。它给我留下了很深刻的印象，仿佛这位身穿一百年前的服装、头戴不朽的假发的老稽查官——假发跟他一起被埋入坟墓，可是并没有腐烂——在海关空无一人的大厅里与我会晤似的。在他的举止中有一种尊严——那种带着国王陛下的委任状，因而也被在王座四周闪耀的光芒照亮的人的尊严。啊，这与共和国官员的那一脸卑鄙样子是多么的不同！作为人民的公仆，一个共和国官员竟觉得自己是他的主子的最不重要、最低下的下属。这位看起来不怎么引人注目却显得非常威严的人物，以他的幽灵之手，交给我这个红色的符号以及那一小卷解释性的手，他又以幽灵的声音，在郑重地考虑了我对他的孝敬和尊重之后——他完全可以把自己看作是我公职上的老祖宗——勉励我把他的发了霉的和已被虫驻的苦心孤诣之作公之于世。

“做这件事，”稽查官皮尤先生的幽灵用力地点了点那颗戴着令人难忘的假发和样子显得如此威风凛凛的脑袋，说道，“你自己将获益不浅！你在不久之后将会需要它，因为现在你所处的这个时代与我的那个时代不一样。那时候，一个人的职务是终身制的，而且常常是世袭的。可是，关于年迈的普林小姐的事，我责令你相信你的前辈的记忆力。他的记忆力完全值得信赖！”于是，我便对稽查官皮尤先生的幽灵说：“我一定照办！”

因此，关于赫丝特·普林的故事，我费尽了心思。当我在房间里来回踱步，或者在从海关正门穿过大厅到边门的这段距离中上百遍地来回走动时，我一直在反复地思考这个问题。那位年迈的检查员、那些过磅员和计量员大为恼火和不耐烦，因为他们的睡眠受到我来来回回、过分持久的脚步声的干扰。回想起他们自己昔日的习惯，他们常常说稽查官正在后甲板上散步。他们很可能认为我这样做的唯一目的是为了增进食欲。没错，这是一个头脑清醒的人使自己自愿启动起来的唯一目的。老实说，那穿堂而过的东风大大地增进了我的食欲，这也正是我如此不知疲倦的踱步运动产生的唯一有价值的结果。海关的气氛太不适合获得微妙的想象和感情了。因此，倘若我在这儿一直待到今后十届总统的任期结束，我甚至怀疑《红字》的故事是否能与读者见面。我的想象力是一面晦暗的镜子，它不愿映出或只是模糊地映出我竭力要描写的人物。我智力的熔炉里无论燃起怎样的火焰，其热能都不能使这篇速写要描述的角色热起来和变得可以被锻造。他们既不接受激情的光焰，也不接受温柔的情感。他们保持着死尸般的僵硬，直盯着我的脸看，并轻蔑地、恐怖地咧嘴而笑。

“你跟我们有什么关系？”那表情似乎在这样对我说，“你曾经对那些虚幻的事物有过的那一点点支配力已一去不复返了！你已经用它来换取国家给你的微薄的薪俸了。那么，赚你的薪水去吧！”总之，我幻想中的那些近乎麻木的家伙挖苦我的愚蠢，并非毫无道理。

不仅仅在山姆大叔要求的我属于他的那三个半小时的日常生活中，这一讨厌的麻木状态一直占据着我的心，每当我打起精神来——这毕竟是罕见和勉强的——寻找大自然的令人心旷神怡的魅力时，这种麻木状态就伴随着我在海滨散步或在乡间漫游。而从前，当我一跨过古屋的门槛，大自然的魅力就常常使我的思想变得清晰和活跃起来。这种针对脑力工作能力的麻木状态伴随着我回家，使我在极其荒谬地称为书房的房间里，心情十分沉重。当夜深人静，我独自坐在仅由闪烁的煤火和月光照明的客厅里，呕心沥血地想象虚构的景象时，这种麻木也没有离开我，尽管第二天这些景象可能会被绘声绘色地描述在洁白的纸上。

如果此时想象力还不起作用，这就会被认为是一种令人无能为力的情况。在一个熟悉的房间里，倾泻在地毯上、将房间里的所有人和物都照得这么清楚的皎洁的月光——它使每一样东西的细微部分都清晰可见，却又不同于早晨或中午的清晰度——是一种最适合浪漫传奇作家结识他那些虚幻的客人的媒介。这儿有人们熟知的公寓的居家小景。那一张张款式各异的椅子；中间的那张桌子上，摆着针线筐、一两卷书和一盏昏暗的灯；沙发、书橱、墙上的画——所有这些细节看起来是那么清楚，却又被不寻常的光线赋予了圣洁的精神意义，以至于它们似乎失去了原本的实质而变成了有理性的东西。再小、再微不足道的东西都会经历这种变化，并由此获得尊严。一双小孩的鞋、坐在柳条小车里的玩偶、旋转木马——总之，不论是白天用的或玩的什么东西，现在都被赋予了一种陌生和疏远的特性，尽管它们差不多仍像在白天一样逼真地呈现在我们的面前。于是，我们熟悉的房间的地板因此成了一个中间地带，它大约介于真实世界和仙境之间。实际的和想象出的东西可以在此会合，各自受到对方天性的熏陶。幽灵可以走进这儿而不会使我们感到害怕。倘若我们在环顾四周时，发现一个已经死去的心爱的人正默默地端坐在这有魔力的月光中，其神情让我们怀疑，他到底是从远方归来的呢，抑或根本就未曾离开我们的炉边？由于他与这种情景太协调了，因此并不会引起我们的惊奇。

略有些微弱的煤火，对产生我要描述的效果具有实质的影响。它给整个房间抹上了一层朦胧的色彩，使墙上和天花板上映现出浅红色，同时，从亮泽的家具上反射出一道微光。这一暖和的光线与月光寒冷的灵性交融在一起，仿佛将人类温暖的心和温柔的情感传递给被想象力召唤来的人。它将雪一般冰冷的影像转变为活脱脱的男人和女人。瞧一下镜子，我们见到——在鬼魂经常出没的镜子里——半熄灭的无烟煤的余光、地板上银色的月光以及那幅画面上的一切明暗交替的光影，它们离现实远一点，就离想象更近一点。于是，在这样的时刻，面对眼前这样的景象，倘若一个独自静坐的人不会想象出离奇古怪的事物，并使之看起来像真的似的，那么，他就不必再想写传奇小说了。

然而，对我来说，在海关任职期间，月光、阳光和炉火的火光在我看来都完全一样，它们丝毫也不会比摇曳的烛光更有效用。我的全部脆弱的感情以及与之有关的天赋——它们并非特别丰富或者特别有价值，可却是我拥有的最美好的东西——已经离我远去了。

但是，我相信，如果我尝试用一种不同的写作方法，我的才能就不会显得如此平庸。例如，我完全可以满足于写出一位老船长——一位检查员的故事，如果我不提及他，那未免太不合情理了，因为他每天都以一位讲故事的人的惊人天赋逗得我捧腹大笑和由衷赞叹。要是我能保持他那种生动形象的风格，保持他那种与生俱来的对故事进行幽默渲染的天赋，那么，我确信，结果将会出现文学上的独具匠心的新事物。或许，我本可以轻而易举地找到一项更为重要的任务。当具体的日常生活这么咄咄逼人地压在我头上时，我却试图使自己退回到另一个时代去；或者当我的肥皂泡般的难以琢磨的美因为时时刻刻与现实情况猛烈接触而破灭时，我却执拗地要从虚无缥缈的物质中，无中生有地创造出一个世界。这真是一桩蠢事。较聪明的尝试是让思想和想象力注入当今不透明的物质里，使它成为明亮的透明体；使开始显得沉重的负担被赋予精神意义；还要不屈不挠地寻求隐藏在微不足道的、令人生厌的事件中以及我所熟悉的普通人物中的真正不可摧毁的价值。这全是我的过错。展现在我面前的生活事件，只因为我没有探索其更深刻的意义，而显得乏味和平庸。一部将会被写得更好的书就在那儿，它一页一页地呈现在我的眼前，仿佛它是由转瞬即逝的现实写出来的，但因为我的脑子缺乏洞察力，我的手缺乏誊录下它的灵活技巧，它迅速地消失了。也许在将来的某一天，我会记得一些零零碎碎的只言片语和残缺不全的段落，并且把它们写下来，然后看到一个个字母在书页上变成黄金。

这些感觉来得太迟了。此刻我只意识到，对我来说，写作曾经是件乐事，而今却成了一件没有希望的苦差事。我没有理由对这种事态怨天尤人。我已经不再是一个写蹩脚的故事和随笔的作家，而是一位还过得去的海关稽查官了。就是这么回事。可是，人老是怀疑自己的智力在日渐衰退，或者在不知不觉的时候挥发掉，就像乙醚从小瓶子里挥发掉一样，以至于你每看上一眼，都会发现挥发性的东西越来越少了。这确实是件令人不愉快的事，可这一事实又是毋庸置疑的。因此，在审视一下自己和别人后，关于所担任的公职对人的性格的影响，我得出了对如上所述的生活方式不是很有利的结论。也许，从此以后，我可能会以其他形式来扩大这些影响。这里，单说一位任职多年的海关官员就够了，因为很多原因，他几乎不能成为一名值得称赞的或者值得尊敬的人。原因之一是他的任职期限，另一个原因是他的业务的性质。虽然我相信这种工作是正当的，但他的业务属于这样一种性质：不参与人类的团结一致和共同努力。

我相信在每个担任这种职务的人身上，多少都可以看见的一个结果就是，当他依赖共和国的强大的权力机构时，他自己的力量便消失了。他丧失自己力量的程度与他天生的懦弱或坚强成正比。倘若他天生精力过人，或者他所处地位的那种令人丧失活力的魔力对他起作用的时间不太久，那么，他失去的身体机能也许还可以得到挽救。如果冷酷的排挤及时地将他打发到这个充满竞争的世界中来奋斗，这个被革职的公务员也许会醒悟，并恢复到他以前的老样子。可是这毕竟是罕见的。他通常固守阵地，直到自身彻底毁灭，然后被猛然推了出来，这时他的肌肉已经完全松弛，他只能竭尽全力地在艰难的人生道路上蹒跚。意识到自己已身心虚弱——因为他锻炼出来的毅力与弹性已丧失殆尽——他在此之后便老是以渴望的目光四下张望，寻求外界的支持。他始终满怀的希望就是在不久之后，由于某种幸运的巧合，终于能官复原职。这是一种幻觉，这种幻觉使他不顾自己面对的挫折，也不顾希望已不可能实现的事实。在他活着的时候，这种幻觉一直萦绕在他的心头。而且，我想它还会像霍乱所引起的痉挛性的剧痛一样，在他死后的短暂的时间内仍折磨着他。这一信念，尤其能够从他梦想从事的事业中攫取精髓和任何其他可以得到的东西。既然不久之后，山姆大叔的强大的权力将会栽培他、支持他，他又何必辛辛苦苦地工作，费这么大的劲从泥泞中爬起来呢？既然他不久便能得到幸福，每月能从山姆大叔的口袋里领到一小堆闪闪发亮的钱币，他何必在这儿操劳谋生呢？或者，他何必还要到加利福尼亚去淘金呢？看到如此微不足道的一点公职经历，就足以使这位可怜虫染上这么一种怪病，实在令人感到诧异。山姆大叔的金钱——这样说对有钱的老绅士并无任何不敬之意——在这方面具有一种如魔王的赏钱那样的诱惑力，什么人摸到它，谁就得自己当心点，否则，他可能会发现这笔交易对自己极为不利，即使不危及他的灵魂，也将危及灵魂的许多美的方面，诸如它的坚强、毅力、勇气、恒心、忠诚、自信以及一切能表现男性刚毅性格的美德。

这是一幅美好的远景！倒不是说海关稽查官清楚地意识到了这个教训，也不是说他会继续任职或因为被免职而给毁了。可是，我并不能感到宽慰。我开始变得忧郁和不安起来。我不断地窥探自己的思想，以发现在自己的脑子里哪些本性已不复存在，剩余的部分又受到了多大程度的损害。我尽力估计我还能在海关待多久，一旦从那里出来，还能是个男子汉。老实说这是我最大的忧虑——因为，把一个像我这么文静的人驱逐出来，绝不是一个明智的办法。况且，公务员几乎没有人自动辞职——因此，我主要烦恼的是，我很可能在海关稽查官的位置上一直待到满头白发、老态龙钟，变成另一个像老检查员那样的畜生般的人物，也可能会像这位可敬的朋友那样，在展现在我面前的这段沉闷的公务员生活的时间里，把晚餐时间当作一天的核心，在其余时间里，则像一条老狗一样，待在阳光下或在阴暗处打盹！对于一个认为对幸福的最完美的定义就是完完全全靠他自身的才能和敏锐的情感来生活的人来说，这是多么黯淡的前景！我始终沉浸在这种不必要的恐慌之中。其实上帝已经为我做出了更好的安排，这是我自己无论如何也想象不出的。

我担任稽查官的第三年发生了一件值得注意的大事——用“教区牧师”的口吻说——是泰勒将军当选总统。为了全面地评估我的公务员生活，在这个满怀敌意的政权即将上台的时候，仔细观察一个在职人员的处境是必要的。当时他的境况特别令人生厌，并且可能是一个可怜的世间凡人所处的最令人不愉快的境况。他几乎没有选择的余地，虽然在他眼前出现的最坏的事很可能就是最好的事。然而，对于一个有自尊心、敏感的人而言，知道自己的利益处于既不喜欢他，也不理解他的人的支配之下，同时鉴于一些必然会发生的事情，他宁愿被他们伤害，也不愿意接受其恩惠。这倒是一种奇怪的经历！对于一个在整场斗争中一直镇定自若的人来说，看到对方在胜利的时刻引发出来的凶残，并意识到自己就是这种凶残的目标之一，这怎么会不是一个奇怪的经历！人性中很少有比这种倾向更卑劣的特性了——如今我在与他们的邻人一样卑劣的人们身上目睹了这种倾向——他们因为掌握了能陷害人的大权便渐渐变得残忍起来。倘若将断头台运用到公务员身上是一个真正的事实，而不是一个最贴切的比喻，那么，我深信，获胜政党的积极分子足以被煽动起来，将我们的脑袋一个个地搬掉，并感谢苍天给予他们这样的机会！无论失败或胜利，我一直是个冷静而又好奇的旁观者。在我看来，这是一种带有恶意的、残暴、狠毒的报复心态。我自己的政党过去也多次赢得胜利，就像如今的辉格党赢得了胜利这样。一般来说，民主党党员担任职务，是因为他们需要这些职位，也是因为多年的实践使这成了政治斗争的规律。除非制定不同的制度，否则，抱怨这种政治斗争就是软弱和胆怯的表现。但是，长期的胜利已经使民主党变得慷慨起来。只要他们认为有理由，他们就知道如何宽恕，当他们攻击的时候，没错，斧头也许是锋利的，可是其斧刃却很少被心怀恶意地涂上毒药，他们也没有对刚被他们砍下的脑袋再踢上一脚的卑鄙的习惯。

总而言之，尽管我的境遇令我不快，但是，我认为完全有理由庆幸自己处于失败的一方，而不是胜利的一方。如果说在此之前我一直不是个最热心的党员，如今在这危急的、处于逆境的紧要关头，我反而开始对自己偏向哪个政党特别敏感。根据对各种机会所做的一番合理的考虑，我看到自己留任的前景比我的民主党弟兄们要好，这实在使我感到有点后悔和羞愧。然而，对于未来，谁不是鼠目寸光的呢？第一个掉脑袋的竟是我自己！

我向来认为，一个人掉脑袋的时刻，不可能恰是他一生中最春风得意的时候。然而，像我们遭遇的大部分不幸一样，如果受害者善于处理已经降落到他头上的横祸，而不是自暴自弃，那么，即使对于这么严重的突发性事件，也会有补救的办法和慰藉。至于我个人的情况，关于慰藉的话题近在咫尺，事实上，在需要利用它们之前，我已经思考相当长的时间了。鉴于我先前对海关公职的厌倦及想辞职的朦胧念头，我的命运倒有点像一个本来抱有自杀念头的人，却出乎意料地遇到了被谋杀的“好运气”。在海关，跟先前在古屋一样，我待了三年。这一任期长得足以使我疲乏的脑子得到休息，也足以使我戒掉一切旧的思维习惯，为新的思维习惯腾出地方。这三年时间够长的了，甚至太长了，以至于我不能生活在一种自然的状态，而是干着既对人类毫无好处又毫无乐趣的事，并且阻止自己辛勤劳作——这种劳作本来至少可以平息我内心的不安。再者，有关被无礼革职的事，我的这位前任稽查官对于被辉格党党员公认为敌人并没有完全感到不高兴。我在政治问题上的不活跃状态，有时甚至令我的民主党兄弟们怀疑我是不是朋友。我有在人们经常相遇的广阔、宁静的田野上随心所欲地漫步的癖好，而不愿意把自己局限于那些可能会与兄弟分道扬镳的狭窄的小道上。如今，在我赢得了殉难的花冠（尽管再也没有一颗脑袋可以戴它）之后，朋友的疑问该看成已经被解决了。最后，虽然称不上什么英勇行为，但是，当这么多更高尚的人都倒下时，我也随着自己一直心甘情愿与之站在一起的政党的垮台而垮台，这样似乎比继续成为一个孤独、凄凉的幸存者更显得正派些。而且，这也比靠敌对政党的慈悲继续再待四年之后，最终被迫重新表明自己的立场，并格外蒙羞地请求一个友好的政府的宽恕，显得更堂堂正正些。

与此同时，报界已经开始宣扬我的事了。他们让我处于断头的状态，如欧文[①]笔下的无头骑士一样，在报纸杂志上飞奔达一两个星期之久。那个无头骑士面色惨白、狰狞恐怖，像一个在政治上已死亡的人那样，渴望着被人掩埋。这象征性的我就不必再往下说了。真正的我，脑袋还一直安全地长在双肩上，并已得出了令人愉快的结论：万事终究都会得到最好的结果。于是，我花了些钱，买来了墨水、纸张和笔，打开我长久不用的写字台，又成为一名作家了。

现在，那位德高望重的前任稽查官皮尤先生的那篇充满学究气的作品开始起作用了。由于我长时间无所事事，脑子已变得迟钝，所以还需要一小段时间，我的脑力机器方能以令人满意的效果来从事这个故事的创作。虽然我全神贯注于这项工作，但是在我看来，这个故事显现出过于严厉和忧郁的外表，和煦的阳光一点也未能使之振奋，温柔、亲近的感化力一点也不能使之缓解，而这些感化力几乎能使自然和现实生活的每个场景都变得柔和，并且，无疑也将使自然和现实生活的每幅画面都变得柔和。这一毫无魅力的效果，也许应归因于尚未结束的革命和仍然处于鼎沸的混乱局势。这篇故事就是在这种混沌中形成雏形的。然而，并

---

① 华盛顿·欧文（1783—1859），美国作家。

没有迹象表明作者的心情欠佳，因为徜徉在凄然、幽暗的幻想中，他感到比离开古屋以来的其他任何时候都快乐。本书中的一些短篇文章[①]，是我在身不由己地从社会生活的陷阱与荣誉中引退以后写成的；其余的一些文章则是我从年刊和杂志上搜集来的，这些文章写成时的日期是如此久远，以至于它们在兜了一大圈之后才又获得了新意。如果维持政治断头台的比喻，可以把整个故事看作《一个上了断头台的稽查官的遗稿》。至于我现在即将完成的这篇速写，倘若在作者生前发表它，对一个谦虚的人来说就自传味太浓了，而对一位在阴间写作的先生来说，该会被欣然谅解吧。愿天下太平！为我的朋友们祝福！宽恕我的所有敌人！因为我处于清静的王国！

海关的生活就像我身后的一场春梦。那位年迈的稽查员——顺便提一句，我不无遗憾地说，他不久前从一匹马上跌下来摔死了，否则，他肯定会长生不老——以及所有跟他一同坐在海关税务局里的其他可敬的人们，只不过是我眼前的一些幻影罢了。过去我的想象力常常嘲弄这些白发苍苍、满脸皱纹的影像，如今已经永远将其丢弃不顾了。那些商人——平格雷、菲利普斯、谢泼德、厄普顿、金布尔、伯特伦、亨特——这些名字，以及其他许多半年前我听起来非常熟悉的名字——对于这些似乎在世界上占据重要地位的商人们，只需要很短的时间，我便能割断与他们的联系，不仅是在行动上，而且是在记忆里割断联系！我费了好大的劲才回忆起这么几个人物来。同样，我古老的家乡也将很快在我朦胧的记忆中、在俯视和环绕着家乡的一层薄雾中赫然显现，仿佛它已不是真正的地球上的一部分，而是幻景中的一座簇叶丛生的村庄，唯有想象中的居民才居住在它的木头房子里，才在它

① 见P38注释①。

的简陋的小巷中以及毫无生趣的、单调沉闷的大街上行走。从今以后，它不再是我现实生活中的一部分了。我是其他地方的公民了。我的那些善良的同乡并不怎么怀念我，因为——虽然我在他们眼里有些分量，并在我祖祖辈辈居住和安葬的地方给人留下了美好的回忆，这一直与我的文学创作目标一样宝贵——我在那里从未感受过一位作家为了使脑子里最丰硕的果实成熟所需要的友好气氛。我将在一些陌生人当中干得更好。无疑，这些我熟悉的人没有我也会照样干得很好。

然而，将来的文物工作者也许会在城镇历史上值得纪念的遗址中，指出这是“城镇水泵”①的所在地，这个家族的曾孙们，也许有时会善意地想起这位昔日的拙劣作家。哦，这是多么令人心神荡漾和得意扬扬的念头！

① “城镇水泵”指塞勒姆镇。

一 狱门

一群身穿黑色服装、头戴灰色尖顶帽、胡子拉碴的男人，夹杂着有些戴着头巾、有些没戴头巾的女人，聚集在一幢庞大的木质结构的建筑物前面。建筑物的大门用笨重的橡木制成，上面布满了大铁钉。

新殖民地的缔造者们，不论他们原先规划的是一个什么样的人类美德和幸福的乌托邦①，都一定会认识到，他们最初的实际需要之一，就是划出一部分处女地作为墓地，再划出另一部分作为监狱的地基。根据这一规则，我们可以很有把握地认为，波士顿的祖先们在康希尔附近建造了第一所监狱，几乎与他们在艾萨克·约翰逊②的地皮上及其坟墓周围划出第一块墓地一样及时。后来，这块墓地成了皇家小教堂的旧墓地中所有地下坟墓的核心。毫无疑问，大约在本城镇建立了十五年或二十年之后，这座木造的监狱便已经留下了风吹雨打及其他种种衰旧的痕迹。这些痕迹

① 乌托邦，源自英国空想社会主义者托马斯·摩尔所著的《乌托邦》一书，意为理想的国土。

② 艾萨克·约翰逊，波士顿最早期的殖民者之一，于1630年到达波士顿，本书所述的这块用于建造教堂、监狱和墓地的土地是由他提供的。

使监狱突出的和阴郁的正面的样子显得更加阴沉。橡木大门上笨重的铁制品上的铁锈，看起来比美洲大陆上的任何东西都显得古老。与罪恶有关的一切东西一样，这座监狱似乎从未有过年轻的时代。在这座丑陋的建筑物前面，有一块草地位于它与街道的车辙之间，上面长满了牛蒡、藜、荆棘等不雅观的植物。显然，它们发现，这么早就产生出文明社会的黑花——监狱——的土壤很适宜它们的生长。可是，在入口的另一边，一丛野蔷薇的根部几乎扎到门槛上。在六月的天气里，野蔷薇上点缀着一个个娇嫩的花蕾。可以想象，这些花蕾将它们的芳香和脆弱的美，奉献给走进监狱的犯人和出了牢房、走向毁灭的死刑罪犯。这象征着大自然的内心深处尚能够同情犯人、善待犯人。

这丛蔷薇出于奇怪的机缘，一直在历史上被保存下来。但是，它到底是在原先遮蔽它的巨大的松树和橡树被伐倒之后很久，才从过去凛峻的荒野上残存下来的呢，抑或，它是被追谥为"圣徒"的安妮·哈钦森走进监狱大门[①]时，从她的足迹下面生长出来的——我们不必对此加以确定。这丛蔷薇恰好就在我们正准备从那不祥的入口讲述的这篇故事的门槛上，我们不能不摘下一朵花，以赠读者，希望能用它来象征一朵道德的香花。它可以沿着小道被找到，或者可以缓解一个人类的脆弱和悲哀的故事的惨淡结局。

① 安妮·哈钦森（1591—1643），英国宗教改革家，1637年从马萨诸塞湾殖民地被流放至罗得岛。

二 广场

两个多世纪前的一个夏日的早晨，在监狱巷中的监狱前面的那块草地上，挤满了大批波士顿居民。他们都目不转睛地紧盯着带有铁夹板的橡木门。这些善良的人们那长满胡子的面孔显出严厉、僵硬的神色，预示着眼下有件可怕的事即将发生。它完全可能预示着人们即将处死某个要犯。法庭的判决，只是进一步确认公众情感对他的裁决。可是，早期的清教徒的严苛的品性，使人们不可能这么明确地做出这种推断。也许，一个懒惰的奴隶或被双亲交给民事当局的不孝的孩子，得被绑在鞭挞柱[①]上才能改过。也许，一个唯信仰论者[②]、一个教友派教徒或者其他异端的宗教狂，得挨鞭子并被驱逐出城；或者一个游手好闲、居无定所的印第安人喝了白人的烈酒，在街上吵闹，得遭受鞭挞，被赶进密林里。也许，像地方行政官的那位脾气暴躁的遗孀、年迈的希宾斯夫人这样的女巫，也该被处以绞刑。不论她被处以绞刑与否，旁观者的表情都一样一本正经。这对于这里的人而言是合理的，因为，在他们看来，宗教和法律几乎完全等同，并且，在他们的品

① 鞭挞柱，昔日鞭挞时绑住犯人的柱子。

② 唯信仰论者，主张灵魂只单纯依靠信仰而不必遵守道德法规就能得到拯救。

性中，这两者如此彻底地相互融合，以至于公众惩罚的最宽容的和最严厉的条例，都一样变得可敬可畏。一个罪人可以从绞刑架旁边的旁观者那儿寻求到的同情是很微不足道的。另一方面，在我们今天看来荒唐可笑的某些刑罚，在当时却几乎带有与死刑一样令人生畏的庄严。

在我们的故事开始的这个夏日的早晨，还必须提到这样一种情况，即人群中有几个女人，似乎对人们将会采取何种处罚特别感兴趣。那个时代还没有进化到这样文雅的程度——任何不得体的感觉，都会阻止穿衬裙或穿由鲸骨衬箍撑大的裙子的女人们步入公共场所，或阻止还算富有的人们，在执行绞刑时挤入最靠近绞刑架的人群中。旧英国生养出来的那些妇人和少女，不仅在物质上，而且在精神上，和与他们相隔六七代的漂亮的子孙比起来要粗鲁些，因为在整个家系的环节中，每位母亲都传给自己的孩子更淡雅的肤色、更娇嫩和短暂的美、更苗条的身躯，哪怕孩子在性格方面的魄力和坚强并不比母亲逊色。现在，站在监狱门口的女人们所处的时代距离作为女性代表的、具有男子气概的伊丽莎白所在的时期还不到半个世纪。她们是她的同胞，她们的祖国的牛肉和啤酒，以及丝毫未加改良的品行，成了她们的素质的重要组成部分。灿烂的晨曦照耀在她们宽阔的肩膀上、高突丰隆的胸脯上和红扑扑的圆脸蛋上。这些脸蛋在遥远的岛屿上成熟，却未曾在新英格兰的空气里变得苍白或消瘦。而且，这些主妇当中的大多数人似乎都讲话大胆，声音深沉、洪亮，不论在语言含义方面，还是在音量方面，如果在现在，都一定会叫我们大吃一惊。

“各位太太！”一位其貌不扬、五十多岁的老妇人说道，“我想把自己的一点想法告诉你们。如果我们这些成年妇女和名声良好的基督徒，可以处置像赫丝特·普林这样的女罪犯，这对公众的利益将大有好处。朋友们，你们有什么看法呢？倘若将这个荡妇交给我们这儿的五个人审判，她还能够得到可敬的地方行政官给予的那种判决吗？哼，我看不行！”

“据说，”另一个女人说道，“她虔诚的牧师丁梅斯代尔先生，对这桩丑闻竟然会发生在他的教徒身上感到非常痛心。”

“这些地方行政官都是虔诚的绅士，只是太心慈手软了——这是事实，”第三个女人，一个已过壮年的主妇附和道，“至少，他们应该用热烙铁在赫丝特·普林的额头上烙上烙印。我保证，赫丝特太太便会因为疼痛而畏缩。可是她——那个贱货，她才不在乎在她的胸襟上戴什么东西呢！请注意，她可以用一根胸针或诸如此类的异教徒的装饰品把它遮起来，然后，照样昂首挺胸地当婊子！”

“啊，可是，”一个手里抱着孩子的少妇以更低的声音插嘴道，“她爱怎么遮盖那个标志，就由她遮盖好了，这样做，精神上的痛苦将永远留在她心里。”

“我们何必老谈什么胸襟上的标志或额头上的烙印呢？”另一个女人说道，她是这些自我任命的法官中长得最丑也是最冷酷的一个，“这个女人把我们大家的脸都给丢光了，应该被处死。难道对此就没有法律了吗？当然有，《圣经》上或法令全书上都有法可循。因此，如果那些使法律失效的地方行政官们自己的妻子、女儿误入歧途，就让他们自作自受去吧！”

“我的天啊，太太，”人群中的一个男人惊叫道，“女人除了因警戒性地害怕断头台而产生的德行外，难道再没有别的德行了吗？那可是最狠毒的话呀！现在，别作声，朋友，狱门上的锁在转动了，普林太太本人就要出来了。”

监狱的大门从里面被猛然推开。镇上的身佩宝剑、手执权杖的小差役，像个黑不溜秋的影子似的，阴森恐怖地出现在阳光下。这个人物本身就预示并代表着清教徒法典的全部可怕的严厉。最终将这一法典最准确地运用到罪犯身上，就是他的职责。他左手伸出权杖，右手放在一位少妇的肩上，就这样把她往前拉，直到监狱门口。她挣开他，动作带有天生的尊严和性格的力量。然后，她仿佛出于自愿似的跨出门外。她怀里抱着一个约莫三个月大的婴儿。婴儿眨着眼睛，把一张小脸扭向一边，避开白天过于强烈的阳光——因为自从她降生以来，她只接触到地牢或监狱里其他昏暗房间的微弱光线。

当少妇——婴儿的母亲，全然出现在人群面前时，她的第一个冲动，就是将婴儿紧紧地搂在怀里，这与其说是出于母性的感情冲动，倒不如说她可以因此遮掩绣在或别在她的衣服上的某种标志。然而，过了一会儿，她聪明地认为，拿一种耻辱的标志去掩盖另一种耻辱的标志，只会弄巧成拙、欲盖弥彰。于是，她改用一只手臂抱着婴儿，羞愧地红着脸，嘴上却挂着骄傲的笑容，并以满不在乎的目光，环顾着她的乡亲和邻居。在她的礼服的胸襟上出现了字母A，那是用一块红布做成的，周围是精致的刺绣和巧妙的金线花边。它被缝制得太精巧了，是如此华丽和富于想象，以至于对她所穿的服饰具有一种最时髦的、合适的装饰效果。同时，她的衣服也很华丽，符合那个时代的品位，却大大地超出了殖民地关于节俭的规定。

这位少妇身材颀长，整个体态优雅完美。她头上乌发如云，亮泽可鉴，令阳光都黯然失色。她的那张脸，除了因为容貌端庄、肤色润泽而显得美丽外，还有着令人难以忘怀的显眼的前额和一双深邃的黑眼睛。她的风度雍容如贵妇，仪态斯文，具有某种气质和尊严，而不是现在这种娇气的、纤细的和难以形容的优雅。如果按照古时候对“贵妇”一词的解释，赫丝特·普林从未比她从监狱出来时更显得像个贵妇人。过去认识她，原本想要见到她在这片灾难性的乌云中黯然失色的那些人，看到她这么美艳，这么光彩照人、熠熠生辉，甚至笼罩着她的不幸与屈辱也结成了一轮光环时，都感到大吃一惊。就一位敏感的旁观者看来，这当中包含着剧痛，这也许是确实的。她在狱中为这一场合依照自己的想象精心制作的服饰，似乎以其狂野和独特的风格，表现出了她的精神状态和她不顾一切、满不在乎的心境。可是，那吸引住所有目光，而且，可以说，美化了佩带者的一点，却是她胸襟上的如此奇特的光彩夺目的红字。因此，与赫丝特·普林熟悉的男男女女都关注着这一点，仿佛他们是第一次见到她似的。红字具有一种魔力，解除了她与人类的一般关系，将她围困在自己的领域里。

“她做得一手好针线活，这是毫无疑问的，”一位女旁观者说道，“可是，在这个厚颜无耻的荡妇之前，谁曾想到过这么一种炫耀的办法！噢，朋友们，她这是在当面嘲笑我们神圣的地方行政官，并拿他们这些可敬的先生们对她的惩罚来夸耀自己，这算什么嘛！”

“如果，”那个外貌看起来最冷酷无情的老太婆咕哝道，“剥去赫丝特太太秀丽的肩膀上的华贵的礼服的话，那倒不错。至于那个被她缝制得那么奇妙的红字，我愿意把我患风湿病时用过的一块法兰绒破布送给她，用那块布做更合适！”

“噢，安静，朋友们，安静！”她们当中最年轻的同伴悄声说道，“别让她听见你们说的话！她绣在红字上的每一针，都刺进她的心窝里呢！”

这时，那个冷酷的小差役做了个手势。

“让路，臣民们，看在上帝的分上，”他喊道，“让开一条路，我向你们保证，从现在起到午后一点，普林太太会被安置在男女老少都能看清楚她的华丽衣服的地方。这是马萨诸塞殖民地的福分。在这里，罪恶被揭露出来，暴露在光天化日之下。快过来，赫丝特太太，到广场去展示你的红字！”

围观的人群立即闪开一条通路。小差役在前头带路，后面跟着表情严峻的男人和面容冷酷的女人组成的排列得很不整齐的队伍，赫丝特·普林朝处罚她的指定地方走去。一群热心、好奇的小学生跑到她的前面，老是掉过头来，目不转睛地看着她——看她怀里眨巴着眼睛的婴儿以及她胸脯上的那个不光彩的红字。他们对现在发生的事一无所知，只知道因为这件事学校给了他们半天假。那时候，从狱门到集市广场的距离并不远。然而，犯人却觉得它是相当长的一段路程。因为，尽管她态度傲慢，但是，在蜂拥过来看她的那些人的脚步声中，她经受着极大的痛苦，仿佛她那颗心被人抛到街上，任凭众人在上面践踏、蹂躏似的。不过，根据常理，有这么一条同样奇妙而仁慈的成规，那就是受难者不是从眼下的折磨，而主要是从过后压在心头的痛苦，来了解其忍受的痛苦的深度。因此，赫丝特·普林以近乎安详的举止，渡过了这部分苦难，来到了位于广场西端的一个绞刑架。它坐落在波士顿最早建成的教堂的屋檐下，仿佛是那儿的一个附属装置似的。

事实上，这个绞刑架是刑罚机器的一部分。两三代过去了，它现在在我们的心目中只是历史和传统了。可是在过去，它被认为是一种教育好市民的有效的工具，正如法国大革命时期恐怖的革命法庭成员使用的断头台一样。简而言之，它是一个平台，平台上方耸立着那个惩罚工具的框架，用于将人的脖子紧紧勒住，然后将人高高举起，供公众观看。耻辱的观念已体现在这个铁与木的机械装置中了。在我看来，我们共同的天性是伤害不得的——不论这个人有什么过失——再也没有比禁止罪犯因羞愧而掩面这样的伤害更令人发指的了。然而，这正是现在这一处罚的实质。但是，赫丝特·普林的情况，正如其他常见的情况一样，她的判决要求她必须在平台上站一些时辰，但不必忍受勒紧脖子、夹住脑袋的绞刑之苦。绞刑是这台丑陋的机器的最凶暴的特征。她很清楚自己所担任的角色，所以她每登上一段木台阶，都会站在高出街道一肩的地方示众。倘若在这些清教徒的人群中有一个罗马天主教徒的话，他会从这位美艳的妇人身上——她的服饰和神采是那么独特，她的怀里还抱着婴儿——回想起很多著名画家争着要为其画像的圣母的形象。确实，只有通过对照，才会使他回想起其婴儿必须为世人赎罪的无罪的圣母的神圣形象。在这里，在人类生活最神圣的本性中，存在着一抹最深重的罪恶，它产生了这样的效果：就这位女人的美艳而言，世界只能算是黑暗的；而就她生育的这个婴儿来说，世界则算是堕落的。

这个场面也有点令人肃然起敬。在社会尚未堕落到会对这一场面发笑，而不是发抖的时候，这种场面总是使一个同胞被笼罩在罪过和羞耻的悲惨气氛中。目睹赫丝特·普林蒙受耻辱的目击者们，尚未摆脱他们的单纯无知。如果她被判死刑，他们也会十分严厉地眼睁睁地看着她死去，而不会对这种酷刑抱怨一句。但是，他们不像另一个社会阶层那样残酷。那个阶层只会在眼下的示众中找到一个打趣的材料。即便有人想把这件事变成笑柄，想必也会因为有与总督一样高贵的人、总督的几位顾问、一名法官、一名将军以及镇上的牧师们等的庄重出席，而抑制住这种想法。这些人都在会议厅的阳台上坐着或站着，俯视着刑台。当这些人物构成了这一景象的一部分，而不致使他们的官职的威仪和尊严遭到伤害的时候，我们完全可以有把握地推断，法律判定的处罚将具有重要的和有效的意义。因此，整个人群显得忧郁、严肃。有上千只冷酷无情的眼睛盯着她，他们的目光全集中在她的胸脯上。在这么沉重的精神压力下，这个不幸的罪犯尽了一个女人最大的努力来支撑自己。她几乎无法承受这样的重负。她所具有的激昂的天性使她坚定了自己的意志，以面对公众用种种侮辱发泄出的恶毒的中伤。但是，在普通民众的阴郁的气氛中，有着一种更加可怕的特性，使她宁可见到所有这些刻板的面孔都因轻蔑的嬉笑而扭曲，而自己则是嘲笑的对象。倘若人群中爆发出一阵大笑——每个男人、每个女人、每个声音尖锐的小孩各自发出他们的笑声——那么，赫丝特·普林也许会以刻薄和轻蔑的微笑一一予以回敬。可是，在她注定要忍受的这种沉闷的打击之下，她时时感到要鼓足胸腔中的全部力量来尖声呼号，并从刑台上翻到地面，否则，她会立刻发疯的。

但是这当中也存在着时间空隙。在这些空隙里，她作为最引人注目的目标的景象，似乎从她眼里消失了，或者，至少像一些不完整的鬼怪形象似的在她眼前模糊地闪烁着。她的脑子，尤其是她的记忆力异常活跃：总是出现其他景象，而不是西部荒野边缘的这座小城的粗陋街道的景象；总是出现其他面孔，而不是从那些尖顶帽檐底下向她怒目而视的面孔。各种最琐碎的、最不重要的回忆，婴儿期与学生时代的各类游戏、争吵，以及她少女时代的家庭生活等，都涌进了她的脑海里，掺杂着她后来的生活中的一些最重要的回忆。这幅画面恰好与另一幅画面一样逼真，仿佛所有的画面都同等重要，或者所有的画面全是一出戏似的。也许，这是她通过显示出这些幻影似的影像，从残酷的负荷和严酷的现实中解脱的一种方法。

即使如此，颈手枷刑台却是一个眺望点。站在那里，赫丝特·普林看见了从她幸福的幼年时期以来，她留下的全部足迹。站在这个不幸的高台上，她又一次见到了她在旧英格兰的故乡以及她的父母的家。那是一座破烂的灰色石头房子，显得很穷酸的样子，可是正门上方还保留着一半被涂抹的、作为古老的高贵门第标志的盾形纹章。她看见了父亲的脸、光秃的额头和飘垂在老式的伊丽莎白皱领上的令人敬畏的白胡须；她也看到了母亲的脸，总是带着她记忆中的那副谨慎和满怀慈爱的神情，即便在母亲去世之后，这副神情还常常在赫丝特·普林的生活道路上留下温和的告诫。她看到了她自己焕发着青春之美的面容，在那面她习惯用的微暗的镜子内熠熠生辉。站在那儿，她还看到了一张年老体衰的男人的面孔——苍白，消瘦，学究似的外表，被供他用心研读许多大部头书籍的灯光弄得昏花和迷糊的双眼。然而，那双迷糊的眼睛在观察人类的灵魂时，却具有奇特的、敏锐的洞察力。赫丝特·普林凭借女性的想象力，回忆起这个在书房和隐居处的人物有点畸形，他的左肩比右肩略高了一点。接着，在她记忆的画廊中，浮现在她眼前的，是美洲殖民地城市里错综复杂的狭窄的大道、高大的灰色房子、巨大的教堂和年代久远的古雅的公共建筑物。在这个城市里，一种新生活正在等待着她。这种生活仍然与那位畸形的学究联系在一起。它是一种新生活，可是却好像崩落的墙壁上的一簇青苔一样，靠陈腐的物质过活。最后，清教徒殖民地的粗陋的集市广场，取代了这些变幻无穷的景象，又显现在她的眼前。所有的居民都聚集起来，将他们严厉的目光瞄向她——她站在颈手枷刑台上，手里抱着婴儿，在她的胸襟上是用金线奇妙地绣制而成的红色字母A！

这是真的吗？她紧紧地将孩子搂在怀里，因为用劲太猛，婴儿大叫了一声。她眼睛朝下，望着那个红字，甚至拿手指去触摸它，以便弄清楚婴儿和红字都是真实的。是的！这些就是她的现实——其余的一切已全然消失了！

三 认出

正当红字的佩带者强烈地意识到自己已成了公众严厉注视的目标时，她终于在人群的外围辨认出一个人来，她的紧张情绪因此稍有缓解。这个人不可抗拒地占据着她的心。一个穿着本地服装的印第安人站在那里，但红番①在英国殖民地并不罕见，因此，这样一个印第安人在这个时候并不会吸引赫丝特·普林的注意力，当然更不会妨碍她考虑其他事情。一个身穿混杂着文明和野蛮的奇装异服的白人站在这个印第安人身边，显然，这个人与那个印第安人之间维持着一种同伴关系。

这个白人身材矮小，脸上爬满皱纹。不过，若称这人年迈，尚为时过早。他的相貌显得异常聪慧，就像一个在脑力方面很发达的人，肯定会根据其脑力来塑造自身的肉体形态，并显露出最显著的特征一样。虽然，通过换上奇异服装，他已竭力地掩饰和减少了这种特征，然而，这个男人的一个肩膀比另一个肩膀高的特征对赫丝特·普林来说是再明显不过了。在见到那张瘦削的脸孔和有点畸形的体态的那一瞬间，赫丝特再次以一种痉挛性的力

① 对印第安人的别称。

量，将婴儿紧紧地搂在怀里，致使这个可怜的婴儿又发出疼痛导致的尖叫声，但婴儿的母亲却似乎没有听见。

当陌生人来到广场时，在她还没有看见他之前，他的目光已经盯住赫丝特·普林了。起初，他毫不在意，像一个主要习惯于留意心灵深处的人一样，外部事物除非与他的脑海里的某些东西有关，否则，对他而言都毫无价值，也无关紧要。然而，他的目光很快变得敏锐起来，一阵不安的恐惧从他的脸上扭曲而过，犹如一条蛇迅速地从他的脸上滑行而过，稍作停顿后，他将一切盘绕动作暴露在众目睽睽之下。他的脸因某种强烈的情感而沉了下来。

然而，他用自己的意志迅速地控制住这种情感。因此，除了那一刹那外，他的脸部表情可以被认为是冷静的。过了一会儿，痉挛几乎不能被觉察出来了，最后平静下来，隐入天性深处。当他发现赫丝特·普林的目光与他相遇，并看出她似乎认出他时，他慢慢地、镇定地举起一个手指，在空中做了个手势，然后放在嘴唇上。

后来，他拍了拍站在身边的一位市民的肩膀，以郑重其事的、谦恭有礼的态度跟他攀谈起来。

“请问，先生，”他说道，“这个女人是谁？为什么她会被放在这儿示众？”

“朋友，想必你在这一带是个异乡人，”那市民回答道，眼睛好奇地望着问话者及他的那个野蛮的同伴，“否则，你肯定听人说过赫丝特·普林太太及其恶劣的行为。我敢向你保证，她在虔诚的丁梅斯代尔先生的教会闹出了大丑闻。”

“你说得对，”那个陌生人回答道，“我是个异乡人，并且极其违心地成了一个流浪汉。我在海上、陆地上都遭遇过极大的不幸，甚至长期被南方地区的野蛮人监禁。如今，这个印第安人把我带到这里，以便找人把我从监禁状态中赎出去。因此，请你给我讲讲赫丝特·普林——我没有弄错她的名字吧——讲讲有关这个女人的罪过，以及是什么原因让她站在那边的绞刑台上。”

“确实，朋友，我想，在你经历这一切麻烦和在荒野逗留之后，”这位市民说道，“终于发现自己来到了一个追查罪恶、在统治者和人民面前惩罚罪恶的国家——我们神圣的新英格兰，想必你会很开心吧。你必须知道，先生，那边那个女人，是某位在英国出生的学者的妻子。那位学者长期以来一直住在阿姆斯特丹[①]。不久以前，他想渡过大西洋，到马萨诸塞与我们共命运。为此目的，他先把妻子打发过来，自己留下来照料一些必要的事务。唉，先生，大约过了两年或两年不到，那个女人成了波士顿这儿的居民，而这位有学问的先生，普林先生，却杳无音信。于是，你瞧，他的年轻的妻子便误入歧途……”

“啊！——啊哈！——我明白了，”陌生人苦笑着说道，“你所说的那个有学问的人，也应该从他的书本里懂得这种事情才对。那么，先生，如果你允许我这么说的话，谁可能是那边那个婴儿的父亲呢？——据我判断，普林太太怀里抱的婴儿大约三四个月大了吧？”

“老实说，朋友，这仍然是个谜。我们还缺一个但以理[②]那样的人来解开这个谜。”市民回答道，“赫丝特太太死都不肯说。地方行政官们聚在一起商量过，也毫无办法。也许，那个罪人现在正站在一边观看这一可悲的景象呢。谁也不知道他，可是别忘了，上帝是看得见他的！”

“那位有学问的人，”陌生人又笑着说道，“应该亲自前来调查这个谜。”

---

① 阿姆斯特丹，荷兰首都，海牙为政府所在地。

② 但以理，《圣经·旧约》所载的希伯来先知，因他极忠于神，所以曾被困于狮窟而未受害，见《但以理书》六章十六节及十七节。

“如果他还活着的话，这事由他来做正合适，”市民回答道，“先生，虽说我们马萨诸塞的地方行政官考虑到这个女人年轻漂亮，且毫无疑问，她的堕落是因为受到强烈的诱惑，再加上，她的丈夫也许已经葬身海底——这是极有可能的，因此，他们没有冒失地对她执行我们公正的、极端的法律。法律对此罪的处罚是死刑。他们以极大的慈悲和软心肠，只判普林太太在颈手枷绞刑台上站三个小时，然后，在她的余生里她必须在胸襟上戴着耻辱的标志。”

“英明的判决！”陌生人严肃地点点头说道，“这样，她将成为自己的罪行的一个活的训诫，直到那个不光彩的红字被刻在她的墓碑上。然而，她的那个罪恶的伙伴竟没有与她一起站在绞刑台上，这令我感到恼火。不过，他会败露的！他会败露的！他会败露的！”

他彬彬有礼地向与他谈话的市民鞠躬，对他的印第安人同伴耳语了几句，然后他们双双费力地挤出人群。

当他们经过广场的时候，赫丝特·普林一直站在刑台上，目光凝视着陌生人。她的目光太集中了，以至于在高度专注的时候，视野中的其他事物似乎都消失了，只剩下他和她。也许，如果两个人单独会面，会比现在这种见面方式更加可怕：现在正是正午，烈日当空，阳光热辣辣地照在她的脸上，把她满脸的羞愧之色暴露得一览无余。胸襟上可耻的红色标志，怀里罪恶诞生的婴儿，全体居民像过节似的被吸引过来，目不转睛地盯着本来只该在炉边平静的微光中，在家庭幸福的气氛中，或者在严肃地做礼拜时的面纱底下才能见得到的面容。尽管今天的会面是可怕的，但是她觉得这成千上万的目击者对她起到一种庇护作用。现在，他们这样站着，彼此之间相隔着这么多人，总比他们两人独处，面对面地打招呼来得好些。她仿佛是以这种众目睽睽之下的场面作为保护，并担心这种保护会离开她。因为陷入这些想法之中，她几乎没有听见身后的一个声音，直到这个声音以全体民众都听得见的、响亮的、庄严的声调，不止一次地重复着她的名字。

“听我说，赫丝特·普林！”那声音说道。

前面已经提到，就在赫丝特·普林站着的绞刑台的正上方，是一种连着会议厅的露天的看台。那是当时举行公共庆祝活动仪式时，地方行政官聚集并发布公告的地方。作为对我们描述的这个场面的见证，这里坐着贝林厄姆总督本人。他的椅子周围是四个持戟的警卫官，作为仪仗队。总督的帽子上插着一根黑色羽毛，斗篷上绣着花边，斗篷里面是黑色的天鹅绒紧身衣。他是一位已上了年纪的绅士，在他的皱纹上雕镌着艰苦的经历。他并非不适合担任这个社会的首脑和代表。社会不是把它的起源和进步以及它目前的发展状态归功于少年时期的冲动，而是归功于成年时代的坚强和锻炼出来的能力，以及老年人隐晦的精明。这个社会取得这么大的成就，恰恰是因为它想象和希望得太少。围绕在主要统治者周围的其他杰出人物以其态度庄严而闻名，因为他们属于这样一个时期，即权力机构被认为是具有神的机构的神圣的时期。毫无疑问，他们是公正的、贤明的和善良的人。然而，若要从整个人类中挑选出同样聪明和有德行的人，与赫丝特·普林掉过脸所面对的板着脸孔的圣人相比，被挑选出的人更无判决一个犯错误的女人的能力，也更无分清善恶的能力，那确实不容易。她似乎意识到，她可以指望的任何同情，只能来源于宽宏大量的、热情的民众。当她抬起头来，朝阳台望去时，这位不幸的女人顿时脸色刷白，浑身发抖。

引起她注意的声音，是可敬的和著名的约翰·威尔逊的声音。他是波士顿最年长的牧师，而且，像他这个职业中的大多数同龄人一样，他也是一位大学者，还是一位仁慈、和蔼的人。然而，最后这个特征没有得到像他的智力上的天赋那样彻底的发展。事实上，这对他来说倒是一件让他羞愧的事，而不是一件让他得意扬扬的事。他站在那儿，无边的便帽底下有一圈灰白色的头发；他那双习惯于书房里的幽暗光线的灰色眼睛，像赫丝特的婴儿的眼睛一样，在纯净的阳光下眨巴着。他看起来像是我们在旧布道书上所见过的模糊的镌刻画像，但是并不比那些画像中的任何一个人更有权利走出来，就像他现在这样干预人类的罪恶、情欲和痛苦的问题。

“赫丝特·普林，”牧师说道，“我已经与这位年轻的兄弟争论过——他的布道你有权旁听，”说到这儿，威尔逊先生将一只手搁在他身边的一位脸色苍白的年轻人的肩上，“我是说，我试图说服这位虔诚的年轻人，他应该在上帝面前，在这些英明、正直的统治者面前，在全体民众都听得到的地方，处理你的问题，追究你可耻、邪恶的罪恶。由于他比我更了解你的天性，因此，他更懂得该使用什么语言——使用温和还是恐怖的话语，以便战胜你的强硬与顽固，使你不再隐瞒那个诱惑你堕落的男人的名字。可是他反对我的意见，尽管他的聪明超过了他的年龄，但是他有着年轻人的那种过度的温柔。他说将你心底的秘密在光天化日之下暴露在大庭广众面前，恰恰损害了一个女人的天性。但是，正如我力图说服他的，耻辱在于犯罪行为，而不在于供出罪恶。丁梅斯代尔兄弟，你再谈谈对这个问题的看法，好吗？该由你呢，还是我来整治这个可怜的罪人的灵魂？”

阳台上那班高贵的、可爱的人当中顿时响起了一阵叽叽喳喳声。贝林厄姆总督以权威的语气，把主要意思说出来，只是因为对讲话对象——这位牧师的尊重而有所缓和。

“丁梅斯代尔先生，”他说道，“这个女人的灵魂的主要责任在于你，因此，你应该劝她悔悟和坦白，并把这看作一种考验及其结果。”

这一直率的要求，把全体民众的目光都吸引到丁梅斯代尔牧师先生身上。丁梅斯代尔是位年轻的牧师，来自英国一所最有名气的大学。他把这个时代的所有学问都带到了我们荒芜的林地。他的口才和宗教热情，已经使他在同行中居于显赫的地位。他的外貌很引人注目：生就高耸的苍白额头，一双忧郁的棕色大眼睛，还有一张除非用力闭合否则易于颤抖的嘴——这显示出神经质的敏感和巨大的自制力。尽管他具有很高的天赋和学术造诣，这位年轻的牧师总带有某种神态——一种忧心忡忡、吃惊的和半受惊的神色——犹如一个觉得在人生道路上误入歧途、怅然若失，只能在自己的某个与世隔绝之处才能自由自在的人那样。因此，只要他的本职许可，他便踏着绿树成荫的小路散步，借此使自己保持纯真和孩子气。在适当的场合，他带着一种清新、芬芳和纯洁的思想出现。正如许多人所说的，这种纯洁的思想像天使的话语那样令他们感动。

这就是威尔逊牧师先生和总督公开向公众介绍的那位年轻人。他们吩咐他在所有人都能听得到的地方，提及这个女人的灵魂的秘密。她的灵魂虽然已经堕落，但还是如此神圣不可侵犯。这种尴尬的境况使他面无血色，嘴唇直哆嗦。

“兄弟，跟那个女人谈谈吧，”威尔逊先生说道，“这对她的灵魂至关重要。因此，正如可敬的总督所说的，既然她已经把灵魂托付给你，这对你自己的灵魂也是重要的。劝她坦白吧！”

丁梅斯代尔牧师先生低着头，仿佛在默默地祷告，然后朝前走出来。

“赫丝特·普林，”他俯身在阳台上，目不转睛地注视着她的眼睛，说道，“你听到这位先生的话，也看到我在为这一责任而苦恼了吧。倘若你觉得这样做有助于你的灵魂的安宁，会让你在人间所受的处罚更有效地拯救你的灵魂，我命令你说出你的同案犯和共同受难者的名字！你绝不可以因为对他抱有任何错误的同情和慈悲，而保持沉默。因为，请相信我，赫丝特，尽管他必须步下高位，站在你身边那耻辱的刑台上，但是，这样也会比终生隐藏着一颗内疚的心好些。你的沉默，除了诱使他——是的，可以说是迫使他——在罪恶上又加上虚伪外，对他还能有什么好处呢？上帝给了你公开的耻辱，你由此可以得到公开战胜内心邪恶的好结果。别拒绝给他现在已送到你嘴边的那杯有益健康的苦酒！也许，他根本没有勇气自己去拿来喝呢！”

年轻牧师颤抖的声音悦耳、圆润、深沉、时断时续。这声音如此明显地表现出的情感，而不是这番话的直接含义，使之在所有人的心中震荡，并引起了听众的共鸣。就连赫丝特怀里的可怜的婴儿，也受到同样的感染，将迄今为止茫然的目光转向丁梅斯代尔先生，并举起两只小手臂，发出半高兴、半悲哀的咿呀声。这位牧师的规劝似乎太有力了，以至于人们相信赫丝特·普林一定会说出那个罪人的名字。不然，不论那个罪人本人所处的地位有多高或多低，都会出于某种内在的和不可避免的需要，而被迫登上这个绞刑台。

赫丝特摇了摇头。

“喂，上帝的慈悲是有限度的！”威尔逊牧师先生喊道，语气比先前更加严厉了。“连那个小婴儿都开口，赞成和认可你已经听到的劝告了。说出他的名字来！这样，加上你的悔悟，也许有助于摘掉你胸襟上的红字。”

“决不！”赫丝特·普林回答道，眼睛不是看着威尔逊先生，而是直直地盯着年轻牧师那双深邃的、困扰的眼睛。“红字的烙印太深了，你摘不掉。但愿我不仅能忍受自己的痛苦，也能忍受他的痛苦！”

“喂，说出来！”另一个冷酷的、严厉的声音说道。这个声音从绞刑台附近的人群中传来。“说出来，给你的孩子一个父亲！”

“我不说！”赫丝特回答道。她的脸色苍白如纸，但还是对这个熟悉的声音做出回答。“我的孩子必须寻找一个天国中的父亲。她将永远不会知道尘世间里她的父亲！”

“她不肯说！”丁梅斯代尔先生喃喃道。他俯身在阳台，一只手搁在心口上，一直在等待他的规劝结果。现在，他舒了一口气，将身子缩回。

“一颗女人的心的神奇力量与慷慨！她不肯说！”

年长的牧师看出了这个可怜的罪犯的顽固。他对这种场合早已做了充分的准备，便向广大民众做了有关形形色色的罪恶的讲道，并总是涉及那个不光彩的红字。他对这一符号如此有说服力的详述持续了一个多小时，其间，他的华丽的辞藻一直萦绕在人们心间，使这一符号在人们的想象中又增添了新的恐惧，仿佛它从地狱的火焰中获得了火红的色彩似的。与此同时，赫丝特·普林一直站在耻辱台上，目光呆滞，样子显得困乏、冷漠。这天上午，她已经承受了一个人的天性能够忍受的一切。由于她的气质绝不会以晕过去来逃脱猛烈的痛苦，所以她的精神只能隐蔽在麻木的、坚硬的外壳下面，而动物的生命机能仍然完整无缺。在这种状态下，讲道者的声音无情地在她耳旁吼叫着，然而毫无效果。在她所受的后半部分的折磨中，那婴儿的哭声和尖叫声惊天动地，赫丝特机械地想使孩子安静下来，但她似乎对孩子的困境缺乏同情。她也被以同样严厉的态度带回监狱，从公众的注视中消失，进入铁箍的大门内。目光尾随着她的那些人私下交头接耳地说：那个红字沿着监狱幽暗的过道射出了一道红光。

四 会面

赫丝特·普林回到监狱后，被发现处于神经受刺激的状态。这需要有所提防，否则她可能会对自己干出傻事，或半疯狂地伤害可怜的孩子。当夜幕降临时，在训斥或惩罚的威胁被证明无法平息她的反抗时，监狱看守布雷克特先生认为请个医生比较妥当。他把这个医生说成精通各种医学方法，同时，对于森林里生长的药草、药根，凡是野蛮人懂得的，他同样也很熟悉。老实说，不仅赫丝特·普林需要医生的帮助，那个婴儿更急需帮助。她从母亲的乳房汲取营养，似乎把遍及她的母亲全身的一切的混乱、痛苦和绝望，都一起吸进去了。现在，婴儿因痉挛而痛苦地扭动着。她那纤细的身躯，是赫丝特·普林一整天忍受的精神痛苦的一个强有力的象征。

紧跟着监狱看守走进阴暗的牢房的是那个外貌奇特的人。他在人群中的出现已引起了红字的佩带者的极大关注。他暂住在监狱，不是因为他有任何犯罪的嫌疑，而是因为这是安排他的最方便、最合适的方式，直到地方行政官与印第安人酋长商量有关他的赎金问题时为止。他的名字是罗杰·奇林沃思。监狱看守将他领进房间之后又待了一会儿，对他进来之后这地方变得比较安静感到大为惊奇，因为赫丝特·普林立即变得死一般的静默，尽管婴儿还在继续呻吟。

“朋友，请你让我单独和病人待一会儿，”医生说道，“相信我，看守，不久后，你的牢房便有了安宁。同时，我敢向你保证，从此之后，普林太太将会更顺从合法的权威，而不再是你以前见到的样子了。”

“好，如果阁下能做到这样的话，”布雷克特先生回答道，“我将承认你确实是个医术高超的人！这个女人的确像着了魔似的。我正缺乏控制她的办法，甚至我都想要让人用鞭子把魔鬼从她身上驱逐出去了。”

这位陌生人以医生特有的冷静走进牢房，这与他自己宣称的身份相符。当看守退出去，只剩下他与那个女人面对面时，他的举止也没有改变。她在人群中对他的全神贯注，暗示着他和她之间存在着某种非常亲密的关系。他先为小孩看病。事实上，当婴儿躺在带脚轮的矮床上痛苦地翻滚时，其哭声使先哄好她而推迟其他一切活儿成为必要。他仔细地诊视着婴儿，然后解开一个皮革盒子——这个盒子是他从衣服底下取出来的，它似乎装有某种药剂。他取出其中的一粒药调入一杯水中。

“我过去在炼丹术方面的研究，”他说道，“以及过去一年在一个精通草药的各种天然特性的民族当中逗留，使我成了一个比许多获得医学学位的人还要高明的内科医生。喂，拿去吧！这孩子是你的——她根本不是我的——她既不会将我的声音，也不会将我的容貌认成她的父亲。因此，你亲手给她喂这剂药吧。”

赫丝特拒绝他给的药，同时，怀着极为明显的恐惧，眼睛紧紧地盯着他。

“你想对这个无辜的孩子进行报复吗？”她低声说道。

“蠢女人！”医生半冷漠、半安慰地回答道，“我怎么会伤害这个可怜的私生子呢？这药的药效很好。倘若她是我的孩子——是的，倘若是我自己的孩子，也是你的孩子——我也只能这么治。”

当她还犹豫不决，事实上，处于毫无理性的心境时，他抱起婴儿，亲自喂她吃药。它很快地证明了其功效，履行了医生的保证。小病人的呻吟消失了，痉挛性的抽搐扭动渐渐地停止了。过了一会儿，她便进入了甜蜜的梦乡——这是被解除了病痛的小孩的习惯。接着，医生——他完全有权利被称为医生——开始为那位母亲看病。他沉着、专心地细细诊察着她的脉搏，窥视着她的眼睛——这一凝视使她的心骤然收紧，心惊肉跳，因为它是那么的熟悉，却又是那么的陌生和冷酷——最后，他对自己的诊察感到满意，便着手调配另一剂药。

“我既不懂得遗忘川[①]，也不懂得忘忧药[②]”，他说道，“不过，我在旷野里学到了许多秘方，这是其中的一种——一个印第安人为了回报我传授给他的知识而教我的处方。我传授的知识与巴拉塞尔萨斯[③]一样古老。喝了吧！也许，它比不上清白的良心那么令人宽慰——这是我无法给你的，然而，它像泼在波涛汹涌的海浪上的油一样，能够使你兴奋的、起伏的心情平静下来。”

他将这杯药递给赫丝特。她接过杯子，眼睛缓慢地、严肃地盯着他的脸，不完全是害怕的神色，却对他的目的充满怀疑和疑惑。她也看了看熟睡的孩子。

“我曾经想到过死，”她说道，“我希望死去，甚至祈求死亡，倘若我还有资格祈求任何东西的话。然而，如果死亡就在这个杯子里，那么，在你看我喝下它之前，请你再考虑考虑。你瞧！它现在已到了我的嘴边了。”

---

① 遗忘川，希腊神话中冥府中的一条河流，死者饮其水，便会忘掉过去的一切。

② 忘忧药，古希腊传说中一种类似鸦片的麻醉药，能使人忘却痛苦、忧愁。

③ 巴拉塞尔萨斯（1493—1541），瑞士炼丹士及医生。

“那么，喝吧，”他回答道，态度仍然那样冷静，“你难道这么不了解我吗，赫丝特·普林？我的目的会这么浅薄吗？即便我设想出报复的计划，难道还有什么比我让你活着——给你药吃，使你免遭一切伤害和生命危险——以便让这一奇耻大辱能仍旧在你的胸前闪闪发光更好呢？”他在说话时，将他纤长的食指放在红字上。它似乎立即灼伤了她的胸脯，仿佛它一直是炽热的似的。他注意到她不自觉的姿态，笑了。“所以，活下去吧，并且在男男女女的面前，在过去你称为丈夫的人的面前，以及在那边的孩子的面前佩戴着它，直至你的末日！因此，为了你能活下去，把这药喝了。”

赫丝特·普林没有等进一步的规劝或耽误，将这杯药一饮而尽，并按照医生的示意，在孩子正在熟睡的床上坐下；而他则拉过房间里的唯一一把椅子，在她身边落座。她不能不对这些安排感到不寒而栗。因为她觉得，在他做了这一切仁慈的或讲道义的事之后，或者，像是某种文雅的残酷，迫使他为解除她的肉体上的病痛尽力之后，下一步，他可能会以一个受过她最深的和最不可弥补的伤害的人的身份来对付她了。

“赫丝特，”他说道，“我不打算问你为什么或怎么落入地狱的，或者，更恰当地说，你是怎样登上这耻辱台的——我正是在那儿找到你的。其原因并不难找，那就是我的愚蠢和你的软弱。我——一个有思想的人，一个大书呆子，一个已经老朽的人，把自己最好的年华花在满足如饥似渴的求知欲上——像你那样的青春与美貌和我又有什么关系呢？由于我出生时身体就是畸形的，我怎么能自欺欺人，认为脑力天赋可以在一个年轻女子的幻想中掩盖住肉体的缺陷呢？人们说我聪明。如果智者为了自己的利益曾经聪明过的话，我也许早会预见到这一切。我早就该知道，当我走出那片广阔的、凄凉的森林，进入这块基督徒的殖民地的时候，第一个映入我眼帘的就是你本人，赫丝特·普林，一尊耻辱的雕像，站在大庭广众面前。不，从我们作为夫妇走下古老教堂的台阶的那一刻起，我就该看到，在我们的道路的尽头的那个熊熊燃烧着的红字的烽火！”

“你知道，”赫丝特开口说道，她虽然心情沮丧，但受不了他对她的耻辱标志的最后的暗中的中伤，“我过去对你是开诚布公的——我对你没有爱情，也不假装有任何爱情。”

“没错！”他回答道，“我已经说过，是我愚蠢。可是，直到我生命的那个时期，我都是在虚掷光阴。世界多么沉闷！我的心胸足以容纳众多的客人，然而却寂寞、凄凉，缺乏家庭的温暖。我多么渴望获得家庭的温暖！我可以得到这一到处扩散着的有待人类去争取的简单的幸福，这看来并不是一个太不切实际的梦想，尽管我年迈，尽管我忧郁，尽管我畸形！所以，赫丝特，我把你引进自己的心中，引入内心最深处，并寻求通过因为你的存在而产生的热情，来温暖你的心！”

“我已经狠狠地伤害了你。”赫丝特喃喃道。

“我们彼此都伤害了对方，”他回答道，“当我诱使你那含苞欲放的青春与我的老朽之间产生一种错误的和不自然的关系时，是我首先伤害了你。因此，对于像我这样一个善于思考、善于从哲学观点来解释的人来说，我不寻求报复，对你也没有抱着邪恶的念头。在你和我之间，天平是相当平衡的。可是，赫丝特，那个伤害我们俩的男人还活着，他是谁？”

“别问我！”赫丝特·普林回答道，眼睛紧紧地盯着他的脸，“你永远也不会知道！”

“永远不会，是你说的？”他带着一丝隐秘的和自恃聪明的笑意回答道，“永远也不知道他！真的，赫丝特，对于一个认真的、毫无保留地致力于解开某个秘密的人来说，很少有什么能瞒得过他，不论是外部世界，或是有一定深度的、隐秘的思想领域。你可以对爱打听的群众隐瞒秘密；当牧师们和地方行政官们试图从你的心里攫取他的名字时，你甚至也可以对他们隐瞒，就像你今天所做的那样。然而，至于我，我是以别人所不具有的其他感官来调查的。我将会寻找出这个男人，正如我在书本上寻找真理一样，也正如我在炼金术中寻找金子一样。一种生理感应将使我意识到他。我将见到他发抖。我也将突然地、不知不觉地感到自己在战栗。他迟早必定要落到我的手里！”

这位满脸皱纹的学者的眼睛在她身上这么猛烈地闪亮着，因此，赫丝特·普林双手紧紧地捂住自己的心，生怕他会立即识破那儿的秘密。

“你不愿意披露他的名字吗？他照样逃不出我的手心，”他继续说道，样子显得很自信，仿佛命运与他浑然一体似的，“他没有像你那样在衣服上佩带可耻的红字，但是，我将在他心里看到这个红字。不过，你不必替他担惊受怕！别以为我会干涉上帝自己的报应方法，或者把他交给人类的法律去制裁，而使我自己蒙受损失。你也不用想象我会图谋伤害他的生命，或图谋损害他的名望——假如像我所判断的，他是一个名声清白的人的话。让他活着！让他躲藏在名誉的外表下——如果他做得到的话！然而，他仍然逃不出我的手心！”

“你的行为像是怜悯，”赫丝特说道，觉得迷惑和胆寒，“可是你的话表明你是个可怕的人物！”

“既然你曾经是我的妻子，有一件事我得告诫你，”老学究继续说道，“你已经替你的情夫保密。同样，你也得替我保密！这一带谁也不认识我。别对任何人透露，我曾经是你的丈夫。在地球上的这个荒凉的边缘，我要在此安营扎寨了。因为，在别的地方，我是个流浪汉，与人类的利益相脱离；现在，我找到了一个女人、一个男人和一个小孩，他们和我之间存在着最密切的纽带关系。不论是爱还是恨，也不论是对还是错！赫丝特·普林，你，以及那些与你有关的人都是属于我的。我的家，就是你所在的地方和他所在的地方。可是，别出卖我！”

“你为什么提出这样的要求呢？”赫丝特问道，不知何故，她对这一秘密同盟感到畏缩不前，“为什么不公开自己的身份，立即把我甩掉？”

“也许，”他回答道，“是因为我不愿意面对这种耻辱，它玷污了一个不忠实的女人的丈夫。也许还有别的理由。够了，生生死死不为人所知，这就是我的目的。因此，让你的丈夫存在于世上，就当他已经死了一般，你再也不会从他那儿得到任何音信。别以言谈、手势或神色把我认出来！尤其别向那个男人泄密。如果你在这点上令我失望，当心！他的名誉、地位和生命都掌握在我手里。当心！”

“我会像保守他的秘密一样，保守你的秘密。”赫丝特说道。

“发个誓吧！”他回答道。

于是她发了誓。

“好啦，普林太太，”老迈的罗杰·奇林沃思说道——从今以后，他便叫这个名字，“我不去管你，不去管你的婴儿，也不去管你的红字！怎么样，赫丝特？你的判决要你连睡觉时也要佩带这个符号吗？难道你不害怕梦魇和噩梦吗？”

“你为什么那样对我冷笑？”赫丝特问道，对他的目光和表情感到忐忑不安，“你会像经常在我们周围的森林里出没的魔鬼一样吗？你已经诱使我加入了同盟，它将证明我的灵魂已经毁灭了吗？”

“不是你的灵魂，”他又冷笑着回答道，“不，不是你的灵魂！”

五 做针线的赫丝特

赫丝特·普林的拘禁期现在都已结束。监狱大门猛然打开了，她走进阳光里。那普照一切的阳光，在她混乱的和病态的心中，仿佛只意味着显露出她胸脯上的红字。她第一次没有人跟随走出监狱大门，对她而言，这也许比已经描述过的那些人群和景象更是一番真正的折磨。她在那儿被示众，所有的人都被吸引过来，对她指手画脚。那时候，一种反常的神经紧张和全部好斗的性格力量支撑着她，使她把这一场面转变为惊险的胜利。况且，那是她一生中只发生过一次的单独的事件。因此，她可以不顾一切地调动足以满足许多平静岁月的需要的生命力来面对它。正是判她有罪的法律——一位脸孔严厉，但他的铁臂里既有支持的力量，又有消灭的力量的巨人——支撑着她挺过这一可怕的耻辱折磨。可是如今，她一个人走出监狱大门，开始她的日常生活。她要么以她普通的体力资源支撑着继续生活，要么支持不住而倒下。她再也无法借用未来，来帮助她渡过眼前的忧伤。明天有明天的苦难，后天亦然，大后天亦然。每一次的苦难都不同，然而，却都是与现在完全相同的、令人不堪忍受的苦难。在遥远的、将来的日子里，她将会继续艰难地生活下去，仍然有同样的负担等待着她去处理、承受，她却从不能将其卸下，因为日积月累的岁月将会在那堆耻辱上堆积它们的痛苦。在所有这些岁月里，她要放弃自己的个性，成为说教者或道德家指手画脚的对象，同时也将成为他们具体、生动地表现的女人品德上的过失和充满罪恶的情欲形象的象征。这样，他们将教育纯洁的年轻人看她胸前那闪闪发亮的红字，看她这个有着体面的双亲的女儿，看她这个会在以后成为成年妇女的婴儿的母亲，看曾经清白、单纯的她成了罪恶的形象、躯体和现实。而且，在她的坟墓上，她必须带到那里的臭名将是她唯一的墓碑。

这个女人竟会把这个地方称为自己的家，这看来实在令人不可思议，因为在这儿，并且只有在这儿，她不得不成为羞耻的象征。整个世界展现在她的眼前，在这么遥远、这么偏僻的清教徒殖民地的范围内，她的定罪并没有任何条款规定她必须待在这儿——她可以回到自己的出生地或者到任何其他欧洲国家去，在那儿，她可以以新的面目，隐姓埋名，隐瞒身份，完全进入另一种状态。而且，隐秘的、不可测知的森林的一切关口都对她敞开着，在那儿，她天性中的狂野会渐渐地被另一个其习俗和生活方式同判她刑的法律大相径庭的民族同化。然而，世上存在着一种命运，一种如此不可抗拒而又不可避免，具有毁灭的力量的情感，几乎总是迫使人类像鬼魂一样，总是待在同一个地方。这个地方发生的某个引人注目的重大事件，使这里的人一生都增色生辉。而且，那个事件的色彩愈惨淡，此种情感就愈不可抗拒。她的罪过、她的耻辱，是她已经扎入土壤中的根。仿佛这是一种新生——比她第一次的诞生具有更强烈的同化作用——把对其他所有居民和流浪汉而言如此格格不入的林地，转变成赫丝特·普林的荒凉的和阴郁的，然而却是毕生的家。相比之下，地球上的其他任何地方对她来说都是毫不相干的，甚至连英格兰的那个乡村对她而言也是陌生的。在那里，幸福的幼年时期和纯洁的处女时代，都像很久以前脱掉的衣服一样，似乎还由她的母亲保管着。将她束缚在这儿的锁链是铁制的，它伤害了她最深处的灵魂，然而却永远断不了。

也可能是另一种情感促使她将自己局限于这个致命的地点和小径的范围内。无疑事实正是如此。尽管她对自己掩饰这个秘密，但每当这种情感像一条毒蛇出洞似的从她心里挣脱出来时，她便脸色煞白。这里住着和行走着一个她认为与其有某种婚姻关系的人。由于在这世上未被承认，这种关系将把他们一起带到最后审判的法庭，并为了他们共同的要承担无穷无尽的报应的未来，而把法庭变成他们婚姻的圣坛。灵魂的诱惑者一而再，再而三地把这个想法强行推入赫丝特的沉思之中，并嘲笑盘踞在她心头的那热情洋溢和不顾一切的欢乐，然后竭力让她摆脱这一想法。她几乎不能正视这种想法，赶忙将它关在它的地牢里。迫使她自己相信这种想法的——最后，她对自己继续当一名新英格兰的居民的动机所做的解释——一半是事实，一半是自欺。她心里想，这儿是她犯罪的地点，因此，这里也应该是她受尘世惩罚的地点。也许，她日常遭受的羞辱的折磨终将净化她的灵魂，产生另一种纯洁，由于这是她殉难的结果，所以比她所失去的纯洁更为神圣。

因此，赫丝特·普林没有逃走。在这个城镇的郊外，仍属半岛的范围之内，有一座不紧挨其他住宅的小茅屋。它是早些时候的移民建的，但被丢弃了，因为它周围的土壤太贫瘠，不宜耕种，又因为它相对偏僻，而被排除在明显地具有移民风俗习惯的社交活动的范围之外。茅屋位于海岸上，越过一个小海湾朝西望去，可以见到一座森林覆盖的小山。孤零零地生长在半岛上的矮树丛，与其说遮住了从茅屋向外看的视线，不如说这儿似乎是个乐意被隐藏或至少该被隐藏的地方。在这个凄凉的小屋里，带着她拥有的微薄的资产，经地方行政官许可——他们还十分好奇地、密切地注视着她——赫丝特和她的婴儿就在这里安了家。于是，这地方便立即投下了神秘的、令人怀疑的暗影。一些孩子因为年纪太小，不理解为什么这个女人会被排除在人类的慈善范围之外，常常悄悄地爬近茅屋，看她在窗前做针线活，或者看她站在门口，或者看她在她的小菜圃里干活，或者看她沿着进城的小道走出来。他们一看见她胸襟上的红字，便怀着一种奇怪的、传染性的恐惧，争相夺路而逃了。

虽然赫丝特很寂寞——世上没有一个朋友敢露面，然而，她并没有缺衣少食的危险。她拥有一门足以供正在健康发育的婴孩和自己糊口的手艺，尽管这门手艺在这个国家里几乎没有多少用武之地，这就是做针线活。当时，现在亦然，它几乎是一门女人唯一能掌握的手艺。她在胸襟上佩戴着一个绣得很奇特的字母，那是她精美的、富于想象力的手艺的样品。宫廷里的贵妇人们也许会乐意利用这种手艺，来为她们的丝织品和金线织品添上人类设计方面的更为华丽、更为脱俗的装饰。在这里，确实，清教徒的服装式样的特征一般是黑色和朴素，人们对她的精美的手工制品的需求不大。但是，因为时代的鉴赏力需要这类精致的东西，所以这一定会扩大其对我们的严厉的祖先的影响。这些祖先曾经把许多似乎难以废除的式样都摈弃了。公共仪式，例如圣职任命仪式、地方行政官就职仪式，以及其他那些一个新政府能够向人民显示自己的威严的仪式，都像被当作一个固定的规章制度，以堂皇、端庄、阴沉但有意义的隆重方式来庆祝。高皱领、精心织成的镶边、精美的绣花手套等，都被认为是执掌权力的官员必不可少的。尽管节约法令禁止平民阶层有上述这些或类似的铺张，但对于地位显赫、财力过人的人，这些倒是被欣然允许的。在葬礼的服装方面也是如此——不管是遗体的服饰，还是黑布和雪白的上等细布上的种种象征性的花样——象征活人的悲哀——都对赫丝特·普林能够提供的活计有着经常的和独特的需求。婴儿服装又为她提供了另外一些劳作和获得报酬的机会，因为当时的婴儿都穿华丽的罩衫。

渐渐地，但并不缓慢，她的手工成了现在可称为时髦的东西了。不知是出于对命运如此悲惨的女人的同情呢，抑或出于病态的好奇心——它甚至对普普通通的、毫无用处的东西都给予了虚假的价值；或者由于某种不可捉摸的情况，当时与现在一样，对一些人而言是俯首可拾的，对另一些人而言则是枉费心机也难求的；或者赫丝特真的填补了一项空白，要不然，这项工作就永远是空白的。不管是什么原因，她有现成的和报酬相当不错的工作，这是无疑的。只要她认为合适，她愿意干多少小时的针线活，就能获得多少小时的报酬。也许，虚荣心想通过在壮观和隆重的仪式上，穿上由她那双有罪之手精心缝制的衣服来抑制自己。在总督的高皱领上可以见到她的刺绣，在军人的绶带、牧师的镶边上也可以见到。她的刺绣装饰着婴孩的小帽，同时也被放进死者的棺木里，在那儿发霉、腐烂。可是，记录上一次都不曾记载有人用她的手艺来为新娘刺绣遮羞的白面纱。这一例外表明社会对她的罪过一直耿耿于怀，不留情面。

赫丝特并不为自己寻求任何好过最朴素、最苦行的那类生计，但对她的孩子就稍微宽容一点。她自己的衣服用的是最粗的布料、最暗淡的颜色，那个她命该佩带的红字，是她唯一的装饰品。另一方面，那小孩的衣着却具有花样奇特甚至可以说异想天开的设计，它确实有助于增添小女孩活泼的魅力，这种魅力很早就在小珀尔身上显露出来了。然而，它看来还有一层较深的意义，对此我们以后再进一步探讨。除了用于她的婴儿的装饰的小额开销外，赫丝特将自己的一切多余的收入都用来施舍给并不比她更悲惨的可怜人，也施舍给常常侮辱她的人。有许多时间，她本来可以用来提高手艺，以取得更好的艺术成就，可是她却用来替穷人缝制粗布衫。也许，在这种职业方式中存在着忏悔的念头。她在这些粗糙的手工上花了这么多的时间，确实牺牲了自己的乐趣。她天生具有一种风趣的、妖娆的、东方人特有的特征——喜欢华丽的事物。除了这些精致的针绣产品外，她发现在生活中没有什么其他的事可以让自己发挥才能。女人从做针线活那艰难而精巧的辛劳中，获得了异性无法理解的乐趣。对赫丝特·普林来说，这也许是一种表达生活热情的方式，同时也是平息这种热情的方式。像她对待其他有的欢乐一样，她把它作为罪过来抵制。良心对非物质问题的这种病态的干预，恐怕不是意味着真正的、坚定不移的忏悔，而是有某种令人疑惑的、有重大毛病的东西。

赫丝特·普林以这种方式，终于在社会生活中扮演了一个角色。她以其天生的性格力量和难得的才能，使社会不能全然将她抛弃，尽管它已在她身上打上了一个印记。这个印记比烙在该隐[①]额上的印记更无法为一颗女人的心所忍受。然而，在她与社会的整个交往中，没有一件事能使她觉得自己是社会的一员。那些跟她接触过的人的每一个姿势、每一句话，甚至每次沉默，都暗示着，并常常表明她是被遗弃的人。这种孤独使她觉得自己像居住在另一个天体上似的，或者就像她在以与其他人不同的器官和感官来与世界交流似的。她使自己与人类的利益保持距离，却又紧挨这些利益，犹如幽灵返回熟悉的家中，却不能让人看见它和触摸它，它也就随之平静下来，潜入自己的心中。她是容忍的——

① 该隐，《圣经》中亚当和夏娃之长子，因忌妒杀死其弟亚伯（Abel）。

她确实是个殉道者，可是她克制住了为她的敌人祈祷，免得虽然她有宽恕那些人的愿望，但祈福的话语会固执地扭曲为诅咒。

赫丝特·普林无时无刻不感到浑身有数不清的抽痛。这种痛苦是由清教徒法庭的那永恒的、具有永久活力的判决，为她巧妙地设计出来的。牧师们在街上停下来对她做劝诫演说，引来了一群人。他们把这个可怜的、有罪的女人团团围住，又是轻蔑地咧嘴而笑，又是不满地皱眉蹙额。她走进教堂，盼望能分享万能的上帝在安息日的笑容，却常常不幸地发觉自己成了讲道的主题。她渐渐地害怕起孩子们来了，因为他们的父母已经向他们灌输了一些有关这一郁郁寡欢的女人的可怕的模糊的观念。她悄悄地穿过市镇，除了一个孩子外，从来没有其他任何同伴。因此，孩子们先让她过去，然后远远地在后头跟着，一边尖声地喊叫，或说出一句在他们自己的脑子里没有什么清楚的含义，却仍然会使她觉得可怕的话，因为那是被无意识地说出来的。这似乎说明了她的丑事传播得多么广泛，以至于世间万物都知道它。即使树上的叶子悄声地诉说这个秘密的故事，即使夏天的微风低声地说起它，即使冬天的狂风尖声地喊出它，也不会给她带来比这更深的痛苦！另一种奇特的痛苦是她在陌生人的目光的凝视下感觉到的。当陌生人以好奇的目光注视着她的红字时——而且，谁都会这么注视它——他们又重新把红字烙在她的心灵里了。于是，她常常想用手遮住那个字母，但她最终还是忍住了。另一方面，熟悉的目光也同样会使她蒙受痛苦。那冷漠的、熟悉的凝视，令人无法忍受。总之，赫丝特·普林自始至终一直有着这种可怕的痛苦：有一双眼睛老是盯着她的红字。那个地方从未长出老茧，相反，随着每日的痛苦折磨，它似乎变得更加敏感了。

可是，有时候，好多天一次，或者，好几个月一次，她觉得有一个人的目光在盯着那个耻辱的烙印。这似乎减轻了瞬间的痛苦，仿佛有人分享了她的一半的痛苦似的。过了一会儿，痛苦又会重新涌回来，而抽痛更加猛烈了，因为在那短暂的间歇中，她又重新犯罪了。赫丝特是独自一人犯罪的吗？

她的想象力多少受到她的奇怪的、孤独的和痛苦的生活的影响。倘若她是个品性和理性较软弱的人，那么，她所受的影响将会更为严重。在她与外部相联系的小小圈子里，她以孤寂的脚步来来回回地走动。赫丝特常常觉得——她当时觉得或者想象——这个红字赋予了她某种新的感觉。倘若这完全是想象，那也太强有力了，以至于让人无法抗拒。当她认为，并且不禁要这么认为，上述感觉使她富有同情心地了解到别人心中隐藏的罪过时，她便感到不寒而栗。她被这样引出的新启示吓得魂不附体。它们是什么呢？它们难道不是恶魔阴险的暗示吗？这个恶魔乐于使这个挣扎中的女人——迄今只是他的半个牺牲品——相信，贞洁的外表只是一个谎言，同时，也使她相信，如果人们到处可以见到事实真相的话，那么，红字将不仅仅在赫丝特·普林的胸脯上，而且在许多人的胸脯上闪闪发亮。抑或她必须承认那些如此模糊，却又如此清楚的暗示是真相。在她一切痛苦的体验中，再也没有比这一感觉更为可怕和可憎的了。这一感觉，往往是在不该有此想法的场合活跃起来的，这既使她感到震惊，又令她感到困惑不解。有时，当她从一位可敬的牧师或地方行政官身边经过时，她胸前的红字总是使她的心发出同情的悸动。牧师和地方行政官是虔诚和公正的楷模。昔日那个令人敬畏的时代把他们尊为与天使有伙伴关系的道德高尚的人。

“有什么邪恶的东西即将来临吗？”赫丝特想道。她勉强地抬起头来，在她的视野之内，除了这位人间圣人的身影外，其他任何有人情味的东西都没有！另一方面，当她遇见某个主妇的神圣不可侵犯的皱眉时，一种神秘的姐妹关系便油然而生——根据众人的谣传，这位主妇终生在怀里揣着冰雪。主妇怀里不受日晒的冰雪和赫丝特·普林胸襟上灼烧着的耻辱标志，这两者有什么共同之处呢？或者，那阵过电似的震颤会再一次警告她——“看哪，赫丝特，这里是一个同伴！”于是，她抬起头来，发觉一位少女的眼睛，匆匆地看了她的红字一眼，然后羞涩地转向一边，迅速地转移视线，脸上泛起淡淡的、冷漠的红晕，仿佛她的纯洁有点受到那瞬间一瞥的玷污似的。哦，魔鬼，你的护身符就是那不祥的符号，难道你不能为这个罪人在年轻人或老年人身留下任何值得敬畏的东西吗？——信仰如此丧失永远是罪过的一种最可悲的结果。然而，赫丝特·普林仍然竭力相信没有一个同类像她自己那样罪孽深重。光凭这一点，就足以证明，这位自己脆弱的情感和人类冷酷的法律的牺牲品，还没有完全道德败坏。在那些沉闷的旧时代，平民百姓对于使他们的想象感兴趣的东西总是添油加醋，赋予其某种离奇的恐怖，因此他们对这个红字也编造出了一个故事，我们可以很容易地将它编成一个可怕的传说。他们断言，这个用在人间的染缸里染制的红布制成的符号因地狱的烈火而灼热。每当赫丝特·普林夜间在户外行走时，人们都可以看到红字闪闪发光。因此，我们不得不指出，红字这么深地烙在赫丝特的胸脯上，以至于也许谣传本身，与我们现代人不愿轻信的事实相比，含有更多的真相。

六 珀尔

迄今为止，我们几乎只字未提那个婴儿，那纯洁的、生命出自高深莫测的天意的小东西，一朵从茂盛的、罪恶的情欲中绽开的可爱的不朽之花。看着小宝宝成长，看着她变得一天比一天光彩夺目、漂亮起来，看着她那张娇小的脸蛋上焕发出智慧的光芒，这位悲哀的女人觉得，这是多么奇特啊！珀尔——赫丝特是这么叫她的，这不是一个表达她的外貌的名字，她的容貌一点也没有珠宝表现出来的那种平静、白皙和冷淡的光泽。赫丝特给这个婴儿取名“珀尔”，是因为她是无价之宝，是以她的母亲所拥有的一切买来的——是母亲的唯一财富！确实，多奇特啊！人类用红字来象征这个女人的罪孽，它具有如此强有力的灾难性的功效，因此，除了像她那样罪孽深重的人，谁也不会同情她。作为人类这样惩罚她的罪过的直接结果，上帝赐给了她一个可爱的孩子。孩子就在她那不光彩的胸脯前，把母亲与凡人的家族及其子孙永远地联系起来，并且终将成为天上的圣人！然而，这些想法与其说使赫丝特·普林充满希望，倒不如说使她充满恐惧。她知道自己的行为是邪恶的，因此，她不相信其结果会是善的。她日复一日地、忧心忡忡地窥视着这孩子正在成长的天性，老是诚惶诚恐，担心发现孩子身上有某种与这孩子赖以存在的罪恶相符的邪恶和野蛮的特征。

当然，她没有任何生理上的缺陷。凭着她的完美的模样、她的活力以及她在使用她的四肢时的天然灵巧，这个婴儿简直称得上是在伊甸园[①]诞生的：在世间最早的双亲被从伊甸园赶出来之后，她就留在那儿，成为天使们的玩物。这个孩子具有天生的温雅。这种品质并非总是与无瑕疵的美并存的。无论她的衣着多么朴素，看见她的人总是认为这服装最适合她的身材。然而，小珀尔并没有身穿粗俗的衣服。她的母亲怀着以后方能更好地被理解的病态的目的，总是竭力购买能弄得到的最华丽的布料。对孩子在公众面前所穿的衣服的设计和装饰，她总是充分地发挥自己的想象力。这个小家伙经这么一打扮，实在漂亮动人，在那晦暗的茅屋的地面上，简直像有一轮圣洁的光环围绕着她——当然，这也是珀尔自身有恰到好处的美丽的光彩，若是把这身灿烂的袍子穿到一个不那么可爱的孩子身上，反而会骤然失色的。然而，即使一件黄褐色的土布衣服穿在她的身上，并因为孩子鲁莽的玩耍而被弄得又破又脏，她也一样显得完美与无懈可击。珀尔的容貌充满着变化无穷的魅力。在她身上，融合着许许多多孩子的特征，包括从一个农家婴儿那野花般的美丽到小公主的华丽之间的全部范围。然而，她自始至终保持着热情的特征和某种浓厚的色彩。如果在她的任何变化中，她变得更无力或更苍白，那么，她就不再是她自己了——那就再也不是珀尔了！

这种外表的易变性表明了——很清楚地表明了内心活动的种种特征。她的天性似乎不仅具有多变性，而且也具有一定的深度，可是，它缺乏与她诞生其中的世界的关联和适应——也许，

① 基督教《圣经》中人类始祖居住的地方。

这只是赫丝特的顾虑而已。谁也无法使个这孩子遵守规则。允许她降生，已经违反了一条重大的法律了。结果产生出这么一个孩子，其要素也许是漂亮的、光彩夺目的，可是一切都杂乱无章；或者，这些要素有着它们自己特有的秩序，在它们当中，要发现变化和次序的要点是困难的，甚至是不可能的。赫丝特只能靠回忆珀尔从精神世界吸收其精华，从地球的物质中吸取其身躯这一重要时期自己所处的状态，来说明这个孩子的性格，但这种回忆也是很模糊、很不全面的。这个母亲的激动状态一直是一种媒介，通过这一媒介，道德生活的光线被传递给未诞生的婴儿。不论原来的光线是如何纯洁和明亮，它们已经深深地染上了介入的物质那深红色和金黄色的污点、火红的光泽、黑色的阴影以及寒冷的光辉。首先，赫丝特那个时期的精神冲突已经永远地在珀尔身上存在。她可以认出她的任性、不顾一切和对立的情绪，认出她的脾气的反复无常，甚至她心里的某些忧郁的、沮丧的阴云。现在，它们被一个小孩的气质的晨辉照亮着，但是，在这个孩子今后的人生中，它们也许充满了暴风雨。

在那个时代，家规比现在要严厉得多。根据基督教《圣经》的权威告诫而做出的蹙眉、严厉的训斥以及对鞭子的经常动用，不仅仅是对某个具体过失的惩罚，而且是对一切儿童品德的成长和进步有益的管教办法。这位孤独的母亲赫丝特·普林不对独生女儿冒失之过严的危险。但是，她不忘自己的错误和不幸遭遇，试图对交托她照管的婴儿的不朽的声名施以温柔但严格的控制。不过，这项任务简直使她黔驴技穷。在尝试了微笑和皱眉，并证明这两种方式都达不到任何可指望的效果时，赫丝特最终不得不站开，听任孩子受她自己的冲动的支配。当然，如果严厉的措施持续下去，身体上的强制和约束还是有效的。至于其他任何种类的家规，小珀尔凭其一刹那的反复无常的本性，可能受它的约束，也可能不受它的约束。当珀尔还是一个婴儿的时候，她的母亲便熟悉了某种特殊的神色。这种神色警告她，什么时候出现了这一神色，无论她如何坚持、说服或恳求都无济于事。这神色是这么聪明，却又这么令人费解，这么反常，有时又这么怀有恶意，然而却总是兴致勃勃、欣喜若狂，以至于在这样的时刻赫丝特不禁怀疑，她是不是人类的孩子。她看上去倒像是一个虚无缥缈的小妖精，在茅屋的地板上玩了一会儿稀奇古怪的游戏之后，将会面带嘲弄似的微笑飞走。每当在她那双任性的、明亮的、深黑色的眸子中出现这种神色时，它总是使她被笼罩在一种冷漠的和不可捉摸的色彩中。她仿佛在天空中盘旋，随时会像一道微弱的、闪烁的光线那样消失。我们不知这道光线来自何处，也不知它飞往何方。赫丝特一见到她，便紧张地向她奔过去——在她开始飞行时追赶这个小精灵——迅速地将她搂在怀里，使劲地贴紧她，热烈地吻着她——与其说这出自对她的爱，不如说为了使自己相信，珀尔是血肉之躯，并不是虚幻的。但是珀尔被捉到时发出的笑声，尽管充满欢乐，和谐悦耳，却使她的母亲比以前更加疑惑不解了。

由于心里老是为这一莫名其妙的、令人迷惑的魔力所苦恼，赫丝特有时会突然动情地放声大哭起来。这一魔力常常出现于她本人和她唯一的宝贝之间。这宝贝是她付出了多么大的代价买来的，是她的一切。然后，也许——因为谁也无法预见这会对她产生怎样的影响——珀尔会蹙额，攥紧她的小拳头，把她的那张小脸沉下来，呈现出一副严厉、冷漠、不满的神色。她常常又会重新笑起来，笑得比以前更开心，仿佛她是个无忧无虑的、不知人间忧愁的人似的。或者——不过这种情况较少发生——她会号啕大哭，断断续续地哭诉着她对母亲的爱，好像有意要令自己心碎，以证明她有一颗心似的。可是，赫丝特·普林并无把握信赖这种迸发出来的温柔，它来得突然，消失得也快。将这些问题细细地考虑过之后，这位母亲觉得自己像是一个招来幽灵的人，可是在施魔法的过程中，因为有违反规范的行为，而未能获得控制这一高深莫测的新天使的咒语。她唯一能真正感到宽慰的时间是孩子平静地躺下来睡觉的时候，这时，她才认为她是真的体会到了一段安静的、诚挚的和美妙的幸福时光，直到小珀尔醒来——也许，从她睁开的眼睑底下又隐隐约约地出现那种任性的表情了。

多快啊——真的，快得惊人！除了母亲经常的笑容和闲谈之外，珀尔已经到了可以进行社交的年龄！而且，倘若赫丝特·普林能够听到她那清脆的、鸟儿般的声音混合着其他吵吵闹闹的稚气的声音，或者能够在一群正在嬉戏的孩子的混乱的喊叫声中，分辨出她的宝宝的声音的话，那该是何等的幸福！然而，这永远是不可能的。珀尔是婴儿世界里天生被遗弃的人。由于她是一个邪恶的小鬼，是罪恶的象征和产物，她没有权利出现在接受过洗礼的幼儿中间。看来，再也没有比孩子懂得自己的孤独，懂得人们已经在自己的周围画出了一个不可逾越的圈子的命运，总之，懂得与其他孩子比较起来，自己所处的地位完全与众不同的那种本能，更值得让人注意的了。自从赫丝特被从牢里释放出来后，她总是带着小珀尔出现在大庭广众面前。在她进城出城时，珀尔总是与她形影不离。起初，她是母亲带在怀里的婴儿，后来便成了一个小姑娘、她的妈妈的小同伴，用手抓住妈妈的食指，以三四步并作妈妈的一步的速度，轻快地小跑着跟着。她在街道的草地边，或者在自家门口，看见殖民地的孩子，正在以清教徒的教养所允许的严厉方式玩耍：也许正在玩做礼拜的游戏，或者玩鞭打教友派教徒的游戏，或者玩在与印第安人的模拟战中剥取头皮的游戏，或者以模仿种种稀奇古怪的巫术来相互吓唬。珀尔目不转睛地看着、凝视着，但从来不想结识他们。如果有人跟她讲话，她也不会说话。假如有时孩子们把她围起来，在她软弱无力的愤怒中，无疑她会变得非常可怕：她抓起石子扔向他们，并发出令她的母亲震颤的、尖声的、不连贯的喊叫，因为这些叫喊声太像女巫以陌生的语言发出的诅咒声了。

事实上，由于这些小清教徒是世界上最不容异说的一群人，他们在这个女人和这个小孩身上，模糊地觉得有某种奇异的、非尘世的或和普遍情况不同的东西，因此，他们在心里蔑视她们，并常常用恶言恶语来谩骂她们。珀尔觉察出了这种情绪，并以压在幼小心灵里的最刻骨的仇恨来回敬它。对她的母亲来说，这些狂暴脾气的发作具有某种价值，甚至安慰，因为，至少在情绪上有一种可以理解的诚挚，代替了这孩子常常表现出的、触犯她的母亲的一阵阵反复无常。但是，再一次在这儿见到曾经存在于她身上的那种模糊的反应，赫丝特心里充满着恐惧。珀尔凭借不可剥夺的权利，已经从赫丝特的心中继承了这一切敌意和激情。母女俩在同一个孤立于人类社会的圈子里坚定地站在一起。在珀尔出生之前，令赫丝特·普林分心的那些不安的成分，似乎永远地存在于这孩子的天性里了；但是，在珀尔出生以后，它们已经被母性温柔的影响力抚慰了。

在家里，在母亲的茅屋里或茅屋周围，珀尔不需要广泛的、不同的交际圈。生命的魔力从她永远创新的精神中迸发出来，与无数事物交流，犹如一只火把，不论碰到什么，都会熊熊燃烧起来一样。最不起眼的材料——一根棍子、一捆破布、一朵鲜花，都是珀尔用来施展巫术的玩偶，而且不必经过任何外部变化，在精神上就可以变得适应于她内心世界的舞台上的任何戏剧。她用一个孩童的声音，适应于一大批想象出来的老老少少的人物，可以让这些人物用这种声音谈话。在微风中发出呻吟和其他令人伤感的声音的古老、阴森、庄严的松树，不需要任何改变，便能扮演清教徒前辈的角色，花园里最丑陋的草是他们的孩子，珀尔毫不留情地毁了它们，将它们连根拔掉。这着实奇妙：她以自己的心智幻想出无数的形态，虽然没有什么连续性，可是它们蹦蹦跳跳的，总是处于一种超自然的活跃状态之中——不久，热情减弱了，仿佛被如此迅速、疯狂的生活浪潮弄得精疲力竭似的——紧接着又处于其他类似的充满野性力量的状态。这很像北极光的变幻不定的闪动。然而，与其他聪明的、有天赋的孩子相比，在运用想象力和玩成长中的智力游戏等方面，珀尔也不见得更引人注目。珀尔与众不同的，只是由于缺乏游伴，她更加依赖于自己创造的那群幻想中的人物。其奇特之处在于，这孩子怀着敌对情绪来看待由自己的心智幻想出来的这一切产物，她从未创造过一个朋友，却似乎总是在四处播种龙牙[①]，从那儿涌现出一支全副武装的敌军，她便冲过去跟他们厮杀。看到她小小的年纪，就不断地识别敌对的世界；看到她在接踵而至的争夺中，为了增强自己的能力而进行如此猛烈的能力训练，实在让人有种说不出的难过。而对于一个在心中感受到这一切起因于自己的母亲来说，这又是何等的悲哀！

赫丝特·普林常常凝视着珀尔，然后将自己手中的活放在膝上，以极大的痛苦大声喊道——这种痛苦她本来宁愿藏在心底，却不由自主地发出声来，其声调介于说话与呻吟之间：“哦，上帝——如果你还是我的上帝——我带进这个世界里的是个什么样的人呢？”珀尔无意中听到这突然发出的叫声，或通过其他某种微妙的途径，意识到那些痛苦的抽痛时，常常把她那活泼、漂亮的小脸蛋转向她的母亲，小精灵般聪明地笑了，然后，又继续玩

① 希腊种话中说，腓尼基王子卡德马斯杀一龙后种其齿，遂长出一支军队，相互征战，最后余下五人，与卡德马斯建立底比斯国。

她的游戏。

这孩子的举止方面还有一个特点尚待说明。她在一生中最早注意到的东西是什么呢？——不是妈妈的微笑。她不像其他婴儿那样，以那张小嘴发出微弱的、幼儿期的微笑，来回报母亲的微笑。人们后来未必会记得这微笑，但会深情地探讨它是否确实算得上微笑。对珀尔来说，根本不是这个！珀尔最初意识到的东西似乎是——要不要我们说出来呢？——赫丝特胸前的红字！一天，当她的妈妈向摇篮俯下身子时，那红字周围闪闪发亮的金线刺绣引起了婴儿的注意：她举起一只小手，微笑着想去抓它。那微笑不是带有疑虑的，而是带有一种自信的闪光，它使她脸上呈现出属于年纪较大的孩子的神色。然后，赫丝特喘息着，一把抓住这个不幸的符号，本能地想将它撕掉——珀尔那只婴儿小手的敏捷的触摸，使赫丝特遭受着无限的痛苦。而且，珀尔直视着她的眼睛，笑了，仿佛她的妈妈表现出极度痛苦的表情，只是在跟她闹着玩似的！从那时候起，除了孩子睡着的时候，赫丝特没有一刻感到安全，没有一刻有平静的欢乐。诚然，有时也曾有过几星期过去了，珀尔的目光在此期间再也没有集中在红字上。但是，珀尔的凝视还会出其不意地出现，就像死亡突然降临似的，而且，眼睛总是带着那份奇特的笑意和奇怪的表情。

有一次，孩子眼里呈现出了这种怪异的、恶作剧似的神情。这时，赫丝特正在孩子的眼睛里看自己的影像——许多当妈妈的都喜欢这样。突然，她以为她看到的不是自己的微型肖像，而是在珀尔的眼睛——那小小的黑镜子里看到另一张脸，因为孤独的、有心事的女人总是为无数的错觉所困扰。那是一种充满着恶意的微笑的魔鬼般的脸，然而却很像一个她完全熟悉的人的容貌，只是她所熟悉的那张面孔难得有笑容，更不曾有恶意，仿佛一个恶魔迷住了这个孩子，并正嘲笑着朝外窥视似的。后来，赫丝特又多次受到同一幻觉的困扰，只是不那么逼真罢了。

一个夏日的下午，这时，珀尔已经长大了，可以到处奔跑了。她采摘了一把野花，然后将它们接二连三地扔向她的母亲的胸脯，以此取乐。每当她击中红字，她便高兴得手舞足蹈，像个小精灵似的跳上跳下。赫丝特最初的动作便是以扣住的双手遮住胸脯。但是，或是出于自尊心或无可奈何，或是觉得只有这种难言的痛苦才能最好地补偿她的悔过，因此，她忍住了这种冲动，直挺挺地坐着，脸色死一般的苍白，伤心地注视着珀尔那双任性的眼睛。一连串的野花继续朝她扔来，几乎总是击中目标，使这个母亲的胸脯伤痕累累。这些创伤在世间找不到止痛药，她也不懂得如何在另一个世界上找到。最后，孩子的“子弹”全部耗尽了，她一动不动地站着凝视着赫丝特，那带笑的小魔鬼的形象，从她的黑眼睛的神秘莫测的深渊里向外窥视——或者这不是窥视，只是她的母亲的想象。

“孩子，你是什么人？”母亲大声问道。

“噢，我是你的小珀尔呀。”孩子回答道。

可是，珀尔说完，笑了，并开始以一个小鬼那种幽默滑稽的动作跳来跳去。她接下来的反常行为也许就是要飞上烟囱了。

“你真的是我的孩子吗？”赫丝特问道。

她并非没有理由地问这个问题，而是带有几分真正的诚挚，因为珀尔的思想太令人感到惊奇了，她的母亲有点怀疑，珀尔是否真的不了解她自己的身世的秘密，而现在她是否可以把真相告诉她。

“是的，我是小珀尔！”孩子重复道，又继续做她的滑稽动作。

“你不是我的孩子！你不是我的珀尔！”母亲半开玩笑地说道。

在她最深切的痛苦中，她常常感到有一股开玩笑的冲动。

“那么，告诉我，你是谁？谁把你送到这儿来的？”

“告诉我，妈妈！”孩子一本正经地说着，走到赫丝特跟前，将身子紧贴着母亲的双膝，“你非得告诉我不可！”

“你的上帝把你送来的！”赫丝特·普林回答道。

她说话时有点犹豫，这被孩子敏锐地注意到了。或者出于通常的任性举动，或者受邪恶的幽灵的怂恿，珀尔伸出纤细的小食指来抚摸红字。

“我不是他送来的！”她断然地嚷道，“我没有上帝！”

“喔，珀尔，别出声！你不可以这么说！”母亲强忍住呻吟，说道，“我们全都是被上帝送到这个世上的。即使我——你的母亲，也是被他送来的。然后，还有你！不然的话，你是从哪里来的，你这奇怪的、小精灵般的孩子？”

“告诉我！告诉我！”珀尔重复道，已经不再一本正经，而是放声大笑，在地板上蹦蹦跳跳了，“你应该告诉我！”

然而，赫丝特无法解答这个问题，因为她本人也处于阴郁的、疑惑的迷宫中。她介于一笑置之与不寒而栗之间。她记起邻近市民的谈话。他们徒然地在别处寻找这个孩子的父亲，又观察到她的许多古怪的特征，便声称可怜的小珀尔是魔鬼的后代。从古老的天主教时代起，由于母亲的罪恶，也为了加强卑劣和邪恶的效果，世上偶尔也发生过这样的事。根据与路德[①]敌对的修道僧的流言蜚语，路德是有魔鬼血统的孩子。在新英格兰的清教徒当中，珀尔也不是唯一被认为是有这种不吉利出身的孩子。

① 路德，指马丁·路德（1483–1546），德国神学家、宗教改革领袖。

七 总督府第

赫丝特·普林带着一副手套去了贝林厄姆总督的府第。那副手套是她根据总督的要求，为其镶边和绣花的，也是他预备在某个盛大的仪式上戴的。因为，虽然普选的形势已经使这位前任统治者从最高的位子上降低了一二级，但是他在殖民地的地方行政官中，仍处于受人尊敬的、有势力的地位。

另一个比送去这双绣花手套更为重要的理由，迫使赫丝特在这时候寻求一次与这位在殖民地事务中拥有如此大的权力和活动力的要人的会面。在宗教事务和行政管理方面，坚持更严厉的政策规定的某些主要居民，有将她的孩子夺走的意图。这个消息已经传到她的耳朵里。假定珀尔具有魔鬼的血统——正如前面已经暗示过的，这些善良的人们有理由争辩说，基督教对她的母亲的灵魂的关注，要求他们把这样的绊脚石从她的道路上搬掉。另一方面，如果这个孩子真的能够在道德方面和宗教方面得到成长，并拥有最后获得灵魂拯救的基础，那么，她应该通过被转交给比赫丝特·普林更贤明、更优秀的监护人，来享有较有希望的有利前景。在促成这项计划的人当中，据说贝林厄姆总督是最积极的一个。这样的事，要是在以后的年代，充其量只能被提交给市镇委员们裁决。但是在当时，它竟然是个被公开讨论的问题，并且显赫的政治家们还对这个问题表了态，这似乎有点离奇，而且确实很可笑。然而，在那个单纯的时代，即使比赫丝特和她的孩子的幸福更不引起公众兴趣、更缺乏内在的重要性的鸡毛蒜皮的事，也会不可思议地与立法者们的审议和国家的法令搅和在一起。这个时期一点也不比我们的故事发生的时间早。那时候，有关一头猪的所有权问题的争端，不仅会在殖民地的立法团体中引起激烈的争论，而且会导致立法机构组织本身的重大更改。

因此，赫丝特·普林忧心忡忡地从她那孤零零的小农舍出发。她能充分地意识到自己的权利，因此，如果公众为一方，而一个以天然的同情为支撑的孤单的女人为另一方，这两者之间，似乎还是势均力敌的。小珀尔当然要与她为伴了。如今，她已经到了能够轻快地跑着跟在母亲的身边的年龄了。而且，她从早到晚动个不停，即使比眼下还遥远的路程，她也能走得动。然而，她常常出于任性，而不是出于需要，要求母亲抱她。可是不久，便又迫切地要求把她放下来，在长满青草的小路上，蹦蹦跳跳地跑到赫丝特前面去了。绊倒、摔跤，一个接一个，但有惊无险，她未受伤害。我们已经提到过珀尔的俏丽与健康的美——一种闪耀着浓烈的和鲜明的色彩的美。她脸色红润，眼睛既深邃又明亮，头发已呈有光泽的深褐色——几年之后，她的头发将会近似黑色。她浑身上下有股热情，充满朝气。她似乎是热烈的一瞬间的衍生物。她的母亲在为孩子设计服装时，任凭自己的奇思妙想充分地被发挥出来，让小珀尔穿上式样别出心裁的、深红色的天鹅绒束腰外衣，并以丰富的想象和大量的金线在上面绣满了花，其着色异常浓烈，十分适合珀尔的美貌，使她成了世界上一束未曾摇曳过的最光彩夺目的小火焰。

但是，这一服装，确实是这个孩子的整个外貌的一个引人注目的特征，它不可抗拒和不可避免地使看见它的人回想起赫丝特·普林被判处戴在胸前的那个标志。这是另一种形式的红字，是被赋予了生命的红字！做母亲的头脑中似乎给这红色的耻辱所深深印烙，她的一切观念都采取了它的形式，才精心制作出来了这个相仿的对应物；她不惜花费许多时间，用病态的才智创造出这个既像她的慈爱的对象又像她的罪孽和折磨的标志的作品。然而，事实上，珀尔既是她所钟爱的人，也是她的罪过与痛苦的标志，而且，正因为这种身份，赫丝特才设法用珀尔的外表完美地代表那个红字。

当这两位徒步旅行者进入市区时，清教徒的孩子们从游戏中——或者看上去像是那些忧郁的小顽童在玩游戏——抬起头来，一本正经地交头接耳：

“瞧，毫无疑问，这是那个戴红字的女人，而且，还有一个类似红字的小东西在她身边跟着！咱们拿泥巴扔她们吧！”

可是，珀尔是个天不怕地不怕的孩子。她在皱眉、跺脚，在以各种各样的威胁姿势挥动她的小手之后，突然向那一小群敌人猛冲过去，使他们个个狼狈逃窜。她在勇猛地追赶他们时，活像一个小瘟疫——猩红热一般，或者像某个羽毛未丰的报应天神，其使命就是惩罚年轻一代的罪过。她还以可怕的音量尖声喊叫，这无疑使那些逃亡者心惊肉跳。大获全胜之后的珀尔，悄悄地回到母亲身边，笑眯眯地仰望着她的脸。

后来，她们没有再遇到什么危险，便来到了贝林厄姆总督的住处。这是一幢庞大的木头房子，是以我们古老的城镇上残存的房子的式样建造的，如今它已经长满了青苔，崩毁腐烂。在这些微暗的房间里，发生和消逝过这么多令人记忆犹新或已被忘怀的悲欢离合，因此，这里令人触景生情。然而，房子的外部却有着现代的新鲜感。同时，在一个阳光充足的窗口，闪烁着怡人的光芒，死亡从未曾进入这一住处。它确实具有让人觉得非常舒适的外观：墙上用一种灰泥粉饰着，灰泥中混杂着大量的玻璃碎片，当阳光斜照在这个庞大建筑物的正面时，这些玻璃闪闪发光，宛如大把大把的钻石对着它撒过去似的，其金碧辉煌的程度本该适合阿拉丁宫殿，而不是一位年迈严肃的清教徒统治者的官邸。它还被以适合那个时代的稀奇古怪的鉴赏力的奇怪的、神秘的图形和图表，来进一步装饰。这些图形、图表，是灰泥刚刷上去的时候在上面画的，现在已变得坚固耐用，可供后人欣赏。

珀尔见到这么一幢富丽堂皇的房子，便开始雀跃起来，专横地要求将整片的阳光从它的正面剥落下来，以供她玩耍。

“不，我的小珀尔，”母亲说道，“你必须采集你自己的阳光，我一点也不能给你！”

她们走近大门。那是个拱形结构，大门的两侧分别是一座狭窄的塔楼。两边的塔楼都装上了花格窗和需要时可以关闭的木百叶窗。赫丝特·普林举起挂在正门入口处的铁锤敲了几下。应门的是总督的一个奴隶，这个奴隶本是英国的一个自由民①，可是现在要当七年的奴隶。在偿债期间，他是主人的财产，是几乎犹如一头牛或一张折凳一样可以被讨价还价和出售的商品。这个奴隶穿着蓝色的外套，那是当时和在此之前很久在英格兰古老的祖传府第里男仆通常穿的服装。

“尊敬的贝林厄姆总督在家吗？”赫丝特问道。

“在家，”奴隶回答道，眼睛睁得大大的，盯着那个红字，他是这个国家的新移民，以前从未见过红字，“是的，尊敬的总督阁下在家。可是，他现在有两位虔诚的牧师陪着，另外还有一位医生。你现在不能见总督阁下。”

---

① 17、18世纪涌入美洲的欧洲人中，有些人因付不起旅费而将自身做抵押，在为资助人做几年奴隶，还清债务之后，恢复自由民身份。

“无论如何，我还是要进去。”赫丝特·普林回答道。这个奴隶也许是从她的坚决态度以及她胸前闪闪发亮的标志，判断出她是这个国家的一个重要的贵妇人，因此就没有阻拦她。

于是，那位母亲和小珀尔被准许进入门厅。贝林厄姆总督仿照故土的资产实力雄厚的绅士的住宅，来设计他的新住所，但受他的建筑材料的性质、气候变化和不同的社交生活方式等的启发，而做了多处变动。因此，这儿是个宽敞的、相当高的大厅，它向整幢房子的深处延伸，直接或间接地成为其他所有房间构成总体联系的媒介。在大厅的一端，这个宽敞的房间通过两座塔楼的窗子获得照明，这两座塔楼在正门入口的两边各构成一个小壁龛。在大厅的另一端，虽然部分被窗帘蒙住，但是它被一个我们在古书上看到的那种提供有垫子的座位的弧形厅窗照得更明亮。这里，在坐垫上放着一部对开本巨著，也许是《英国纪年史》，或其他这类重要的文献，就像我们现在将烫金的书籍堆在餐桌中间，供来客翻阅一样。大厅中的家具，包括几把笨重的椅子，椅背上雕着精致的栎木花环，还有一张品位相同的桌子——全部东西都是伊丽莎白时代的，或者也许是更早些时候的，以及从总督的父亲的家里搬到这儿的传家宝。桌子上摆着一只白镴单柄大酒杯，标志着旧英国好客的情趣尚存。如果赫丝特或珀尔往酒杯里瞧，她们就会发现在它的底部，还残存着新近喝过的啤酒的泡沫。

墙上挂着一排画像，代表着贝林厄姆世系的祖宗。他们有些披着盔甲，有些则身穿堂皇的皱领制服。所有画像都具有古老的画像所千篇一律地呈现出的那种严厉的和严肃的特征，仿佛它们不是画像，而是逝去的知名人士的鬼魂，正怀着苛刻的和褊狭的批评眼光，注视着活人们的工作和欢乐似的。

在装饰门厅的栎木镶板中央，悬挂着一套锁子甲，它不是祖先的遗物——而是像那些画像那样，属于现代。那是贝林厄姆总督来到新英格兰的那年，伦敦一位熟练的盔甲匠制造的。其有一个钢盔、一个胸甲、一个护喉甲胄和两个胫甲，下面挂着一副臂铠和一把宝剑。这一切，尤其是钢盔和胸甲，被擦得亮闪闪的，发射出白光，把光线散射到地板上的每个地方。这副光芒四射的甲胄，不只是为了炫耀，在许多隆重的检阅中和训练场上，总督都穿着它。此外，它曾经在皮廓战争[①]中，在一个军团的前面闪闪发光。因为，虽然总督学的是法律，把培根、科克、诺伊和芬奇[②]等称为他的职业伙伴，但是，这个新国家的危急关头，不仅把贝林厄姆总督转变成政治家和统治者，而且也把他转变成士兵。

小珀尔在擦亮的胸甲“镜子”里照了一会儿。她对熠熠生辉的盔甲，跟对房子闪闪发光的正门一样怀有极大的兴趣。

“妈妈，”她喊道，“我在这儿见到你。你看！你看！”

赫丝特为了迁就孩子，往“镜子”里看了一下。由于这个凸镜的特殊作用，那个红字显得特别大，于是成了她外貌的最突出的特征。事实上，她整个人似乎完全都藏在了红字的后面。珀尔还朝上指了指头盔上的一幅类似的画像，带着小精灵般的智慧向她的母亲微笑——她那小巧的脸蛋露出了让人熟悉的表情。同样，这种顽皮的欢乐神色也从“镜子”中映现出来，给人留下深刻的印象，因此，赫丝特·普林觉得它仿佛不是自己的孩子的影像，而是一个试图将自己塑造成珀尔的模样的小鬼的影像。

“走吧，珀尔！”赫丝特说着，将她拉走，“咱们去看看这个漂亮的花园吧。在那儿，我们多半可以看到比我们在树林里见到的更漂亮的花。”

---

① 皮廓战争，指1636到1637年美洲白人殖民者与当地的印第安人皮廓部落之间进行的一场战争。

② 培根、科克、诺伊、芬奇：当时英国的哲学家及英国不成文法的权威。

于是，珀尔便又跑到大厅另一端的弓形窗前，观赏沿花园人行道的景致。人行道上覆盖着被剪得很短的青草，边沿是芜杂的未长成的灌木丛。可是，看来由于绝望，主人已经放弃在大西洋这一边的贫瘠的土地上为了生存而做的努力，同时，也放弃了纯粹的英国人对风致园的爱好。卷心菜的生长情况一般。根部在远处的一根南瓜藤，爬过中间的空地，正好在门厅的窗子下面结了一个大南瓜，它仿佛在提醒总督，这朵庞大的番红花，就是新英格兰的土地可以奉献给他的珍贵的装饰品。还有几株玫瑰和许多苹果树，这些苹果树很可能是这个半岛的最早的殖民者布莱克斯多恩牧师种植的那些苹果树传下来的。他是个半神话般的人物，骑在一头公牛的背上，穿越我们早期的历史记载。

一见到这些玫瑰，珀尔就开始哭闹着要一枝红玫瑰，说什么也不肯安静下来。

“嘘，孩子，嘘！”母亲认真地劝慰她，“别哭，亲爱的小珀尔！我听到花园里有人在说话，总督来了，随他一起来的还有几位先生呢！”果然，沿着花园的林荫路，可以见到一些人正朝着这幢房子走来。珀尔全然不理会母亲要她安静的告诫，发出一声奇怪的尖叫，然后才安静下来。这倒不是出于服从之意，而是因为这些新人物的出现，激起了她那敏捷、多变的好奇心。

八 小精灵和牧师

贝林厄姆总督身穿宽松的长外衣，头戴宽适的便帽——这是上了年纪的绅士们喜欢的在自己家中的打扮——走在最前面，似乎正在炫耀他的产业，详细地向他们介绍自己的改进计划。在他的灰白色的胡子的下方，詹姆士国王[①]统治时期的古式轮状皱领的宽大圆周，使他的头看起来很像盛于大盘子中的洗礼者约翰[②]的头。他的外表给人的印象是非常呆板、严厉的，并因为过了壮年而显得冷若冰霜，与世间的享乐设施很不协调。显然，他已竭尽全力使自己沉浸于世间的享乐之中了。虽然，我们这些严厉的祖先习惯提及和想到人类的生存只处于痛苦和争斗状态之中，虽然，他们真诚地准备为履行职责而牺牲生命和财产，但是，以为他们会凭良心而抛弃这些享受安逸的手段或伸手可及的奢侈，就是错误的想法。譬如，德高望重的牧师约翰·威尔逊从未教导过这一教义。人们可以看到他那如香雪球一般的白胡子，飘过贝林

① 詹姆士国王，指詹姆士一世，英国斯图亚特王朝的第一位国王，1603到1625年在位。

② 洗礼者约翰，《圣经》中传说约翰曾对希律王说：你娶你的兄弟的妻子是不合法的。于是希罗底（后成为希律王之妻）怀恨在心，在希律王生日时利用他对她的女儿许下的誓言斩了约翰。

厄姆总督的肩膀。威尔逊牧师建议，在新英格兰的气候条件下，梨子、桃子可以被移植过来，还有，紫葡萄很可能会紧靠在阳光充足的花园的墙上长得很茂盛。这位教会养育的老牧师，讲究一切名牌的、正统的、美好的和舒适的东西。不论他在讲坛上，或者在对像赫丝特·普林这样的罪恶的公开谴责中显得多么严厉，他在私生活方面的宽厚和仁慈，使他赢得了人们的爱戴。这是与他处于同一时代的其他牧师都无法企及的。

总督和威尔逊先生后头跟着另外两位客人。一位是亚瑟·丁梅斯代尔牧师。读者也许还记得，他曾短暂地、勉强地介入了赫丝特·普林那不光彩的场面。紧跟着他的是年迈的罗杰·奇林沃思——一个医术非常高明的人。他在两三年前就在这个镇上定居了。这位有学问的人不仅是那位年轻牧师的朋友，而且是个内科医生。近来，年轻牧师由于对有关牧师事务的工作和职责过于无限制地自我牺牲，健康状况已受到严重的损害。

总督抢在他的客人前面，登上一二级台阶，推开大厅窗子的窗扉，发觉自己就在小珀尔身边。窗帘的影子投射在赫丝特·普林身上，将她遮住了一部分。

“我们这儿来了什么人？”贝林厄姆总督惊奇地看着面前的红色小人影，说道，“我承认，在我的空虚的日子中，我还从未见过像她一样的人。在詹姆士国王时代，我习惯于认为，能参加一场宫廷的假面舞会是莫大的荣幸！在假日，常常有一大群这种小幽灵。我们将他们称为司仪儿童[①]。可是，这样一个客人怎么会进入我的门厅呢？”

“是啊，没错！”老好人威尔逊先生喊道，“这只红羽毛的小鸟是什么鸟呢？我想，当灿烂的阳光射进华丽的窗口，在地板

① 指古代英国宫廷或贵族宅邸中主持圣诞宴会或晚会的司仪。

上勾画出金色的和深红色的影像时，我看到的正是这样的人影。可那是在故国的时候。请问，小家伙，你是什么人？你的妈妈怎么啦，竟会这么奇怪地将你打扮得俗里俗气？你是个信基督教的孩子吗？——哈，你懂得你的教义问答手册中的问题吗？或者，你是那些顽皮的小精灵或小仙女之一？我们以为他们已经连同罗马天主教的其他遗物，遗留在可爱的、古老的英格兰了。”

“我是妈妈的孩子，”猩红色的小幻影回答道，“我的名字叫珀尔！”

“珀尔？——更确切地说，红宝石！——或者红珊瑚！——或者从你的色彩判断，至少是红玫瑰！”老牧师回答道。他伸出手来，想轻轻地拍拍小珀尔的脸颊，但没有碰着。

“可是你的妈妈在哪儿呢？啊！我知道了，”他补充道，然后掉过头去，对贝林厄姆总督窃窃私语，“这就是我们共同商谈过的那个小孩，你瞧瞧这位不幸的女人赫丝特·普林——她的母亲！”

“那是真的吗？”总督大声嚷道，“是的，我们可以断定，这样一个孩子的妈妈，必定是猩红色的女人，巴比伦女人的好典型！不过，她来得正是时候。我们马上就要过问这件事。”

贝林厄姆总督从窗口边走过，步入门厅，后头跟着三位客人。

“赫丝特·普林，”他说道，用严厉的目光瞪着红字的佩戴者，“最近，有不少关于你的问题。这个问题已经被充分地讨论过了：我们这些权威的、有影响的人，将一个不朽的灵魂，例如那边那个孩子，托付给一个已经在这个世界的陷阱中失足堕落的人来监护，是否对得起我们的良心。你是孩子的亲生母亲，你说吧。取消你对孩子的监护权，让孩子穿得朴素，受严格的训练，教她天地间的真理，你想，这难道不是为了你的小孩的一时的和永久的幸福吗？在这方面，你能给孩子什么帮助呢？”

“我会教我的小珀尔我从这儿所学到的东西！”赫丝特将手指搁在红色的标志上，回答道。

“女人，这是你耻辱的象征！”严厉的地方行政官回答道，“正因为那个红字所表示的污点，我们才要把你的孩子转交给其他人。”

“可是，”那位母亲平静地说道，尽管她的脸色变得更加苍白了，“这个符号已经教训了我——它天天都在教训我——此时此刻它还在教训我——我的孩子会因为有了这些教训，而变得更聪明、更诚实，虽然它们对我本人毫无益处。”

“我们会谨慎地评判，”贝林厄姆说道，“会仔细考虑我们即将做的事。可敬的威尔逊先生，请你检查一下珀尔——因为那是她的名字——看看她是否具有她这个年龄的孩子应有的基督教教养。”

这位老牧师在一张扶手椅上落座，竭力想把珀尔拉到他的双膝之间。但是这个孩子除了她的妈妈外，不习惯任何人的触摸和亲近。因此，她从敞开着的窗口逃脱，站在上层踏板上，就像一只羽毛丰满的热带野鸟，随时准备飞上天空。威尔逊先生对这一感情爆发吃惊不小，因为他是属于那种慈祥的、通常受孩子们喜爱的老人。然而，他还想着手检查。

“珀尔，”他非常严肃地说道，“你必须留心别人的教诲。这样，到了一定的时候，你就可以在你的胸前佩戴十分宝贵的珍珠了。孩子，你能告诉我，你是谁创造出来的吗？”

现在，珀尔当然知道谁创造了她，因为赫丝特·普林是个虔诚的宗教之家的女儿。在她跟孩子谈到上帝之后不久，她就开始告诉孩子许多真理——人类不管在什么样的未成熟阶段，都会以热切的兴趣来吸收那些真理。因此，珀尔在三岁的小小年纪学到的东西太多了，可以经得起《新英格兰初阶》或《威斯敏斯特教义问答》的公正检查，尽管她不知道这两部名著中的任何一部的模样。可是，与其他孩子或多或少的任性相比，小珀尔的任性程度是他们的十倍。现在，在这种最不合时宜的时刻，这种任性完全支配着她，使她闭起嘴来，一言不发，或者说话唐突。珀尔将自己的手指放进嘴里，在多次拒绝回答可敬的威尔逊先生的问题之后，终于宣布：谁也没有创造她，她是她的妈妈从生长在监狱门边的野玫瑰丛中摘下来的。

这个怪念头，很可能是珀尔站在窗外时，受离得很近的总督的红玫瑰的暗示，加上她回想起监狱的玫瑰丛——她上这儿来时路过的那片玫瑰丛。

年迈的罗杰·奇林沃思脸上挂着一丝笑意，跟年轻的牧师交头接耳地说了些什么。赫丝特望着那个有医术的人。即使在当时自己命运未卜之际，她还是惊奇地发现，自从她认识他以来，他的面貌已经发生了很大变化——变得更丑——其黝黑的脸色似乎变得更黑了，他的体形也变得更加奇形怪状了。她的目光有一瞬间与他的相遇，但不得不马上将全部注意力集中于正在发生的事上。

“太可怕了！”总督嚷道，他渐渐地从珀尔的反应将其推入的惊讶状态中恢复过来，“她已经是一个三岁的孩子了，竟然还不知道她是谁创造的！毫无疑问，她对她自己的灵魂，对她目前的堕落和对将来的命运，都同样浑然不知。先生们，我认为，我们不必再问了。”

赫丝特抓住珀尔，用力地将她搂进自己的怀里，以一种近乎凶狠的表情，勇敢地面对年迈的清教徒地方行政官。虽然，她在这个世界上只身一人，为世人所抛弃，唯有这个宝贝才能使她的心活跃起来，但她觉得自己拥有不可取消的对抗世界的权利，并随时准备捍卫到底。

“上帝给了我这个孩子！”她大声地说道，“他把她给了我，作为你们从我这儿夺去的其他一切的补偿。她是我的幸福！——然而，她也是我的痛苦！珀尔使我活在世上！珀尔也惩罚我！难道你们不明白，她就是那个红字，只能被爱，于是对我的罪过具有百万倍的报应力？你们不可以把她带走！我宁愿先死！”

“可怜的女人，”仁慈的老牧师说道，“这个孩子必须得到良好的照料！——比你的照料好得多。”

“上帝把她交给我抚养，”赫丝特·普林重复道，把说话的声音抬高到近乎尖叫，“我决不放弃她！”说到这儿，她一时情不自禁地转向年轻的牧师丁梅斯代尔先生。在此之前，她似乎一次也未曾正眼看他——“你替我说话！”她嚷道，“你过去是我的牧师，曾经主管着我的灵魂，比这些人都更了解我。我决不放弃这个孩子！替我说话吧！你知道——因为你具有这些人所缺乏的同情心！——你了解我心里在想什么，了解一个母亲的权利是什么，也了解当这位母亲仅有她的孩子和红字的时候，对这些权利的要求便愈加强烈！请你关照她！我决不愿失去这个孩子！关照她！”

经赫丝特·普林这一急切的和奇特的恳求——这表明她的处境几乎令她发疯，年轻牧师马上站出来，脸色苍白，将一只手按在胸口上——每当他特有的神经质处于激动不安的状态时，他都有这个习惯。现在，他看起来，比在赫丝特被公开示众时我们对他的描述，更显得忧虑重重，憔悴不堪。而且，不知是由于他每况愈下的健康状况，抑或是什么其他原因，他那双乌黑的大眼睛，在其不安的和忧郁的深处，存在着无穷的痛苦。

“她所说的是事实，”年轻的牧师开口说道，他的声音悦耳、颤抖，却有力，以至于在门厅一再回响，连空盔甲也产生了共鸣，“赫丝特所说的和激励着她的情感，都是诚恳的！上帝给了她孩子，也使她本能地了解孩子的天性和需要。而这个孩子似乎太独特了，没有其他的凡人，能像她那样了解这个孩子的天性和需要。况且，这种母女之间的关系，难道不存在着一种非常神圣的性质吗？”

“啊！——怎么会是那样呢，可敬的丁梅斯代尔先生？”总督打断他的话说道，“请你讲明白！”

“想必正是如此，”牧师继续说道，“因为，假如我们不这么认为的话，那么，我们岂不是说，上帝——众生的造物主，已经轻而易举地承认一种罪行，并对不道德的淫欲和神圣的爱情不做区别？这个孩子——她的父亲的罪过和母亲的羞耻的产物——来自上帝之手，并以种种方式打动着赫丝特的心。她以这么大的精神痛苦，如此热切地恳求抚养孩子的权利。这个孩子生来就是要作为一种福分，作为她一生中唯一的福分的。毫无疑问，正如孩子的母亲告诉我们的，这个孩子也是作为一种报应而诞生的：作为一种在许多时候能感觉到的意想不到的痛苦，作为在混乱的欢乐中的一阵剧痛、一阵刺痛和一阵老是复发的极度痛苦！她不是在这个可怜的孩子的服饰上表达了这种想法，如此有说服力地使我们回想起那灼烧着她的胸脯的红色标志了吗？”

“说得好！”可敬的威尔逊先生大声讲道，“我本来担心这个女人无非想拿她的孩子做幌子！”

“哦，不是这样的！——不是这样的！”丁梅斯代尔先生继续说道，“请相信我，她清楚地认识到，在那个孩子的存在中，上帝创造了伟大的奇迹。但愿她也能感受到——我想，这是千真万确的——这个恩赐首先是打算让这位母亲的灵魂活着，同时，使她免于陷入更加邪恶的罪恶的深渊。撒旦也许正设法将她投入这深渊呢！因此，让这个可怜的、有罪的女人照料一个婴儿，照料一个可能有无穷的欢乐或悲哀的人，是合适的。这个孩子将由她培养成正直的人，每时每刻使她回想起自己的堕落，并使自己受到教育：如果她能把孩子带上天堂，这个孩子也会把自己的母亲带到那里，这似乎是造物主的神圣保证！这么看来，有罪的母亲比有罪的父亲幸福。因此，为了赫丝特·普林，也为了这个可怜的孩子，咱们让她们按照上帝的旨意，该怎么生活就怎么生活吧！”

“朋友，你讲话诚恳得让人觉得奇怪。”老罗杰·奇林沃思笑着对他说道。

“而且，我的年轻的兄弟说的话句句千斤，含意深刻，”威尔逊牧师先生补充说道，“你的看法如何，尊敬的贝林厄姆先生？他不是为这个可怜的女人做了很好的辩护了吗？”

“没错，”这位地方行政官回答道，“而且还提出了这样的论点，即只要这个女人再没有干出什么丑事，我们愿意让这件事维持现状。然而，必须由你或者由丁梅斯代尔先生就《教义问答》对这个孩子进行适当的和定期的检查。此外，在适当的时候，教区里负责维持秩序的治安官，必须留意她是否上学和做礼拜。”

年轻牧师一讲完，便退了出来，在离他们几步远的地方站着。他的脸部分地被窗帘厚厚的褶层遮住，而阳光投在地板上的身影，因他热烈地恳求而颤抖着。珀尔，这个任性的、轻浮的小精灵，悄悄地朝他走去，两只小手紧握着他的一只手，然后将自己的脸颊紧偎在他的手上。这么温柔的爱抚，然而又这么不引人注目，以至于正在旁边的母亲问道：“那是我的珀尔吗？”然而她明白，这个孩子的心中充满着爱，虽然，这种爱只有在激情中才会流露出来，况且她从出生以来，还从未为如今这样的温柔所软化过。对于牧师来说，除了来自女性的长久寻觅的目光之外，再也没有比这些稚气的偏爱更亲切的了。这些偏爱出自精神上的本能，因此，在我们看来，其似乎隐含着某种真正值得爱的东西。牧师环顾一下四周，将一只手放在孩子的头上，犹豫了片刻，然后吻了吻她的额头。珀尔那不寻常的情绪再也无法持续下去了。她哈哈大笑起来，沿着大厅蹦蹦跳跳地走了。她的脚步太轻快了，因此，威尔逊先生竟然问："她的脚尖是否着地？"

"我断定，这小家伙有巫术，"他对丁梅斯代尔先生说道，"她不需要老太婆的扫帚柄就能飞！"

"一个奇怪的孩子！"老罗杰·奇林沃思说道，"从她身上看出她的母亲的那部分是不难的。先生们，你们认为，分析这个孩子的天性，从她的体格和长相，准确地猜出她的父亲是谁，这难道是哲学家无法研究的问题吗？"

"不，对这样一个问题，遵循世俗的哲学线索是一种罪过，"威尔逊先生说道，"最好是斋戒，并为此而祈祷。也许，更好的办法，是对这一秘密任其自然，除非上帝自己主动地泄露它。因此，每个善良的基督教男人，都有权对这个被遗弃的可怜的孩子，表示一点父爱。"

这件事圆满地了结之后，赫丝特·普林和珀尔便离开总督官邸。当她们步下台阶时，据说，一个房间的窗户的花格被撞开，希宾斯夫人的脸猛然探出在灿烂的阳光下。希宾斯夫人是贝林厄姆总督的脾气暴躁的妹妹，也就是她，几年之后，被作为巫婆处死。

"嘘！嘘！"她说道，她那不吉利的相貌似乎破坏了这幢房子的愉快的新奇气氛，"今天晚上要不要跟我们一块去？森林里有一群欢乐的朋友，我可以向魔鬼保证：标致的赫丝特·普林应该成为其中的一员。"

“请代我向魔鬼表示歉意！”赫丝特回答道，脸上露出胜利的微笑，“我必须待在家里，守护着我的小珀尔。倘若他们从我手里将她夺走，那么，我就会心甘情愿地跟你到森林里去，还会在魔鬼的花名册上签上我的名字，而且用我自己的鲜血签名！”

“我们不久就会让你到那里去的！”女巫皱眉蹙额，缩回她的脑袋说道。

如果我们认为希宾斯夫人和赫丝特·普林之间的会面是真实的，而不是一个寓言的话，那么，这里已经是年轻的牧师反对切断一个堕落的母亲与因自己的过失而生下的女儿之间的关系的论点的一个例证。这个孩子甚至这么早就已经把她的母亲从撒旦的罗网中解救出来了。

九 医生

读者应该还记忆犹新，在罗杰·奇林沃思的名称下，还隐藏着另一个名字——以前使用这个名字的人已决定再也不用它了。前面已经说过，在目睹赫丝特·普林不光彩的示众的人群中，站着一个年迈的、因旅途劳顿而疲惫不堪的男人。这个男人刚从危险的荒野中逃出来，就见到这个女人被作为一种罪恶的象征，在大庭广众面前示众。他本希望从这个女人那儿找到家庭的温暖和乐趣，但她的名声已被众人踩在脚下，在集市广场中，她的臭名在她四周喋喋不休地流传着。对于赫丝特在英国的亲人们和她纯洁无瑕的生活时期的伙伴们，如果这个消息传到他们那里的话，那么，除了被她的耻辱污染外，其余也就没有什么了。她的耻辱一定会严格地按照她们先前的亲密程度和神圣程度的比例传播出去的。既然他可以选择，那么为什么他要挺身而出，来维护这个不理想的继承权呢？——他与这个堕落的女人的关系，与其他人相比，是最亲密、最神圣的。他决定不站在耻辱的刑台旁边受辱。由于除了赫丝特·普林外，谁也不认识他，而且他掌握着使她沉默的要害，他愿意把自己的名字从人类的花名册中一笔勾销；先前的一切关系和利益，被他视为已完全地从他的生活中消失，仿佛他真的沉入了海底似的——人们早就谣传他葬身海底了。这一目的一旦达到，新的利益将会立即出现，同样，又会出现新的目的。没错，这个目的即使不是罪恶的，也是阴险的，同时是强有力的，足可以使他运用他的全部心力。

在实施这项决定时，他以罗杰·奇林沃思的身份住进了这个清教徒的城镇。关于他自己，除了他拥有非同一般的学问和聪明才智外，再没有其他介绍。在他的前半生，他的研究已使他掌握了当时的医学。于是，他以一名医生的面目出现，并且作为医生而受到友好的接待。在殖民地，医术高明的内外科医生是罕见的。他们很少具有使其他移民横跨大西洋，来到美国的那种宗教热情。这些人在研究人体结构时，他们更高的、更微妙的官能也许都具体化了；他们在错综复杂的、奇妙的人体机制中，失去了对实体的精神观点——这个机制似乎具有足以将一切生命包括其中的艺术。无论如何，富饶的波士顿市镇的居民的健康状况，只要与医药有关，迄今全在一位年迈的教会执事兼药剂师的监护之下。他的虔诚和神圣的举止，是比他能出示的任何文凭都更有说服力的证书。唯一的外科医生，是一个偶尔运用这一高尚的医术，习惯于每日挥舞剃刀的人。罗杰·奇林沃思是该职业团体中的一位卓越的、难得的人才。不久，他便显出了对古代医学那令人赞叹的广博的医术的通晓。在古代医学中，每一种药物都含有各种来自远方的、不同的成分。它们配制得如此精巧，仿佛可以达到长生不老药的效验似的。况且，他在被印第安人监禁期间，已经获得了许多有关本地药根、药草的效能的知识。他也不对他的病人隐瞒：他对待这些大自然赐予未受教育的野蛮人的简单的药，如同对待欧洲药典一样，给予充分的信任。欧洲药典是无数学问渊博的医生花费好几个世纪精心完成的作品。这位博学的陌生人，至少从他的宗教生活的表面形式看来是个楷模。他在到达这儿之后不久，便选择了丁梅斯代尔牧师先生作为他的心灵导师。

这位年轻牧师的博学声誉依然活跃在牛津大学，他被那些较热心的仰慕者视为不亚于上帝任命的使徒。倘若他以普通人的寿命生活和劳作的话，他注定会为如今衰弱不堪的新英格兰教会干出一番伟大的事业，如早期的祖先们在基督教信仰初期所取得的成就一样。然而，大约就在这个阶段，丁梅斯代尔先生的身体开始明显地衰弱下去了。按照最了解他的习惯的人的说法，这位年轻牧师的面容苍白是因为他太用功研究，一丝不苟地履行教区的职责，尤其是他经常斋戒和彻夜不眠，以使世俗生活的粗俗不会遮蔽他心灵上的明灯。有些人则声称，如果丁梅斯代尔先生真的快死了，那是因为这个世界再也不配留下他的足迹了。另一方面，他本人以其特有的谦恭，公开承认自己相信，如果上帝认为除掉他是合适的，那是因为他不配在人间履行其最谦卑的使命。对于他身体衰弱的原因的看法虽有这么大的分歧，但事实是不容置疑的：他的身体变得消瘦；他的声音尽管依然那么圆润、悦耳，但其中却预示着某些忧郁的衰变。一有风吹草动，或者遇到其他意外事件，人们常常见到他将一只手放在心口上，脸色先是变红，然后便一下子变白，露出痛苦的神色。

这就是这位年轻牧师的身体状况，而且，情况如此紧迫——如果罗杰·奇林沃思不在这座城镇出现，他的曙光将会过早地熄灭。罗杰·奇林沃思首次登场——几乎没有人知道他来自何方，仿佛他是从天国掉下来的，或者来自地府——有些神秘兮兮的样子，很容易被夸张为不可思议。现在，大家都知道他是位医术高明的人。人们见到他采药草，采野花，挖药根，从林中的树上摘嫩枝，就像一个通晓秘密药效的人那样。在普通人的眼里，这些东西都是一钱不值的。人们听到他提起凯内尔姆·迪格比爵士[①]

① 凯内尔姆·迪格比爵士（1603—1665），英国物理学家和神秘学者。

和其他著名人物，说他们一直与他有书信联系，或者曾经是他的同事等。他们在科学上的造诣被认为是超自然的。为什么在学术界地位这么高的人会到这儿来呢？他的活动领域是大城市，在这荒野上，他能寻求到什么呢？关于这个问题，流传着这么一个谣言：上帝通过把一位杰出的医生从一所德国大学空运过来，放在丁梅斯代尔先生的书房门口，创造了一个绝对的奇迹！不管这个谣言多么荒谬，它还是被一些非常聪明的人所接受。诚然，也有些具有更明智的信仰的人，他们知道，上帝要达到自己的目的，是无须所谓奇迹般地干预舞台效果的。但是对罗杰·奇林沃思的及时到来，他们也倾向于认为这是上帝一手造成的。

这一想法可由这位医生对年轻牧师所表现出来的浓厚兴趣来支持。他以一个教区居民的身份依附着牧师，并寻求从牧师的天生含蓄的情感中赢得好感和信任。他对他的牧师的健康状况表示出极大的恐慌，急切地想治愈他的病。如果早些着手治疗的话，看来还是有希望取得好结果的。丁梅斯代尔先生管辖的全体教徒，不论是长者、教会执事、慈母般的老妇人，抑或年轻貌美的姑娘们，都一致强烈地要求他试试这位医生所提供的医术。丁梅斯代尔先生彬彬有礼地拒绝了他们的恳求。

“我不需要治疗。”他说道。

可是，当每个星期天人们见到他的面容变得日渐苍白和消瘦，他的声音变得比以前更加颤抖时，当将一只手放在自己的心口上已经成了一种习惯，而不是一种偶然的姿势时，年轻牧师怎么能说不需要治疗呢？他对他的工作感到厌倦了吗？他想死吗？波士顿资深的、年长的牧师们和教会的执事们，都严肃地向丁梅斯代尔提出这些问题。用他们自己的话说，就是拿有关拒绝上帝提供的这么明显的帮助的罪过，来“对付他”。他默默地听着，终于答应与这位医生交换意见。

“如果这是上帝的旨意的话，”丁梅斯代尔牧师先生为了履行自己的诺言，在请求老罗杰·奇林沃思的职业忠告时说道，“如果我的工作、我的悲哀、我的罪恶和我的痛苦不久将跟我一起完结，同时，它们当中世俗的部分被埋入我的坟墓，让精神部分随我永生，而不是让你为了我的缘故来试验你的医术，那么，我便心满意足了。”

“啊，”罗杰·奇林沃思以他特有的平静回答道，这种平静不论是假装的，还是自然的，都表明他全部的举止特征，“一个年轻牧师往往会说这样的话。年纪轻轻的，根基还没有扎深呢，便如此轻生！在人间侍奉上帝，与上帝同行的圣洁的人竟然宁愿死去，与上帝同行在新耶路撒冷的金色的铺道上。”

“不，”年轻牧师回答道，同时将一只手放在心口上，脸上掠过一阵疼痛的表情，“如果我能配得上在那里行走的话，那么，我就更满足于在这儿受苦了。”

“善良的人总是过于谦虚地评价自己。”医生说道。

这样，神秘、年迈的罗杰·奇林沃思便成了丁梅斯代尔牧师先生的医疗顾问。由于医生不但对这个病人的疾病感兴趣，而且对过问病人的性格和品质也有浓厚的兴趣，所以，虽然这两个人在年龄上如此悬殊，却渐渐地凑到一块消磨时光。为了牧师的健康，也为了使医生采集其中含有医疗功用的止痛药草，他们到海滨和树林里进行长距离的散步，使各种谈话与波涛的拍击声、沙沙声，以及微风从树梢上发出的庄严的圣歌交织在一起。他们也成了对方的书房里或休息处的常客。有个科学家陪着，对牧师而言着实是种魅力。从这个医生身上，他发现了一种博大精深的智力以及思想的广阔与自由，这是牧师在同行中难以找到的。事实上，他惊奇地——如果不是震惊的话——发现了医生的这一特征。丁梅斯代尔先生是个真正的牧师，是真正笃信宗教的人，具有非常成熟的、令人敬畏的情感和有条不紊的脑子。这个脑子强有力地迫使其自身沿着一个信条的轨迹走，并随着时间的流逝不断地向纵深推进。不论在什么社会阶层，他都不能被称为一位开明的人。他感到周围有一股信仰的力量在支持他，然而它却将他限制在它的铁的框架里，虽然这对他内心的平静是必不可少的。虽然有种令人震惊的乐趣，然而，他依然对通过另一种知识媒介，而不是他习惯使用的那些媒介来看待世界，感到宽慰。这好比一扇窗户被人推开，让更自由的空气进入沉闷的和令人窒息的书房。在那里，在灯光、被遮住的阳光和从书本上散发出的不论是感官上或者道德上的霉味中，他的生命正日渐衰弱下去。可是空气太清新、太寒冷了，不能让人进行长时间的舒适的呼吸。于是牧师及跟他在一起的医生再次退回到他们的教会规定为正统的范围之内。

于是，罗杰·奇林沃思仔细地检查了他的病人，既观察病人平常的生活，在他熟悉的思想范围里保持一条习惯的途径，又观察病人在其他道德背景中的表现，这种背景的新奇也许会唤起他的性格表面上的某些新事物。罗杰·奇林沃思似乎觉得，在试图治好他的病之前，先了解这个人是必要的。只要有心智的存在，身体上的疾病就带有这些心智的特点。亚瑟·丁梅斯代尔的思想和想象力如此活跃，敏感性如此强烈，因此，他身体上的疾病很可能在他的心智方面有其根源。因此，罗杰·奇林沃思——医术高超、仁慈友好的医生——竭力深究病人的内心世界，探究他的道德原则，打听他的往事，同时，像黑暗的大洞穴里的寻宝人那样，对每件东西都加以细心的探测。对于一个有机会和被特许从事这样的探索，并且有穷追到底的技巧的调查者，任何秘密也瞒不了他。一个心怀秘密的人尤其应该避免与他的医生亲近。如果医生具有天生的洞察力，或者还具有其他什么不可名状的东西——咱们不妨称它为直觉吧；如果他不表现得咄咄逼人、以自我为中心，或露出令人讨厌的显著特征；如果他具有与生俱来的能力，使他的心与病人的心产生共鸣，以至于病人无意中说出他以为自己只在脑子里考虑的东西；如果这些启示不为所动地被接受，并常常不是被道出的同情，而是被沉默的、无言的气息和零零落落的表明一切已明白的话语所承认；如果有被公认为医生和密友这样的有利条件——那么，在某一不可避免的时刻，受难者的灵魂将会崩溃，流入一条黑暗却透明的溪流中，灵魂的一切秘密都被暴露在光天化日之下。

罗杰·奇林沃思具有上述列举的全部或大部分特征。时光在流逝。正如我们已经说过的，一种亲密的关系正在这两个有教养的人之间滋长起来。他们可以驰骋在整个人类的思想和研究的广阔领域；他们谈论着有关伦理和宗教、公共事务、个人品性的每个话题；他们谈论了许多对他们来说似乎是个人问题的事，然而，并没有任何秘密被牧师不自觉地传进他的同伴的耳朵里。医生想象着其中必有秘密。他确实怀疑，即便是肉体上的疾病的性质，丁梅斯代尔先生也尚未充分地向他透露。他这么守口如瓶，实在奇怪！

过了一段时间，受罗杰·奇林沃思的暗示，丁梅斯代尔的朋友做了一项安排，根据此项安排，他们俩同住一屋。这样，牧师生活的脉搏的快慢，便全部置于与其相伴的焦虑的医生的监视之下了。这一众望所归的目的达到后，整座城镇一片欢腾。事实上，除非他从许多如花似玉的姑娘中，挑一个在精神上深爱着他的人作为他忠贞的妻子——他常常被怂恿这么做，否则，人们普遍认为，这是对这位年轻牧师的健康来说最可行的办法了。然而，目前尚不能指望亚瑟·丁梅斯代尔会被说服采取结婚这一方法。他拒绝所有这类建议，仿佛牧师的独身生活是教会戒律的章程似的。因此，出于他自己的选择，他注定只能在别人的餐桌上吃点粗茶淡饭，他注定只能在别人的炉边取暖，终生忍受寒冷——显然，丁梅斯代尔先生正是如此——看来，这位睿智的、老练的、慈善的老医生，由于他对年轻牧师既有父母般的慈爱，又有虔诚的敬爱，所以正是所有人当中最适合经常伴随牧师左右的人选。

这两个朋友的新住处，是一位有着良好的社会地位的善良的寡妇的家。她住的那幢房子占据了后来在上面建起皇家小教堂的古老的建筑物的地基。房子的一侧是一块教堂墓地，那里原先是艾萨克·约翰逊的私人用地，因此非常易于勾起人们对过去的回忆，也适于牧师和医生两人各自的职业。这位善良的寡妇慈母般地关怀着丁梅斯代尔先生，并分给他前面朝阳的房间。房间里挂着厚厚的窗帘，需要时，可以制造正午的幽暗。房间的四壁挂满了挂毯，据说它们是用高布林织机①织造的。无论如何，它们上面的图画描绘了《圣经》中的大卫、巴斯谢巴②及预言者拿单③的故事。挂毯的颜色未褪，但是画中的美女显得几乎与灾祸的预言者一样狰狞。脸色苍白的牧师就在这儿堆起他的藏书，其中有对开桑皮纸精装本的先哲们的著作、拉比们④记下的传说，以及许多僧院的考证。新教徒的牧师们尽管诬蔑和诋毁这类作家，却常常不得不引用他们的文字。在房子的另一侧，年迈的罗杰·奇林沃思布置了他的书房和实验室：现代科学家当然不会认为这些设备是完整的，但是也有一套蒸馏设备和配制药剂、药品的工具，这

---

① 高布林织机，高布林是15世纪法国巴黎以织造挂毯而闻名的一家人。

② 大卫和巴斯谢巴，大卫是《圣经》（旧约）中以色列的第二任国王。大卫用计让美女巴斯谢巴的丈夫战死，然后娶她为妻。

③ 拿单，《圣经》中的预言者，预言大卫有灾祸。

④ 拉比，犹太教教士，基督教的诞生与古犹太教有渊源，故古犹太教拉比的著述有基督教古文献价值。

位老练的炼金术士非常清楚该如何使用这些。这两位学问渊博的人在如此方便的条件下定下心来，各自在自己的知识领域进行研究，又毫无拘束地互相来往，彼此好奇地检查对方的工作。

于是，正如我们已经提过的，亚瑟·丁梅斯代尔牧师的最有眼力的朋友们非常理智地想象，这一切都是出自天意的安排，目的是为了恢复年轻牧师的健康——这是人们在众多公开的、家庭的和秘密的祷告中所恳求的。但是，现在还必须说，社区的另一部分人后来对丁梅斯代尔先生和神秘的老医生之间的关系，开始有了自己的看法。无知的群众在试图通过观察了解事情时，是很容易上当受骗的。可是，当这些群众，如通常那样，通过从他们那颗伟大的、热情的心中产生出的直觉形成自己的判断时，这样得出的结论常常如此深刻、如此正确，以至于其具有超自然地揭示出真理的性质。至于我们所说的情况，人们可以以无可辩驳的事实和论点，来证明对罗杰·奇林沃思的偏见是正确的。果然，有这么一个年迈的手艺人，在距今大约三十年前，在托马斯·奥佛伯里爵士[①]被谋杀期间，是伦敦的市民。他证明自己曾经见到这个医生使用别的名字——叙述者现在已忘记这个名字了——和著名的老魔术师福尔曼医生在一起。福尔曼医生与奥佛伯里的谋杀事件有关系。另外两三个人暗示说，这位医术高明的人在被印第安人囚禁期间，因参加了野蛮术士的妖术活动，而扩大了他的医学成就。这些术士被公认是很有影响的巫士，常常利用妖术表演近乎奇迹般的疗法。许多人——他们当中的大多数具有清醒的判断力和实际的观察力，他们在其他问题上的意见都非常有价值——肯定地说，罗杰·奇林沃思自从住到这座镇上，尤其与丁梅斯代尔先生住在一起以来，外表上经历了显著的变化。起初，

① 托马斯·奥佛伯里爵士（1581—1613），英国散文家，因指责一桩贵族的桃色事件而遭谋杀。

他的表情一直是平静的、深沉的和具有学者派头的。如今，他的脸显得丑陋和邪恶，这是他们先前未曾注意到的。而且他们愈常看他，这种丑陋和邪恶就愈显而易见。根据世俗的看法，他的实验室里的火来自地狱，并且燃料也来自地狱。因此，不出人们所料，他被烟熏得满脸烟垢。

总而言之，人们广泛地散布着这么一种看法：像古今许多基督教社会的其他特别圣洁的人物一样，亚瑟·丁梅斯代尔牧师要么被撒旦本身缠住，要么被伪装成年迈的罗杰·奇林沃思的魔鬼的使者缠住。这个恶魔的代理人受造物主的许可，前来暗中探查这位牧师的事件，密谋陷害他的灵魂。众所周知，没有一个聪明人会怀疑胜利将属于哪一边。人们毫不动摇地希望看到牧师从这场斗争中走出来。无疑，他将赢得荣耀而变得神圣。同时，想到牧师在通往胜利的斗争中必须忍受的致命的痛苦，着实令人悲哀。

天啊，从可怜的牧师的眼睛深处的忧郁和恐惧判断，这场斗争将是一场苦斗，要取得胜利还真没有把握呢！

十 医生与病人

年迈的罗杰·奇林沃思一生的性情都是平和、仁慈的。虽然没有热烈的情感，但在他与世人的全部关系中，他曾经是个纯洁的、正直的人。他开始做一次调查。正如他想象的，他是以一个法官的严峻与公正来开始一次调查的，他只向往真理，简直把问题看得既不包含人类的情感，也不卷入个人的委屈，完全如同几何学中抽象的线和形一般。可是，当他着手进行调查时，尽管他依然镇静自若，但是，一种可怕的魔力、一种强烈的需要，牢牢地支配着这个老人，并且再没有使他获得自由，直到他完成它的一切命令为止。如今，他像一个寻找金子的矿工，掘进这位可怜的牧师的心中，或者更确切地说，像一个教堂司事挖进了坟墓里，也许正在寻找一颗一直埋在死人胸部的宝石，但很可能除了死亡和腐烂外，一无所获。天啊！假如这些正是他所要寻找的东西！

有时，医生的双眼发出闪烁的微光，燃烧着蓝色的、不吉祥的火光，像炉火的反射一样，或者，姑且说，像从班扬[①]所说的山

① 班扬（1628—1688），英国作家，著有《天路历程》。此书的主人公在前往天国的途中必须经过一道燃烧着的地狱之门。

坡上的地狱之门吐出来，在朝圣者的脸上闪烁的一束可怕的地狱之火的亮光。也许，这位阴险的矿工正在挖掘的这块土地，显示出了种种令他振奋的迹象。

“这个人，”有一次，在这样的时刻，他暗自思量道，“虽然他们认为他很纯洁——他看起来好像超凡脱俗似的——继承了他的父亲或母亲的很强的肉欲天性。我们沿着矿脉的这一方向再挖深一点！”

后来，他对牧师的朦胧的内心深处进行了长时间的调查，翻阅了许多宝贵的资料，以高度重视家族的福利、对灵魂的热爱、带有纯洁的情感、自然的虔诚的形式，经过反复思考和研究，并由启示照明之后——所有这些宝贵的东西，也许对这位探索者来说，简直是一堆废物——他常常垂头丧气地折回来，开始从另一个目标那里寻找。他偷偷摸摸地摸索着，步履谨慎，小心翼翼，瞻前顾后，犹如一个小偷进入了里头躺着一个半睡着的或者可能完全醒着的人的房间，想偷那个人守护着的被其视为自己的眼珠的宝物。不管他事先计划得多么谨慎、周全，但是，地板可能会不时地发出吱嘎声，他的衣服可能会发出窸窣声，他的影子可能会在禁区之内投射到受害人身上。换言之，丁梅斯代尔先生也许会模糊地意识到，某些有碍他的平静的东西，已经强行与他关联。他敏感的神经常常产生精神上的直觉的效果。然而，年迈的罗杰·奇林沃思也有近乎直觉的悟性。当牧师向他投来惊诧的目光时，医生不动声色地端坐在那儿——摆出一副仁慈的、警戒的、富有同情心的，却从不妨碍他的朋友的面孔。

然而，如果不健全的心灵容易陷入的某种病态，不致使他对所有人都起疑心的话，也许，丁梅斯代尔先生就会更加全面地看出这个人的品性。由于对他的朋友一个也不相信，当敌人真正出现在眼前时，他也辨认不出来。因此，他仍然与医生保持着良好的关系，天天在自己的书房里接待这位老医生，或者，为了消遣而参观他的实验室，观察野草转变成灵药的制作工序。

他一只手托着前额，肘部靠在面朝教堂墓地敞开着的窗子的窗台上，与罗杰·奇林沃思攀谈着。这个老头正在检查一捆不雅观的植物。

“你从哪里，”丁梅斯代尔斜着眼睛看了它们一眼说道，因为现在他很少正眼直视，不论是对人或对物，这是牧师的特点，“我的仁慈的医生，你从哪里采集到这些长着这么柔软的深色叶子的药草的？”

“就在附近的墓地，”医生回答着，继续做他手中的活儿，“它们对我来说是陌生的。我发现它们长在一座坟墓上。这座坟墓没有墓碑，也没有有关死者的其他纪念物，就只有这些丑陋的药草。它们毅然地把死者记在心上。它们是从他的心里长出来的，也许象征着连同他本人一起被埋入坟墓的、在他生前曾经想竭力忏悔的某个骇人听闻的秘密。”

“也许，”丁梅斯代尔先生说道，“他真诚地想要忏悔，却不能够这样做。”

“可为什么呢？”医生回答道，“为什么不能够这样做呢，既然一切自然力都如此真诚地要求忏悔罪过，以至于这些深色的药草从被埋葬的心里生长起来，以显示一种不言而喻的罪恶？”

“先生，那只是你的幻想，”牧师回答说，“如果我的预言正确的话，只要没有造物主的慈悲，任何力量，不论是通过语言，或是通过标志或象征，都不能暴露埋在人们心底的秘密。那颗产生出这些秘密的心，必然会守口如瓶，直到所有隐秘的东西被揭露的那一天。我读过的、解释过的《圣经》也不认为人类的思想和行为将来总有一天会暴露，这也不应被看作报应的一部分。毫无疑问，这是肤浅之见。不！除非我完全弄错了，否则，这些暴露出来的事物，只是为了让所有聪明人获得智力上的满足。他们将在那一天翘首等待看到生活中的隐秘问题暴露得一览无余。为了最完美地解决这个问题，了解人的心理是必要的。况且，我以为，这颗保守你谈及的这些可悲的秘密的心，在临终时，将会乐意，而不是勉强地和盘托出的。”

“那么，为什么不在这时揭开这些秘密呢？”罗杰·奇林沃思问道，暗中悄悄地瞥了牧师一眼，“为什么有罪的人，不早点利用这难以形容的慰藉呢？”

“他们大多数都肯这么做，”牧师说道，用力地揪住胸脯，仿佛受到缠扰不休的抽痛的折磨似的，“很多可怜的人不仅在临终的时候才信任我，而且在他们身强力壮、名声清白的时候就信赖我。于是，经过这样的感情流露之后，哦，在这些有罪的兄弟身上，我目睹了他们多么如释重负、多么欣慰！正如一个人长期因污染的气息而窒息，终于能吸收自由的空气一样。怎么不会是这样的呢？一个不幸的人，比方说，犯了谋杀罪的人，为什么宁可将这具尸体埋在自己的心底，而不是马上将它扔出去，让宇宙万物来处理它！”

“可是，有的人就是这样将秘密埋在心里的。”医生镇静地说道。

“是啊，确实有这样的人，”丁梅斯代尔先生回答道，“可是，不需要提出更为明显的理由，也许，正是他们的天性，才使他们对这些秘密守口如瓶的；或者，他们虽然有罪，但由于保持着对上帝的荣耀和人类的福祉的热情，他们怕在大庭广众面前显露自己的污点和污秽——难道我们不可以这么假定吗？因为，从曝光的那个时候起，他们不就能得到任何美德，过去的罪恶也不能因为较好的服务而得到赎偿。因此，使他们感到难言的痛苦是，他们厮混在同胞之中，看上去如刚落下的雪那么纯洁，而他们的心中却被摆脱不掉的罪恶玷污，斑痕累累。”

“这些人是在欺骗自己，”罗杰·奇林沃思用食指稍微做着手势，语气比平常更加重了些，说道，“他们害怕承受理当属于他们的耻辱。他们对人类的爱、侍奉上帝的热情——这些圣洁的冲动或许能够或许不能够，在他们的心中与邪恶的同伴共存。他们的罪恶已经让这些邪恶的同伴一路畅行。这些同伴必定在他们的心中繁殖出一种恶魔的种子。但是，倘若他们寻求赞美上帝的那些话，那就别让他们的脏手举向天空！倘若他们愿意为他们的同胞服务，那就让他们在强制自己进行苦行赎罪的自我菲薄中，显示出良心的力量和现实吧！噢，聪明、虔诚的朋友，你非要让我相信，虚伪的外表比绝对的真理更好——会有更多的上帝的荣耀或人类的福祉？相信我吧，这些人是在欺骗自己！”

“也许如此，”年轻的牧师漠然说道，仿佛撇开他认为无关紧要的或荒唐的议论似的——确实，对于任何能激起他那过于敏感的、神经质的气质的话题，他都具有随机应变地避开它们的天赋，“可是，现在我想请教我的医术高明的医生，上帝是否确确实实认为我可以从他对我这虚弱的身躯的体贴照料中获益？”

罗杰·奇林沃思还来不及回答，他们就听到毗连的墓地里传来了一个小孩的清脆、喧闹的笑声。牧师本能地从敞开的窗户望出去——因为此时正值夏天——看见赫丝特·普林和小珀尔正沿着横穿围地的小路走过。小珀尔看上去漂亮极了，但正处于任性的欢乐心境。这种心境一旦出现，她就好像完全脱离了同情或人类能接触的范围。此刻，她正无礼地从一座坟墓跳到另一座坟墓，一直跳到了一个已故的杰出人物的又宽又平的纹章墓碑上——也许是艾萨克·约翰逊本人的墓碑。她开始在这个墓碑上跳舞。作为对她的母亲的命令和恳求的反应，即她的行为应该得体点，小珀尔停了下来，从长在墓边的高大的牛蒡树上采集多刺果。她抓起了一把多刺果，将它们沿着装饰她的母亲胸脯的红字的轮廓排列起来。因为它们的性质，多刺果牢牢地粘在了红字上。赫丝特没有把它们摘掉。

罗杰·奇林沃思这时已走近窗口，阴森森地朝下面狞笑着。

“法律、对权威的敬畏、对人类的传统风俗习惯和意见的尊重——不论正确与否——这些统统与这个孩子的气质毫无关系，”他说道，像是在自言自语，又像是在对同伴说话，“几天前，我看见她在斯普林巷的牛槽边把水溅到总督身上。她究竟是干什么的？这个小淘气完全是个恶人吗？她没有情感吗？她没有什么明显的人生原则吗？”

“没有——除了违法的自由外，”丁梅斯代尔先生平静地回答道，仿佛他一直在自己心里议论着这个论点似的，“不知道这个孩子能否与人为善。”

小孩很可能偷听到他们的谈话，因为她正抬起头仰望着窗口，带着欢快的、顽皮的和聪明的笑容，她将一颗多刺果向丁梅斯代尔牧师先生扔过去。敏感的牧师大吃一惊，畏缩了一下，以便躲开她的小飞弹。发觉了他的心情之后，小珀尔欣喜若狂地拍着小手喝彩。赫丝特·普林也无意中朝上看去。于是，这老老少少四个人默默地彼此注视着，直到这个孩子笑出声来，喊道：“走吧，妈妈！走吧，要不然那边的老魔鬼会逮住你！他已经把牧师抓住了。走吧，妈妈，要不然，他会抓住你的！可是他抓不住小珀尔！”

于是，她拉走了她母亲，在死者的坟丘上奇怪地蹦呀跳呀，欢呼雀跃着，似乎她与埋在地下的过去一代人毫无共同之处或任何近亲关系，仿佛她是由新的成分重新构成的一般，因此，必须允许她过自己的生活，允许她随心所欲、独断独行，而她的怪僻不至于被认为是她的一种罪过。

“一个女人走过去了，”罗杰·奇林沃思顿了一下，又继续说道，“尽管她有种种过失，但她就一点儿也没有隐藏着自己的罪恶。这种罪恶你觉得会多么让人难以忍受。你认为，赫丝特·普林会因为有胸脯上的那个红字而减轻一些痛苦吗？”

“我确实这么认为，”牧师回答道，“然而我不能替她回答。在她的脸上有一种我极不愿意见到的痛苦的神色。不过，在我看来，像这位可怜的女人赫丝特那样，自由自在地显示自己的痛苦，对于一位受难者来说，想必会比将一切痛苦隐藏在自己心里更好受些。”

医生又顿了一会儿，重新检查和整理他采集的药草。

“刚才，你问过我，”他终于说道，“对你的健康状况的看法。”

“是啊，”牧师回答道，“而且，我很乐意了解，请你直说了吧！”

“那么，我就直率地、坦白地告诉你吧，”医生说道，他手里还忙着弄药草，眼睛却密切地注视着丁梅斯代尔先生，“你的病是种怪病。至少，迄今为止，从与其说是疾病本身，或者其表面上所显示的，不如说是通过我的观察所了解到的症状来看——先生，几个月来，我天天盯着你，观察你的脸部表情——我认为你病得不轻，但是，也许还不至于到了让一个受过训练的和善于观察的医生，对治好你的病失去信心的地步。然而，我不知道该如何开口，对这种病我似懂非懂。”

“你说得令人摸不着头脑，学问渊博的先生。”脸色苍白的牧师匆匆地往窗外瞥了一眼，说道。

“那就讲得更明白一点，”医生接着说道，“可是，先生，对我话语中必要的直率，我请求原谅——假如需要原谅的话。作为你的朋友，作为根据天意来照管你的生命和身体健康的人，我问你，你是否已经把这病的来龙去脉完全向我和盘托出和详细说明了呢？”

“你怎么能问这样的问题？”牧师反问道，“无疑，请来了医生，却讳疾忌医，这岂不是儿戏！”

“那么，你想对我说，我什么都了解了吗？”罗杰·奇林沃思故意说道，他那因充满着智慧而闪烁的强烈的目光凝视着牧师的脸，“但愿如此！可是，只了解疾病的表面——肉体的症状，医生对要他治疗的疾病，往往只是一知半解。在疾病本身的范围内，一种我们视为了解其全部症状的肉体上的疾病，也许只是精神方面的某种微恙的一个症状而已。先生，如果我的话稍有得罪，我再次请你原谅。先生，在我所认识的人当中，你的身体与精神有着最密切的结合、浸染和认同，可以说你的身体只是作为精神的工具而已。”

“那么，我不必再问了，”牧师说完，有点匆忙地从椅子上站起身，“我相信，你没有医治灵魂的药吧！”

“因而，一种疾病，”罗杰·奇林沃思以不变的声调继续说下去，并不理会牧师的打岔，然而他却站起身来，以他那矮小、黝黑、畸形的身体，来面对这位憔悴的、脸色苍白的牧师，“你精神上的一种疾病，一个痛处——假如我们可以这么说的话——在你的身躯上马上会有一定的表现。因此，你希望你的医生治愈你的肉体上的病痛吗？如果你不先向他暴露你的灵魂上的伤痛和烦恼，这怎么可能呢？”

“不！——不是向你！——不是向一名世俗的医生暴露！”丁梅斯代尔先生动情地大声嚷道，将有点凶狠的、炯炯有神的目光投向年迈的罗杰·奇林沃思，“不是向你暴露！可是，倘若这是灵魂上的疾病的话，那么，我就将自己托付给唯一的灵魂的医治者[①]！如果能博得他的欢心的话，他会治愈我的，要不然就把

① 此处指上帝。

我干掉！让他以其公正和智慧，认为怎么做合适，就怎么处置我吧！可是，你是什么人呢，竟然干预起这件事！——竟然在受难者和他的上帝之间插上一手？”

他以激昂的姿态，拂袖离开了房间。

“走到这一步，这倒好，”罗杰·奇林沃思心里想，脸上挂着严肃的笑容，目送牧师离去，“什么也没有损失。不久以后，我们还会是朋友。可是现在，你瞧，激情如何支配着这个人，催他失去理智！既然他能够有这种激怒的情绪，也必定会有另一种激情的！这位虔诚的丁梅斯代尔先生在此之前，由于心中燃烧着强烈的情欲，曾经干过一件放荡的事！”

事实证明，这两个同伴在同样的基础上，按原有的程度重新建立起亲密关系并不难。年轻的牧师经过几个小时的闭门独处之后，觉察到自己的神经质促使他不适宜地发脾气。医生的话一点也不能为他的坏脾气找借口或辩解。年轻的牧师确实对自己将这位仁慈的老人顶回去的那股猛烈劲深感诧异。医生只不过提出忠告，这是他的本分，也是牧师本人的明确要求。他怀着这种悔恨的心情，不失时机地做了充分的道歉，恳求他的朋友仍继续医治他。这种医治，即便不能成功地使他康复，也已经把他虚弱的生命延长到这个时候。罗杰·奇林沃思欣然应承，继续对牧师进行医疗监督。他真诚地对他尽心尽力。可是，每当诊视一结束，他总是匆匆地离开病人的房间，嘴上挂着一丝神秘的和令人费解的笑容。这种表情在丁梅斯代尔先生面前是看不到的，可是当医生一跨出门槛时，便显而易见了！

“一个罕见的病例！”他喃喃地低语道，“我必须做进一步调查。这是灵与肉之间的一种奇怪的感应。就算只是为了医术，我也必须把这个问题查到底！”

碰巧，在上述的场面出现之后不久，有一天中午，丁梅斯代尔牧师先生坐在椅子里，面前的桌子上摊开着一大部黑体活字印刷书籍，不知不觉地进入了梦乡。它一定是催眠的文学流派中的一部神通广大的作品。牧师的酣睡程度更为引人注目，因为他平常的睡眠犹如小鸟儿在树枝上雀跃那样轻微，那样断断续续，那样易受惊吓。然而，这时，他的灵魂已沉入到如此罕见的遥远状态，以至于当年迈的罗杰·奇林沃思不怎么特别小心地走进房间时，他仍一动也不动地睡在椅子上。医生直接走到他的病人跟前，将一只手放在他的胸脯上，然后强行推开他的法衣。迄今为止，这件法衣总是遮住他的胸部，使之避开医生职业的目光。

接着，丁梅斯代尔先生确实战栗起来，并微微地动弹了一下。

过了一会儿，医生转身走了。

可是，他带着多么惊奇、欣喜和恐怖的疯狂神情！他露出多么可怕的狂喜！可以说，它太强有力了，以至于他无法只用眼神和表情来表达这种情感，于是便通过整个丑陋的体态迸发出来；同时，他通过双臂举向天花板，一只脚往地板上一跺的放肆姿势，使这种狂喜更加淋漓尽致地表现出来！在老罗杰·奇林沃思狂喜的时候，倘若有人见到他，那么，这个人就再也不必问，当一个人类的宝贵的灵魂已上不了天堂，而堕入了撒旦的王国时，魔鬼会怎样表现了。

然而，区别于医生的狂喜和魔鬼的狂喜的，是其中奇妙的特征！

十一 内心深处

经历了上述事件之后，牧师和医生之间的交往，尽管在表面上与以前一样，但实际上性质已经与先前不同了。如今，罗杰·奇林沃思的思路前面已道路平坦。这确实并非他为自己安排的要走的路。从表面上看，他镇静、文雅、冷淡，然而，我们担心，这位不幸的老人怀有深深的恶意。到目前为止，它一直潜伏着，可是现在却异常活跃。这种恶意使他想象出一个超乎常人的更为秘密的报复计划。他的计划是使自己成为牧师唯一可信赖的朋友。对方的一切忧虑、悔恨、痛苦、徒劳无益的忏悔，以及一连串无法摆脱的有罪的想法，都应该向他吐露！一切瞒着世人的问心有愧的伤心事，世人的心都会同情和宽恕的事，都必须向他这个无情的和爱记仇的人透露！一切隐秘的财富都应该挥霍在他这个人身上。对这个人来说，什么也无法充分地偿还这笔复仇债！牧师腼腆的和神经质的缄默，使他的这项计划遭到挫折。然而，罗杰·奇林沃思对这一事态几乎没有感到什么不满意，即使有也很有限。天意为了自己的目的利用了复仇者及其受害者。同时，在看来最该惩罚的地方，却可能宽恕了。天意已经取代了罗杰·奇林沃思的邪恶的手段。几乎可以说，他已经得到了天意对他的某种启示。不管是来自神的，或是来自其他领域的，对他来说，关系都不大。在这种启示的帮助下，在他后来与丁梅斯代尔先生之间的一切交往中，不仅牧师的外部形象，而且其灵魂的最深处似乎都展现在他的面前。因此，他可以看出和领会这一灵魂的每个动态。从那以后，他不仅成了一名旁观者，而且在可怜的牧师的内心世界里扮演了一个主要角色。他可以随心所欲地利用牧师的感情。他想激起丁梅斯代尔先生内心的一阵抽痛吗？这位受害者每日每时都遭受着极大的精神折磨。只要了解他心理上的要害，就可以控制住他的精神生活了[①]——医生对此了如指掌！他想以突然的恐惧来吓唬他吗？魔术师一挥魔杖，一个恐怖的精灵就出现了——许许多多形态各异的、代表死亡的或更令人生畏的象征耻辱的精灵出现了。它们全部聚集在牧师周围，手指全都指着他的胸脯！这一切都是在细微中完成的，以至于牧师虽然老是模糊地觉得有个邪恶的、有影响的人在监视着自己，却始终未能知道其中的真实情况。没错，他确实疑虑重重地注视着这个畸形的老医生——甚至不时地对他怀着恐惧和刻骨的仇恨。他的姿势，他的步态，他的灰白胡子，他的最微小的、最平常的动作，甚至他的衣服的式样，在牧师看来都是可憎的。这无疑是牧师心中一种比他自己乐意承认的更深的厌恶。由于指出这种不信任和憎恶的理由是不可能的，因此，丁梅斯代尔先生没有把自己的一切预感都归因于别的理由——他意识到一个病灶的毒素正在感染着他的整个心脏。他责备自己对罗杰·奇林沃思所抱有的厌恶的感觉，无视自己应该从中吸取的教训，竭力想将这些感觉连根拔掉。然而，由于做不到这点，他在原则上继续与这老头保持社交上的亲近。这样，他就在不断地给这个老头提供实现其意图的种种机会——虽然，这个复仇者是个可怜的、孤独无助的人，甚至比他的受害者更可悲，但是他

① 原文“spring”作“弹簧”解。此句直译为：只要了解控制这台发动机的弹簧就行了。意思是：只要了解牧师心理上的要害，就可以控制他的精神生活了。

一直致力于实现这一意图。

虽然，丁梅斯代尔先生在肉体上承受着疾病的痛苦，心灵上又受到极度的苦恼的折磨，且落入他的最不共戴天的仇敌的阴谋之手，但他在宗教圣职中却深孚众望。诚然，他能得众望在很大程度上是由于他的悲哀。他在日常生活中承受的极大痛苦，使他的智力天赋、他的道德观念、他的感受和传递情感的能力，都处于一种超自然的活跃状态。他的名望处于上升的势头，已经使他的牧师同行相形见绌，尽管在他们当中有几位是出类拔萃的。他们当中有一些学者，花在钻研与圣职有关的深奥学问的岁月，甚至比丁梅斯代尔先生生活的时间还要长，因此对于这些实用的和宝贵的学识，他们可能比这位年轻的兄弟更为精通。也有一些智力比他更强的人，他们具有更为敏锐的、全面的和铁石般坚强的理解力。这种理解力适当地与一部分教义成分相混合，构成了非常体面的、有某种效能的和难以亲近的牧师类型。此外，还有其他一些真正圣洁的长辈，他们的才能通过在书本堆中辛勤耕耘，通过耐心地思考而得到充分的发挥，而且，通过与更美好的世界[①]的精神联络而富有灵气。纯洁的生活几乎已经把这些圣人——他们世间的衣服还被披在身上——引入天堂。他们所缺乏的，是在圣灵降临节[②]，降临在上帝特选的门徒头上的火焰之舌[③]。看来，这象征着他们缺乏的，不是用外语或未知的语言进行演说的能力，而是以内心的本国语对全人类的同胞讲话的能力。素来那么适合使徒教义的这些长辈们，缺乏上帝对他们的圣职的最后的和最罕见的证明——火焰之舌。假如他们曾经梦想寻求真理的话，他们也只能徒劳地尝试通过熟悉的语言和形象化的比喻的最谦卑的媒介，来表达最高的真理。他们的声音从他们

① 此处指天堂。

② 圣灵降临节，即复活节之后的第七个星期天。

③ 火焰之舌，指圣灵所赐的口才。

惯常居住的高处远远地、微弱地传下来。

根据丁梅斯代尔先生的许多性格特征，他自然属于后一类人，这并不是不可能的。假如这种倾向不受罪恶和痛苦的重负的妨碍的话——无论这种重负是什么——他命该在这种重负下趔趔趄趄地行走，那么，他是会爬到信仰和圣洁的高山之巅的。可是，这一重负使他降到了最低的水平。他，一个具有灵妙的品性的人，对于他的声音，天使们说不定还会倾听，还会回答呢！然而，正是这种重负，才使他对有罪的人类同胞给予如此深切的同情，以至于他的心与他们的心一齐跳动，将他们的痛苦装入自己的心中，然后以一阵阵悲哀的、有说服力的雄辩，通过其他一千颗心，产生自己内心的抽痛。他的语言通常是具有说服力的，但有时是可怕的！人们不知道如此感动他们的那种力量是什么。他们认为年轻牧师是神圣的奇迹，认为他是上帝传递智慧、训斥和爱情等信息的代言人。在他们的心目中，就连他踩过的地都是神圣的。他的教会里的处女们在他周围变得脸色苍白。她们是情欲的受害者。这种情欲如此充满着宗教情操，因此，她们认为这种情欲是纯属宗教性质的，并将它作为她们在圣坛前面最合意的祭品，公然地带进她们纯洁的胸怀。他管辖的教友中的年迈的成员，见到丁梅斯代尔先生的身体这么虚弱，而自己虽然年迈，但身子骨还这么硬朗，因此，相信牧师会抢先他们一步上天国，于是，便嘱咐他们的子孙说，他们这把老骨头必须安葬在他们的年轻牧师的圣墓附近。而且，或许，当可怜的丁梅斯代尔先生在考虑自己的坟墓时，他一直会自问他的墓上是否会长出草来，因为那里埋着一个被诅咒的人！

公众的尊敬使他遭受的极度痛苦是难以想象的！尊重真相，把一切视为阴影，把在生命中没有如生命那样神圣的本质的东西都视为毫不重要或毫无价值，这正是他的真正的冲动。那么，他是什么呢？是一种物质吗？还是最朦胧的一个影子？他渴望以最大的嗓门在自己的布道坛上大胆地告诉人们他是什么人。“我——你们看到的身穿黑色牧师长袍的这个人——我，登上这个圣坛，将一张苍白的脸仰向天国，为你们向最高的全能的上帝传达信息的人——我，在我的日常生活中，你们看到了伊诺[1]的尊严——我，你们认为我的脚步在人间轨迹上留下了一道闪光，跟着我来的香客凭借这道光明可以被引入天堂——我，曾经亲手为你们的孩子施洗礼的这个人——我，曾经为你们的临终的朋友悄声地做告别祷告，使‘阿门’声微弱地从他们已经离开的世界传到他们耳旁的这个人——我，你们如此尊敬和信赖的牧师，完全是个彻头彻尾的肮脏的骗子！”

丁梅斯代尔先生不止一次地怀着不讲出上述这些话，就再也不步下台阶的决心，走进布道坛。他不止一次地清了清嗓子，久久地、深深地、颤抖地吸了一口气。当这口气再呼出来时，将会带出他心灵的邪恶的秘密。他不止一次——不，不止一百次——实际上，他已不止一百次地讲过了！讲过了！可是怎么讲的呢？他已经对他的听众说，他是个完全卑劣的人，是一个比最卑劣的人还要卑劣的同伴，是最坏的罪人，是个非常可憎的人，是个有着难以想象的罪恶的人；他还告诉他们，唯一奇怪的是，他们没有看见他的可怜的身体——他的身子因为全能之神的怒火而在他们眼前变得干瘪、皱缩！难道还有比这更明白的演讲吗？人们不会出于冲动，突然从他们的座位上站起来，把他拉下马，将他逐出被他玷污的布道坛吗？不，确实不是如此！他们什么都听见了，却对他愈加尊敬了。他们一点也不去猜测有什么致命的含义隐含在他的那些自责的话语中。

“那个虔诚的青年！”他们私下议论道，“人间的圣人！哎

① 伊诺，《圣经》中与上帝同行的人，他没有死亡就被带上了天堂。

呀！倘若他看到自己纯洁的灵魂里有这样的罪恶，那么，他看到你的或我的灵魂里将会是什么样的可怕景象！”

他是这么一个狡猾的和懊悔的伪君子——牧师清楚地知道人们会以怎样的眼光来看待他的模糊的忏悔。通过公开供认自己问心有愧，他竭力地欺骗自己，但他没有得到瞬间的自欺的宽慰，反而又增加了另一个罪恶，一个自认的耻辱。他讲的正是事实，他却将它转变成彻头彻尾的谎言。但是，他天性热爱事实真相，厌恶谎言——很少有人能做到这一点。因此，他尤其厌恶可悲的自己！

他内心的苦恼，与其说驱使他按照他诞生和成长于其中的教会的真理，倒不如说使他按照罗马古老的、腐朽的信仰行事。在丁梅斯代尔先生的密室里，妥善地锁藏着一条血迹斑斑的鞭子。这位新教徒和清教徒牧师常常一边拿它在自己的肩膀上抽打，一边对自己苦笑。同时，他又因这一苦笑而更加无情地狠抽自己。斋戒也是他的习惯，正如它一直是许多其他虔诚的清教徒的习惯一样。然而，他们的斋戒是为了净化肉体，使之受到天国的照耀，而他却将它作为苦行赎罪的方式而严格地加以实行，直至两腿发软、瑟瑟发抖为止。同样，他一夜接一夜地彻夜不眠，有时在一片黑暗中，有时则伴着孤灯。有时，他通过投射到镜子上的最强烈的光线，在镜子中照着自己的脸。他这样不断地反省，不断地折磨自己，却不能净化自己的身心。在这些漫长的不眠之夜里，他常常头晕目眩，各种幻影似乎从他的眼前飞掠而过：也许是他在昏暗的房间中，借助于幻影本身的微弱亮光，模模糊糊地看到的；或者在镜子里，就在他近旁更加清楚地看到的。时而他的身边出现一群恶魔似的幽灵。它们对着这位面色苍白的牧师咧嘴而笑，或嘲弄他，召唤他跟它们一道走。时而出现一群金光闪闪的天使，它们仿佛忧心忡忡、缓慢地向天上飞翔。当它们升高时，便变得更轻飘飘了。时而出现几位已死去的他少年时代的朋友，还有他的胡子花白的父亲——脸上有着圣徒一样的皱纹，还有他的母亲，她从旁边经过的时候会把脸掉转过去。这个幽灵般的母亲——最空洞的幻想般的母亲——我想，她该同情地看上儿子一眼才对！而现在，赫丝特·普林身穿绣有红字的服装，领着小珀尔，一只食指先指指自己胸前的红字，然后指指牧师的胸部，悄然地穿过因为这些鬼怪的念头而变得如此狰狞恐怖的房间。

这些幻影一个也未曾欺骗过他。无论什么时候，凭借意志力，透过它们的朦胧的虚幻，他可以看出各种物质。同时，他完全明白，它们不像那边的橡木桌子，或者那本方形的、有皮封面和黄铜夹的大部头神学书那样，具有实体的性质。然而，尽管如此，在某种意义上说，它们是这位可怜的牧师现在正在处理的最真实、最实在的东西。它们从上帝本来打算使之成为精神食粮的、充满乐趣的生活中，悄悄地夺去了其精髓和本质。像他这样虚假地生活着，实在有说不出的悲哀。对于虚伪的人来说，整个宇宙都是虚假的——它是难以琢磨的——在他的掌握中，它渐渐地缩小到什么也没有。而由于他以令人误解的面目出现，他本人便变成了一个影子，或者，实际上他已不复存在。继续使丁梅斯代尔先生留在人间的唯一的真实，是他心灵深处的极度痛苦，以及他表露痛苦的表情。倘若他曾经获得微笑的能力，脸上带着欢乐的笑容，那么，现在这样一个人已不复存在了！

在那些我们已模糊地暗示过，但尚不准备描述的不愉快的夜晚中的一夜，牧师突然从椅子上惊跳起来，他忽然有了一个新的想法。他的脑海里也许出现了瞬间的平静。他细心装扮，仿佛要参加公众的礼拜似的。同时，他也以同样的态度，轻轻地溜下楼，打开门，走了出来。

十二 牧师夜游

丁梅斯代尔先生可以说像梦游似的，也许，真的是受某种梦游症的影响，来到了很久以前赫丝特·普林第一次被公开示众的地点。同样的讲坛或绞刑台，因历经七年的风吹雨淋、阳光曝晒而变黑和褪色，又因从那以后登上它的许多罪犯的践踏而磨损，但依然竖立在礼拜堂的阳台下方。牧师登上了台阶。

这是五月初的一个朦胧的夜晚，一片单调的云彩遮住了从天顶到地平线的整个辽阔的天空。即使曾经在赫丝特·普林遭受惩罚时作为目击者的那些群众现在能够被唤来，在这昏暗的子夜，他们也看不见刑台上的那张脸，甚至看不见一个人形的轮廓。这时整座市镇还在酣睡中。他不会有任何被发现的危险。牧师如果喜欢的话，可以一直站在那里，直到东方现出黎明的曙光。除了阴湿寒冷的夜风慢慢地侵袭他的肌体，风湿病使他的关节变得僵硬，黏膜炎和咳嗽阻塞他的喉咙，从而明天听众对祷告和布道感到失望外，没有别的危险。没有哪双眼睛能看见他，除了那双见到他在密室里挥动的那条血迹斑斑的鞭子的永远警戒的眼睛。那么，他为什么到这儿来呢？这难道只是忏悔对他的嘲弄？没错，这是嘲弄，可是，在嘲弄中，他的灵魂在愚弄自己！一个令天使们为之脸红和落泪的嘲弄，却使魔鬼欢欣鼓舞，发出嘲笑般的笑声！悔恨的冲动把他驱赶到那儿。这悔恨到处尾随着他。悔恨的同胞姐妹和关系密切的同伴是懦弱。当悔恨的冲动把他驱赶到了透露真相的边缘时，懦弱却老是颤抖地抓住他，将他往回拉。可怜的、不幸的人儿！像他这样虚弱的身子有什么权利承受罪恶？罪恶只适于神经坚强的人。他们可以要么选择忍受，要么，如果罪恶逼得太厉害了，便为了某个正当的目的，使出他们的凶猛的和野性的力量，立即将它甩掉！这位手无缚鸡之力，极为敏感的人，既不能忍受，也不能摆脱罪恶，却继续一会儿这样做，一会儿那样做。于是，对蔑视天国的滔天罪行感到的极度痛苦和徒劳的悔恨便缠绕在一起，结成了一个解不开的疙瘩。

于是，他站在刑台上，做出这种徒然的赎罪表示时，内心感到极大的恐惧，仿佛宇宙正在凝视他心脏上面那赤裸裸的胸膛上的红色标志似的。在那个部位，的的确确有着，而且早就一直有着肉体上的折磨人的猛烈的疼痛。他不用任何意志力来克制自己，大声地尖叫起来。这一响彻夜空的喊叫声，从一幢房子到另一幢房子被反弹回来，从背后的小山冈传来它的回声；这仿佛一大群魔鬼，因察觉到这声音如此悲哀和令人恐惧，便把它作为一件玩物，将它来回摆弄似的。

“完蛋了！”牧师双手捂住脸，喃喃低语道，“全镇的人都会醒过来，急急忙忙地冲出来，发现我在这儿！”

然而，情况并非如此。也许，这叫声只是在他自己的耳朵中听起来显得更响些。镇上的人没有醒来，或者，即使醒来，那些睡得昏昏沉沉的人，将这声音要么误认为噩梦中的惊叫声，要么误认为女巫的声音——当女巫与撒旦乘风掠过天空时，人们在那段时间里常常听到他们的声音越过居留地和孤寂的农舍。因此，牧师没有听到骚乱的声音，便移开双手，睁开眼睛，环顾四周。

贝林厄姆总督的府第坐落在较远处的另一条街上。在总督府第的其中一扇窗，牧师看到这位年迈的地方行政官本人的影子。他手里提着一盏灯，头上戴着一顶白色睡帽，身上披着一件白色的长睡衣，看上去像个不合时宜地从坟墓里飘出来的鬼魂似的。显然，牧师的叫声使他大吃一惊。此外，在同一幢住宅的另一扇窗户，总督的妹妹，希宾斯老夫人出现了，也是手里提着一盏灯。即便距离这么远，这盏灯依然照出她那愠怒和不满的脸部表情。她从花格窗探出一颗脑袋，焦虑不安地抬头仰视。毫无疑问，这位可敬的女巫已经听到了丁梅斯代尔先生的喊叫，并把这带有大量回声、回荡着的叫声，看作魔鬼和夜间在空中飞行的女巫的叫声。众所周知，她多次与他们到森林里远游。

老夫人一发现贝林厄姆总督的灯光，便急忙吹灭自己的灯，突然消失了。她很可能升上云层中去了。牧师再也见不到她的任何动作。总督在黑暗中小心翼翼观察了之后便从窗口离开了。在黑夜里，虽然他的目光十分锐利，但也无法看得很远。

牧师变得镇定些了。但是，他的眼睛很快就察觉到一道微弱的灯光。起初，它离得远远的。如今，它正往这条街逼近。它让人认出这儿是根柱子，那儿是道花园篱笆墙；这儿是块花格窗玻璃，那儿是个水泵，水槽上的水装得满满的；这儿又是一道拱形的橡木门，门上装有铁制门环，一根粗糙的木料用作门阶。丁梅斯代尔牧师先生对这一切细节都注意到了，尽管他确信，在他现在听到的脚步声中，他的生命的末日正在悄悄地逼近。再过一会儿，那道灯光会落到他的身上，暴露出他长期隐藏的秘密。当这道光线更靠近些时，在它照明的光圈之内，他看到他的牧师同伴——或者，更确切地说，见到了他的职业神父，也是他极为宝贵的朋友——威尔逊牧师先生。丁梅斯代尔先生现在猜测威尔逊先生刚才一直在某个临终者的床边祈祷。他的猜测是正确的。这位可敬的牧师刚刚从温特罗普总督的临终卧房出来。这位总督就在这个时候从人间升入天国。如今，善良的威尔逊神父像昔日的圣徒名流一样，被一轮光芒四射的光环包围着。这光环使他在罪恶的黑夜里得到了荣耀——仿佛刚谢世的总督已给他留下了一笔荣耀的遗产，或者，当他朝那边看，见到这位得意扬扬的香客[①]进入天国之门时，自己也沐浴着遥远的天国的光辉似的——简而言之，可敬的威尔逊神父正往家里走，手里提着一盏灯照路！这一发光体的微弱的闪光，勾起了丁梅斯代尔先生的上述的奇思妙想。他笑了——不，他几乎对这些想法哈哈大笑起来——他不知道自己是不是快发疯啦。

威尔逊牧师先生从绞刑台旁边经过，一只手使一件黑色斗篷[②]把自己裹得严严实实的，另一只手提着一盏灯搁在胸前。这时，牧师简直无法克制自己不说话了。

“晚上好，尊敬的威尔逊神父！请你上这儿来，与我共度一段快乐的时光吧！”

天啊！丁梅斯代尔先生真的说话了吗？他一时相信这些话已经从自己的口中说出。然而，那只是他的想象而已。可敬的威尔逊神父继续慢慢地朝前走，眼睛小心翼翼地盯着眼前的泥泞小道，一次也未曾转过头来看一眼绞刑台。当闪烁的微弱灯光完全消失时，牧师觉得头昏眼花，这才发现刚过去的这一瞬间简直是一场可怕的、令人焦虑的危机，虽然他的脑子里不由自主地竭力想以惊人的玩笑来消除这场危机。

之后不久，同样可怖的、幽默的感觉，又重新悄悄地溜进了他的思维的严肃的幻影中。由于不习惯夜间的寒冷，他感到四肢变得僵硬起来了，于是他开始怀疑自己是否能够下得了绞刑台

---

① 此处指温特罗普总督升入天国。

② Geneva cloak，日内瓦加尔文派牧师所穿的一种黑色斗篷。

的台阶。天将会破晓，人们将会发现他在那里。街坊会开始醒来。在曙光中那个起得最早的人，将会察觉到一个模糊的人影站在高高的耻辱的地点；这个人会因为惊慌和好奇而处于半疯狂状态，挨家挨户地去敲门，把所有的人都喊来观看一个已死去的罪犯的幽灵——他一定会这么做的。一场凄惨的骚动将传遍千家万户。然后，晨曦渐渐亮起来，年迈的家长们将匆忙起床，每个人都身穿法兰绒睡衣，而那些端庄的老妇人们甚至顾不得停下来换她们的睡衣。在此之前，那些从未曾被人见到头上有一丝乱发的有教养的名流——如今他们的样子犹如噩梦般凌乱不堪、披头散发——将突然出现在大庭广众面前。贝林厄姆老总督将表情严肃地走出来，白色的轮状皱领也戴歪了。而裙子上还粘着树林里的小树枝的希宾斯夫人，看起来比任何时候都更加怒容满面，因为经过一夜的飘行之后，她几乎一夜没有合过眼；还有可敬的威尔逊神父，在临终者的床边度过了大半个夜晚之后，关于荣耀的圣徒的美梦也不愿这么早就被人惊扰。同样地，丁梅斯代尔先生教会的长老和执事们，以及那些对她们的牧师崇拜得五体投地，并且在她们纯洁的心中把他捧为神圣的年轻处女们，也会到这儿来。顺便提一句，如今，在匆忙和混乱中，她们几乎来不及围上围巾。总之，所有的人都将高一脚低一脚地跨出门槛，仰起他们一张张吃惊和恐慌的面孔，朝向绞刑架。东方的红色朝晖沐浴着牧师的面容。他们在那儿能看见谁呢？除了见到被冻得半死不活、羞愧满脸，站在赫丝特·普林曾经站过的地方的亚瑟·丁梅斯代尔牧师外，还有谁！

这一荒唐恐怖的景象使牧师想得忘乎所以。牧师不知不觉地发出一阵响亮的笑声。他自己大惊失色，但他的笑声立即被一阵轻快的、无忧无虑的、孩子气的笑声回应着。在这阵稚气的笑声中，牧师以内心的一阵激动——但他不知道是极端的痛苦呢，还是极端的快乐——听出了小珀尔的声音。

“珀尔！小珀尔！”稍停片刻之后，他喊道，然后压低声音，“赫丝特！赫丝特·普林！喂？是你吗？”

“是的，是赫丝特·普林！”她以诧异的声调回答道。牧师听到她的脚步声从人行道那边传来。她一直沿着人行道走来：“是我，还有我的小珀尔。”

“你从哪儿来，赫丝特？”牧师问道，“是什么风把你吹到这儿？”

“我一直守护在一个临终的病人的床边，”赫丝特·普林回答道，“在温特罗普总督临终的床边，并为他量了一件长袍的尺寸，现在正要回我的住处。”

“到这儿来吧，赫丝特，你和小珀尔都过来，”丁梅斯代尔牧师先生说道，“你们俩过去曾来过这儿，可是我没有和你们在一起。再到这儿来一次吧，我们三人可以全站到一起！”

她默默地登上台阶，拉着小珀尔的手，站在刑台上。牧师摸索着，找到孩子的另一只手，握着。就在他这么做的一刹那间，似乎激荡着一股新生命——他自己的生命以外的新生命，像一股洪流，涌进了他的心田，迅速地流经他的全部血管，仿佛母女两人正在将她们生命的热力传入他的半麻木的身躯。这三个人构成了一条电环。

“牧师！”小珀尔悄声说道。

“孩子，你想说什么？”丁梅斯代尔先生问道。

“明天中午你愿意跟妈妈和我站在这儿吗？”珀尔问道。

“不，不是那样，我的小珀尔！”牧师回答道。因有了这瞬间的新活力，他又非常害怕公开暴露了。长期以来，这种恐惧一直是他的生活中的极大痛苦。他对现在发现自己陷入的这种联合——虽然有种奇怪的喜悦——已感到不寒而栗了。“不是那样，我的孩子。改日我一定会跟你的妈妈和你站在一起的，但不是明天！”

珀尔哈哈大笑起来，试图挣开他的那只手，可是牧师紧紧地握住。

“再待一会儿，我的孩子！”他说道。

“可是你能答应，”珀尔问道，“明天中午拉着我的手和妈妈的手吗？”

“不是明天，珀尔，”牧师说道，“而是另一次！”

“那么在什么时候呢？”孩子一再坚持道。

“在上帝最后的审判日！”牧师悄声说道——说也奇怪，他意识到自己是真理的职业导师，这迫使他这样回答孩子的问题，“在法庭面前，你的妈妈，你和我必须当场站在一起！可是，这个世界的白天不可以看到我们的会面！”

珀尔又哈哈大笑起来。

然而，丁梅斯代尔先生还来不及开口，一道光芒四射的光线在一片漆黑的天空中闪亮。无疑，这是由其中的一颗流星发出的光。守夜的人在大气层的空旷地带，常常可以看到它们燃成灰烬。它的光辉这么强烈，竟将天地之间密集的云层都照耀得如同白昼。广阔的苍穹发亮了，活像一盏巨灯的圆顶。它显示出了熟悉的街景，带有正午的清晰，却也有着罕见的光线通常给熟悉的物体蒙上的那分威严。那些有着突出的楼层和古怪的人字屋顶的木头房子；那周围冒出嫩绿庭草的门阶和门槛；那因为刚翻的土地而发黑的园地；那即便在集市广场，两旁也仍然被依依绿草镶上了绿边的尚未磨损的车辙——这一切都清晰可见，却具有一种奇特的外表。它似乎在对世上的事物做出前所未有的另一种道德阐明。于是，牧师就站在那儿，一只手放在心口上；赫丝特·普林那刺绣的红字在她的胸前闪烁着微光；还有小珀尔，她本身就是一种象征，同时也是他们两人之间联结的纽带。就在那一奇妙、肃穆的光辉最明亮的时候，他们站着，仿佛预备揭示一切秘密的正是这亮光，而使所有彼此归属的人们融为一体的也正是这黎明。

小珀尔的眼里有着一股邪魔般的神情。她仰起头瞥了牧师一眼，她的脸上挂着一丝顽皮的笑意。这笑意常常使她的脸部表情变得异常淘气。她把手从丁梅斯代尔先生的手中抽出来，指着对过的街道。可是牧师双手交叉，紧握十指，搁在胸前，双目仰视天顶。

那个时候，把一切流星的现象，以及不如日出日落、月起月落那么有规律的其他自然现象解释为来自超自然来源的种种启示，是再平常不过的事。因此，在半夜的空中，人们看到的一柄炽热燃烧的长矛、一把火焰般的宝剑、一张弓或一束箭，都预示着印第安人的战争。众所周知，瘟疫是由一道深红色的光预示的。我们怀疑，新英格兰发生的任何重大事件中，不论好歹，从它的殖民地时期到美国的独立战争时期[①]，居民哪一次未曾事先被某种自然现象警告过。这种现象，民众经常见到。但是，其可靠性常依赖于某个目击者的信念。他们通过自己的想象力的渲染、放大和曲解等方法而见到了奇观，并经过事后的思考，将这种自然现象说明得更加清楚。民族的命运竟然会以这些令人费解的符号在天空中展示出来，这着实是个了不起的主意。上帝在一幅这么宽阔的轴卷上写下一个民族的厄运，也许称不上过分奢华。这种信念是我们的祖先最喜爱的信念。它预示着他们初期的国家是处于特别亲密的天国的严格保护之下的。可是，当一个人在同样广阔的记录纸上[②]发现了只向他一个人发出的启示，那么，我该

① 美国独立战争（1775—1783）。

② 此处亦指天空。

做何解释呢？在这种情况下，这个启示只能是高度错乱的精神状态的症状。这时，一个因长期、剧烈、隐秘的疼痛而陷入病态的自我冥想的人，已经把他的自我主义扩大到整个浩瀚的大自然，直至天空本身只不过成了一个人的灵魂的履历和命运的恰当的一页。

因此，我们把牧师仰望天空，看到那儿出现一个以暗红色光线画出的巨大字母A，归因于他自己的眼睛和心脏的疾病。虽然，那颗流星也许在那时候出现，透过一层云彩模糊地燃烧，但是没有他那有罪的想象力描绘的这个形状；或者，至少，不敢这么肯定：另一个有罪的人也许会从中看到另一个符号。

此刻，一种独特的情况表明了丁梅斯代尔先生的心理特征。在他仰视天空的时候，他一直完全知道小珀尔正指着年迈的罗杰·奇林沃思——他在离绞刑架不远的地方站着。牧师似乎带着与看到神奇的字母一样的眼神看到了他。流星的光给他的面貌赋予了一种新的表情，正如它赋予其他一切事物的一样。否则，很可能是医生此时不像其他时候那么小心谨慎地掩饰自己对受害者所怀有的那份恶意。当然，倘若流星照亮了天空，并警告赫丝特·普林和牧师当心世界末日的威严向世人透露他们的秘密，那么，对于赫丝特和丁梅斯代尔来说，罗杰·奇林沃思便会被认为是魔王，他站在那里，面带冷笑和怒容，要求属于自己的一切。红字的表达方式如此生动，或者牧师对它的感受如此强烈，因此，在流星陨落之后——仿佛那条街道及其他的一切都已毁灭似的——红字似乎依然还画在黑暗中。

“赫丝特，那个男人是谁？”丁梅斯代尔先生吓得直喘息，“我一见到他就浑身战栗。你认识这个人吗？我恨他，赫丝特！”

赫丝特记住自己的誓约，默不作声。

“确实，一见到他，我的灵魂就不寒而栗，”牧师又咕哝道，“他是谁？他是谁？你不能为我做些什么吗？我对这个人有着说不出来的恐惧！”

“牧师，”小珀尔说道，“我可以告诉你他是什么人！”

“那么，快点，孩子！”牧师说道，他俯下身去，将一只耳朵贴近她的嘴，“快点！——而且尽量小声点。”

珀尔在他耳旁咕哝些什么。它听起来确实像人类的语言，实际却只是诸如孩子们待在一起时用以自娱的那类莫名其妙的话。无论如何，如果它涉及有关年迈的罗杰·奇林沃思的任何秘密消息，那么，它所用的也是这位博学的牧师不知道的语言，只能使他的脑子更加糊涂。接着，这顽皮的孩子哈哈大笑起来。

“你现在在嘲笑我吗？”牧师说道。

“你没有勇气！——你不诚实！”孩子回答道，“你不答应明天中午拉我的手和妈妈的手。”

“可敬的先生，”医生说道，现在，他已经走到了绞刑台的底部，“虔诚的丁梅斯代尔先生！果然是你吗？啊！啊！确实没错！我们搞学问的人，脑子全花在书本上，需要得到细心的照料！我们往往在醒着的时候做梦，在睡觉的时候梦游。走吧，先生，我亲爱的朋友，请让我把你带回家去吧！”

“你怎么知道我在这儿？”牧师胆怯地问道。

“说实在的，而且真诚的，”罗杰·奇林沃思回答道，“我对这件事一无所知。我大半夜的时间都守在可敬的温特罗普总督的病榻前，尽我的医术之所能，给他减轻病痛。他快要回天堂的家，而我同样地正在回家的路上。这时，这道奇异的光闪耀着。跟我走，我恳求你，可敬的先生。否则，你明天就几乎无法尽安息日的职责了。啊哈！现在明白了吧，这些书！——这些书！它们是怎样扰乱你的脑子的！先生，你应该少看些，娱乐娱乐，否则，夜间的这些怪念头会把你迷住！”

“我愿意跟你回家。”丁梅斯代尔先生说道。

他心灰意懒，像一个刚从噩梦中醒过来的人一样，一点力气也没有，任凭医生将他带走。然而，第二天是安息日，他做了一场被认为是他所做过的最为意味深长、最为动人和最富有天国的感化力的讲道。据说，人们——不止一个人——通过这个讲道认识了真理，并且私下发誓，在今后漫长的岁月里，对丁梅斯代尔先生怀有一种神圣的感激之情。可是，当他步下讲坛时，白胡子教堂司事手里举着一只黑色手套向他走来。牧师认出那是他自己的手套。

“这是今天早晨在罪人示众的绞刑架捡到的。我相信，撒旦将它扔在那儿，意欲跟尊敬的阁下开个粗俗的玩笑。可是，撒旦确实又瞎又蠢——他历来如此，永远如此。一只纯洁的手是不需要戴手套的！”

“谢谢，我的好朋友，”牧师郑重地说，可是心里却大吃一惊，因为他的记忆太混乱了，因此，他几乎把昨天晚上发生的事视为幻觉了，“没错，它确实像是我的手套！”

“既然撒旦认为偷了它是合适的，从今以后，阁下就必须不带手套去对付他。”年迈的教堂司事狞笑着说道，“可是，阁下听说昨晚人们看到的不祥之兆了吗？天空中出现了一个大红字母A——我们解释它代表天使。由于我们善良的温特罗普总督是在昨晚成为天使的，对此，上天应有所交代，这一定是合适的！”

“没有，”牧师回答道，“我没听说过。”

十三 对赫丝特的新看法

赫丝特·普林在最近与丁梅斯代尔先生单独会面时，发现他瘦得不成样子，心里大为震惊。他的精神似乎完全崩溃了。他的精神力量已经减退到比孩童还懦弱。即使他的智力机能仍保持着原有的力量，或者也许还获得了只有疾病能给予他的那种病态的活力，但是他的精神力量却丧失殆尽，孤立无助。由于她了解那一连串瞒着所有人的事情，她可以很容易地推论，除了他自己良心上正常的活动外，某种可怕的手段已在对他施加压力，并且还在对丁梅斯代尔先生的健康和宁静起作用。鉴于她了解这位可怜的、堕落的男人过去的情况，她的整个心灵，被他在请求她这个被遗弃的女人帮他对付凭直觉发现的敌人时所怀有的令人战栗的恐惧感动了。况且，她认定他有权得到她的全力帮助。她长期与社会隔绝，所以不习惯用自己以外的任何标准来衡量她的是非观念。赫丝特看出——或者似乎看出——她对这位牧师担负着一种责任，而她对别人，对任何其他世人都不负有这种责任。联结她和其余的人的纽带——鲜花、丝线、金线或其他什么——都已经断了。而他和她之间的纽带是共同的罪恶的纽带，他不能切断它，她也不能切断它。像其他一切纽带一样，它随之也带来了它的义务。

赫丝特·普林现在的处境，与她当初示众受辱时我们看到的情况并不完全一样。岁月流逝，珀尔如今已经七岁了。她的妈妈——胸前佩戴的红字在奇异的刺绣中光彩夺目——早已是市民们熟悉的人物了。当一个人在社区中因表现突出而变得显眼，同时，他既不妨碍公众的，也不妨碍个人的利益和便利时，往往会出现这种情况：一种与赫丝特·普林有关的普遍的尊敬终于逐渐形成了。人较容易爱，而不容易恨，这是人性的光荣——自私自利被充分地发挥出来的情况除外。仇恨经过了一个逐渐平稳的过程，甚至将会转变为爱，除非这种变化不断地受到原有敌意的新刺激的妨碍。就赫丝特·普林的情况而论，既不存在新刺激，也不存在厌烦。她从不与公众抗争，而是毫无怨言地忍受他们最坏的虐待。她没有向公众提出任何要求来补偿她所遭受的痛苦。她不愿成为公众同情的负担。此外，为了使她出丑而将她隔离的这些年里，她无可责难的清白生活，也对人们对她的评价极为有利。从人类的角度看来，她现在没有什么好失去的，而且没有希望，也不想得到任何东西，这只能说明她对美德的真诚的尊重。这种美德已经把她这只可怜的迷途羔羊带回到了正确的道路。

人们还察觉到，尽管赫丝特从未提出过分享最微不足道的世人的特权——即超出呼吸共同的空气及靠她的双手诚实地劳动，为小珀尔和她自己挣一口饭的权利——但是，每当有利益可让时，她总是易于与人相认姐妹关系。谁也不像她这样对每个穷人乐善好施，虽然，心怀恶意的穷人经常对送上门的食物，或对用本来可以绣君主长袍的手指缝制的衣服报以辱骂。当瘟疫蔓延了整座城市时，谁也比不上赫丝特那样有自我牺牲精神。事实上，在遇到灾害的时候，不论是普遍的灾害还是个人的灾害，这位被社会摈弃的人就会立即前往帮忙。她不是作为客人而来的，而是作为一名合法的居民进入那户被灾难弄得一筹莫展的人家，仿佛灾难的阴郁的微光是一种媒介，借这种媒介，她有权与她的同胞交往似的。在那儿，刺绣的红字发出微光，神秘的光辉中带有宽慰。在别的地方，红字是罪恶的象征，然而它却是病房里的小烛光。在受难者的临终时刻，它甚至曾经越过时间的界限，将它的光辉投射到来世。当地球的光迅速地变得暗淡起来，在死者能获得来世的光之前，它告诉他该往哪里走。在这些紧急的时刻，赫丝特的天性被证明是热情和风趣的，是人类温柔的源泉，能满足每一个真正的请求，而且最大的请求也不能使之枯竭。她那佩戴着耻辱象征的胸脯，倒是那些需要依靠的脑袋的柔软的枕头。她自命为慈善姐妹会会员，或者，我们可以更确切地说，虽然世人和她都没期望这样的结果，但是，世人的巨掌就是这样任命她的。这个红字是她的职业的象征。人们发现她对别人这么有帮助——她有那么强的办事能力，那么强的同情的力量——因此，许多人不愿按它原来的意义来解释这个红字[1]。他们说红字意味着“能干”——就一个女人的力量而言，赫丝特·普林实在太强大了。只有忧郁的家庭才能包容她。当阳光又出来的时候，她就不在那儿了。她的影子已从门口消失。这位助人为乐的人就这样走了，甚至都没有回过头来看一眼，收集应得的那份感激——倘若她如此热心地服务过的那些人的心中有任何感激的话。在街上遇到他们时，她从未曾抬起头来接受他们的问候。如果他们毅然地走上前去同她讲话，她便将一只手指放在那个红字上，又继续朝前走了。这也许是傲慢的，但是它太像谦卑了，因此，它在公众的心里，对这种谦卑的品质产生出极为温和的影响。公众的脾气是很专横的。当公正被太强烈地作为一种权利来要求时，人们常

① 红字A的原意是“通奸”（Adultery）。

常会否认常有的公正，但是，如果按照专制君主们喜欢的那样，完全根据其宽宏大量提出这种要求时，公众倒会给予比公正更多的奖赏。在把赫丝特·普林的行为解释为这类性质的恳求时，社会倾向于给它从前的受害者一个比她所希冀的，或者，也许比她应得的，更为亲切的脸色。

社区中的统治者和博学之士们，在承认赫丝特·普林的优秀品质的影响方面，比普通民众来得晚。他们与后者（普通民众）共同具有的偏见本身得到了一个铁的推理构架的加强，从而使消除这些偏见成了一项更艰巨的工作。然而，他们的愠怒和脸上僵硬的皱纹一天一天舒解、放松，到了一定的年月，也许会变成一种近乎仁慈的表情。那些有地位的人的情况正是如此，他们因为显赫的地位而把监护公众道德的职责强加在自己身上。同时，私生活中的人们已经完全宽恕了赫丝特·普林在品德上的过失。他们已经不把红字看作一种罪恶的象征——她为此曾承受了这么漫长的和令人厌倦的苦行赎罪——而是把它视为从那以后她做过的许多善事的象征。

“你见到那个佩戴刺绣标志的女人了吗？”他们常常对陌生人说道，“那是我们的赫丝特——我们城里特有的赫丝特——她对穷人这么仁慈，对病人这么有帮助，对忧患的人们这么抚慰！”但是，如果干这种丑事的是另一个人的话，人性善于透露别人最坏的部分的癖性，会迫使人们悄悄地讲述昔日的丑闻，这是事实。然而，即使在透露这一真相的这些人的心目中，红字具有修女胸前佩戴的十字架的作用，这也是事实。它给予佩戴者一种神圣感，使她在一切危险中能够安然地渡过。假如她偶然遇到盗贼，它也会使她安然无恙。据说——而且不少人相信，一个印第安人曾用弓箭射这个标志，箭击中了它，可是却落到地上，没造成伤害。

这个标志在赫丝特·普林本人的心中产生的作用——或者，更确切地说，它表明社会地位的作用——是强有力的和特别的。这一炽热的烙印，已经使她性格中的一切轻柔、优雅的嫩叶都凋谢了，只留下光秃秃的、粗糙的轮廓。这轮廓是会令人感到厌恶的，如果她还有对此感到厌恶的朋友或同伴的话。就连她的容貌的魅力也经历了类似的变化。也许，这部分是由于她故意穿朴素的服装，部分是由于她的举止神态缺乏表情。她那头亮泽、浓密的头发要么被剪短，要么完全被一顶帽子遮住，以至于不曾有一绺光泽的头发显露在阳光里，这又是个可悲的转变。部分由于这样一些原因，但还有别的原因，赫丝特的脸上似乎再也没有任何爱情的栖身之地。她的体形虽然如雕像似的端庄，却再也没有人有任何激情会想到去紧紧地拥抱它；她的胸脯，再也没有什么能使它成为爱情的枕头。她已经失去了某种属性，而维持这一属性，又是作为一名女性所不可缺少的。当一个女人遭遇到，并且忍受了一段特别严酷的经历时，她的命运往往是这样：她的性格和容貌常常变得看上去很严厉。倘若她一味温柔，她将会死去。倘若她要活下去，她就得要么失去这些属性，要么将其深深地埋入心里，使其永不再显露出来——而这二者表面上都是一样的。也许，后者是最真实的理论。曾经是女人，而现在不再是女人的她，只要有能引起变形的魔术般的点化，随时都可以再成为一个女人。赫丝特·普林以后是否会被这么点化，并且这么变形，我们将拭目以待。

赫丝特给人留下的大理石般冰冷的印象，主要归因于她的生活大部分已经从激情转变成冷静。由于在世上孑然一身——在对社会的依赖方面孑然一身，只需要指导和保护小珀尔——她在恢复她的地位方面的孤立无援和绝望，即便她还郑重地认为那是理想的地位——她把破链子的碎片都扔掉了。世上的法律绝不是她心目中的法律。这是一个这样的时代：新近解放了的人类智力，与多个世纪以前相比，已经占据了更活跃、更广泛的范围。武夫们推翻了贵族和国王。比这些武夫更勇敢的人们推翻和重新编排了——并非真正的，而是在理论的范围之内，这范围是他们真正的立足之地——古代偏见的整个体系。许多古代的学说与这种偏见有关。赫丝特吸收了这种勇气，她采用了自由思考的方法。当时，在大西洋彼岸，这是非常常见的。但是，如果我们的祖先知道的话，他们一定会认为这比打上红字烙印的罪过更严重。在她孤零零的海滨农舍里，那些不敢进入其他新英格兰寓所的思想，会在她心中浮现。这些神秘的客人，那些对款待者来说犹如恶魔那样危险的神秘的客人，常常被人看到他们在敲她的门。

那些最敢于大胆思考的人，常常以最十足的沉着来遵守社会的外部规则，这是让人出乎意料的。思想已经满足了他们的需要，他们不必在现实的行动中花费精力。赫丝特的情况看来正是如此。但是，假如小珀尔不从精神世界向她走来，情况也许就远不是如此了。她可能就会与安妮·哈钦森一样，作为一个宗教派别的创立人在历史上流传下来。在某一方面，她可能成为一名女预言家。她可能，而且很可能会因为试图破坏清教徒制度的基础，而被那个时期严苛的法庭处死。可是，在对孩子的教育中，这位母亲的思想热情有了一个发泄之处。上帝指派赫丝特照管这个小女孩的出生和成长，在种种困难中抚育她，使她长大成人。一切都在与她作对。世人怀有敌意。这孩子的天性也有点毛病，它不断地表示她的出生是有错误的——她是她的母亲的不法情欲的产物——并常常迫使赫丝特伤心地自问：这可怜的小东西的诞生究竟是好事还是坏事？

事实上，有关全部女性的同样的问题常常模糊地浮现在她的心头。即便对她们当中最幸福的人来说，生活值得接受吗？关于她个人的生活，她早就已经持否定态度，并把这个问题当作已有定论而不予考虑了。思考的癖好依然令她感到悲哀，尽管它可以使女人保持宁静，正如它能使男人保持宁静一样。也许她已经看出了摆在面前的是这么一项没有希望的任务。作为首要任务，整个社会制度必须被推倒重建。其次，男人的天性，或者已经成了天性的世世代代传下来的习惯，必须从本质上改变，女人才能被允许享有一种近乎公正的、合适的地位。最后，在其他所有困难被排除之后，女人只有自己亲身经历过一番更巨大的改变，才能利用这些初步的改革成果。也许，在这些改革中，人们将会发现灵气的精华都已经挥发，她在这些精华中拥有最真实的生命。一个女人从未曾依靠运用思想来解决这些问题。它们是不能解决，或只能用一种方法解决的。倘若她的感情能占有优势，这些问题就消失了。于是，赫丝特·普林在心灵的黑暗的迷宫中迷了路。她的心脏已失去了它有规律的、健康的搏动，时而因为一座无法逾越的悬崖而掉转方向，时而因为万丈深渊而往回走。她的周围全是荒无人烟的、阴森恐怖的景象，简直见不到一户人家或任何一件慰藉之物。一个可怕的疑问不时竭力地要攫取她的灵魂：立即把珀尔送上天国，而自己走进“永恒的审判”提供的来世，这样是否会更可取？

红字还没有完成它的特殊使命。

然而，在丁梅斯代尔牧师先生夜游的那个晚上，她与他的会面，已经给了她一个新的思考题目，并为她提出了一个看起来值得为其实现付出努力和代价的目标。她目睹了牧师如何在强烈的痛苦中挣扎，或者，更确切地说，已停止了挣扎。她知道，他已经处于精神错乱的边缘——如果他不是已经越过了这个边缘的话。不论在悔恨的秘密的刺痛中可能存在着什么痛苦的效验，毫无疑问，那只为人解除痛苦的手已把更致命的毒液注入其中了。

一个暗藏的敌人，在朋友和帮手的幌子下，形影不离地待在年轻牧师身边，并利用这样的机会，来损害丁梅斯代尔先生天生纤弱的弹簧。赫丝特不得不自问：听任牧师处于这种可以预料到有多么邪恶、毫无希望的境地，是否是因为自己对真理缺乏勇气和忠诚？她唯一的理由就是：除了默然同意罗杰·奇林沃思的伪装计划外，她看不出有什么办法能够挽救牧师，使他免遭比已制服她的更为险恶的毁灭。在这种冲动下，她做出了选择，选择了现在看来是两种选择中更可悲的一种。她决心尽可能地弥补自己的过失。多年艰苦、严格的考验已使她变得坚强起来。她觉得自己再也不像那天晚上那样不是罗杰·奇林沃思的对手了。当时，她因罪恶而受贬抑，又因尚不习惯的耻辱而几乎发疯。他们曾在牢房里一起谈过话。从那以后，她一路艰苦跋涉，终于使自己爬到了一个更高的位置。另一方面，那个老头为了报复，已将自己降低到了更接近她的水平，或者，也许比她还要低下。

最后，赫丝特·普林决定去见她的前夫，并竭尽自己的绵薄之力，挽救显然已被他牢牢控制住的受害者。寻求这样的机会并不需要费很长的时间。一天下午，当她和珀尔在半岛的一个偏僻的地方散步的时候，她看到老医生一手挎着个篮子，一手扶着拐杖，正弯着腰，沿途采集用来调制药剂的药根药草。

十四 赫丝特和医生

赫丝特让小珀尔跑到海滨去玩贝壳和缠成一团的海草，等自己与远处那个采集药草的人谈一会儿后再回来。于是，这孩子像鸟儿似的飞走了。她光着她那双雪白的小脚丫，沿着湿润的海滨嗒嗒嗒地跑开了。她东停停西看看，好奇地往小水坑里窥视。水坑是海水退潮时留下来的，里面的水可以作为珀尔照小脸蛋用的镜子。一个小姑娘的影像从水坑里往外窥视着她。这个小姑娘有一头乌黑的、闪闪发亮的卷发，双眼带有淘气的笑意。珀尔因为没有别的游伴，便邀请那个小姑娘拉住她的手，同她赛跑。可是，幻影中的小姑娘也在招手，仿佛在说："这个地方更好！你到水坑里来吧！"于是珀尔一脚踩了进去，水齐膝深，她在坑底见到自己的那双白脚；残缺不全的微笑从较浅处闪现出来，在被搅动的粼粼水波中来回飘荡着。

与此同时，她的母亲已经走上前去与医生搭话。

"我想跟你说一句话，"她说道，"一句与我们很有关系的话。"

"啊哈，是赫丝特太太有话要对罗杰·奇林沃思说吗？"他问道，从俯身的姿势直起腰来，"十分愿意！太太，我从各方面听到了你的好消息！就在昨天晚上，一个地方行政官——一个聪明、虔诚的人还在谈论你的事呢，赫丝特太太，他还悄悄地对我说，在参政会上关于你的事一直有争议。他们在会上辩论过，如果把那个红字从你的胸前摘掉，对大众的安全是否有影响。赫丝特，我当然向可敬的地方行政官恳求，可以立即将红字拿掉！”

“问题不在于地方行政官乐意拿掉这个标志，”赫丝特镇静地回答道，“倘若我有资格拿下它，那么，它就会自然而然地消失，或者转变成具有某种不同含义的东西。”

“那么，假如它更适合你，那就戴着它吧，”他高兴地说道，“女人在关于自己外表的装饰方面必须听从自己的想象力。这个字母绣得很华丽，戴在你的胸前显得十分漂亮！”

赫丝特的眼睛一直注视着这个老人。看到在过去七年里他发生了这么大的变化，她既感到震惊，又觉得惊奇。这倒不是说他比以前老多了，因为尽管年迈的痕迹清晰可见，但他并不算太老，似乎还保持着活力和机灵劲儿。但是，她过去对他印象最深的那种聪明、用功的人具有的镇静和温和的外表已荡然无存，取而代之的是一种充满渴望的、锐利的、近乎凶猛又细心提防的神情。以强颜欢笑来掩饰这种表情似乎是他的愿望和目的。可是，这种欢笑使他露出了马脚。它如此幼稚可笑地在他的脸上闪现，以至于旁观者反而更能看出他的邪恶。他的眼睛里还不时地射出一道耀眼的红光，仿佛这老头的灵魂着了火，黑烟闷在他的胸中似的，偶然受到激情的煽动，它就立刻燃烧起来。他尽可能快速地抑制住这一情感，竭力显得没有那么一回事似的。

总之，老罗杰·奇林沃思是人类通过官能把自己转变成魔鬼的显著例证。只要他愿意，经过一定的时间，他便能履行魔鬼的职责了——由于七年来不断地致力于对一颗充满痛苦的心的分析，并由此得到乐趣，对他所分析的和幸灾乐祸地注视着的那些燃烧般的痛苦火上浇油，这个不幸的人已发生了这样一种转变。

红字在赫丝特·普林的胸脯上燃烧着，这里是另一个被毁灭了的人。她沉痛地感到她对此负有部分责任。

“你究竟在我脸上看见了什么？”医生问道，“你看得这么认真？”

“我看到了某些令我落泪的东西，假如对此存在着这样辛酸的泪水的话，”她回答道，“不过，这件事就让它过去吧！我要说的是那边那位可怜的男人。”

“他怎么啦？”罗杰·奇林沃思急切地嚷道，仿佛他喜欢这个话题，并高兴有机会与他唯一的知己谈论这个问题似的，“赫丝特太太，说实在的，刚才我心里碰巧正忙着考虑这位先生呢。所以，你就直说吧，我愿意回答。”

“从我们上回谈话的时候起，”赫丝特说道，“迄今已有七年了。当时你竭力逼我许诺，为你我以前的关系保密。由于那个男人的生命和名誉全掌握在你的手里，对我来说，除了照你的吩咐保持沉默外，似乎毫无其他选择的余地。然而，我如此束缚自己，封住自己的嘴，心里却觉得犯了严重的错误。因为我已经对其他人放弃了一切责任，只剩下对他的一种责任。有个声音悄悄地对我耳语：在我保证为你保密时，我正在出卖这种责任。自从那天以后，没有一个人像你那样接近他。你寸步不离地跟着他。你就在他的身边，不论是睡觉，或者是醒着。你探究着他的心思。你挖掘、探测着他的心！你控制着他的生命，使他因受折磨而慢慢死去，而他还蒙在鼓里，对你一无所知。若我允许你这么做的话，我确实对自己唯一能对其表示忠实的这个男人扮演了一个虚伪的角色！”

“你有什么选择余地呢？”罗杰·奇林沃思问道，“我的手指只要对这个人一指，就可以让他从布道坛滚进地牢，或者再被从那儿送上绞刑架！”

“要真这样，也许倒好！”赫丝特·普林说道。

“我对这个男人干了什么坏事呢？”罗杰·奇林沃思又问道，“我可以肯定地说，赫丝特·普林，医生能从君主那儿挣得的最丰厚的酬金，也难买我对这位可怜的牧师的照料！要不是我的帮助，在他和你犯罪之后的头两年之内，他的生命就在痛苦中毁灭了。因为，赫丝特，他的精神缺乏像你那样的能够支撑红字这一重负的力量。哦，我可以揭穿一个大秘密！可是，用不着！医术上能够做的，我已经在他身上全施展出来了。他现在能生存下来，在世上到处走动，全是我的功劳！”

“他最好马上去死！”赫丝特·普林说道。

“是的，你说得对！”老罗杰·奇林沃思嚷道，听任他心中的一股火红的火焰在她眼前冒出来，“他最好马上去死！谁也未曾像这个人那样遭受那么多的痛苦。而且一切全显示在他最险恶的敌人的面前！他已经意识到有我这样一个人。他已感觉到一种影响力像诅咒一样老缠着他。凭某种精神上的感觉，他知道——因为造物主从未创造出另一个像他这么敏感的人——他知道拨动他的心弦的并非一只友好之手，也知道一只眼睛正在好奇地窥视着他的内心，专门寻找并已找到了邪恶。可是，他不知道那只手和那只眼睛是我的！怀着与他的同僚所共有的迷信，他想象自己已被托付给了魔鬼，受恐怖的噩梦、令人绝望的思想、悔恨的刺痛以及等不到宽恕的绝望等的煎熬，拿这些作为对在坟墓那边等待着他的痛苦滋味的预尝。但这只是我一直在场的影子！——是被他最无耻地伤害过的最具近亲关系的那个男人的影子！——这个男人已渐渐靠最狠毒的报复的毒药生存！是的，没错！——他没有猜错！——是有个魔鬼在他左右！一个曾经有同情心的凡人，现在已经变成了专门折磨他的魔鬼！”

这个不幸的医生讲这通话时神情恐怖地举起了双手，仿佛见到某个他不认识的、令人毛骨悚然的幽灵篡夺了他自己在镜子中的位子似的。在这样一个时刻——有时它好多年才发生一次——一个人的道德面貌会忠实地在他心目中显示出来。很可能他以前从未像现在这样看待过自己。

“你还没有把他折磨够吗？”赫丝特说道，并留意这老头的神色，“难道他还没有全部偿还你的债吗？”

“没有！没有！他只是又增加了新的罪过！”医生回答道。当他接着说下去时，他的态度已失去了先前的凶狠的特征，慢慢变得平静，转而忧郁起来。“赫丝特，你还记得以前的我吗？即便在那个时候，我也已经是中老年了，而且不是刚进入中老年。然而我的一生是由认真、勤勉、沉思和平静的岁月组成的。我诚心诚意地把这些岁月用于增长自己的知识，而且也诚心诚意地用于增进人类的幸福——尽管后面的目的与前面的目的相比只是不经心的。谁的生活也比不上我的生活那么平静和单纯，很少人的生活像我这样富于赐予他人的恩惠。你还记得那时的我吗？虽然你可能认为我冷漠，但是，难道我不是一个关心别人、很少替自己着想的人吗？——即使我没有热烈的情感，也堪称是仁慈、诚实、公正和忠贞的。难道我过去不是这样的吗？”

“是这样的，而且远不止如此。”赫丝特说道。

“那么我现在是个怎样的人呢？”他问道，眼睛直盯着她的脸，任自己身上的全部邪恶都显露在容貌上，“我已经告诉过你我现在是个怎样的人了！一个魔鬼！谁使我变成这样的呢？”

“是我自己！”赫丝特大声说道，浑身战栗起来，“是我，我的责任不亚于他。你为什么不对我实行报复呢？”

“我已经让你戴上红字了，”罗杰·奇林沃思回答道，“如果这还不能替我报仇的话，我就再无能为力了！”

他笑着将一只手指放在红字上。

“它已经替你报仇了！”赫丝特·普林回答道。

“我也这么认为，”医生说道，“那么，关于这个男人，你想跟我说些什么？”

“我必须泄露那个秘密，”赫丝特坚决地说，“他必须了解你的真实身份。结果会怎样，我不知道。可是，这么多年我欠他的这笔吐露秘密的债最终应该偿还——我一直是他的毁灭的祸根。至于推翻或保护他的清白名声及他在世间的地位，也许还有他的生命，这一切全在你的掌握之中。我也看不出——红字已经让我恪守真相，虽然它是进入我的灵魂的炽热的烙铁——我看不出他继续过这么空虚的生活有什么好处，我也不觉得需要低头哀求你的慈悲。你爱怎样对付他，就怎样对付他好了！这对他没有益处——对我没有益处——对你没有益处！这对小珀尔也没有益处！根本没有把我们引出这一阴暗的迷宫的途径！”

“啊，我只能为你感到可怜！”罗杰·奇林沃思说道，也难以抑制对她的一阵钦佩，因为她在绝望中，有着近乎崇高的品质，“你具有伟大的素养。也许，如果你早些遇上一个比我更好的人，这件邪恶的事就不会发生。我为你在天性方面浪费掉的德行感到可悲！”

“而我，”赫丝特·普林回答道，“因为一种仇恨把一个聪明、正直的人变成魔鬼而为你感到可悲！你还愿意将这种仇恨洗涤干净，再变得富于人情味吗？如果不是为了他的缘故，那么加倍地为了你自己吧！宽恕他吧，把进一步的报应留给有权干涉的上帝吧！我过去说过（不是现在），这件事对他、对你或对我都无益。现在，我们一起在阴暗的邪恶的迷宫中迷了路，每一步都在撒满了罪恶的小道上蹒跚。其实不然！也许对你——只对你——有益处，因为你深受伤害，所以你有宽恕的权利。你愿意放弃这唯一的特权吗？你愿意放弃这千金难买的利益吗？”

“安静，赫丝特，安静！”老头回答道，神情忧郁、严厉，“我并没有被授予宽恕的权利。我并没有你说的这种权利。我回想起自己早已忘却的旧信念，它说明了我们所做的一切和我们所遭受的一切。你第一步错了，你播下了邪恶的种子，从那以后，这一直是件必须做的秘密的事。伤害过我的你们，并非罪孽深重，只是犯了一种典型的错误而已；已经从魔鬼的手里夺走了其特别职责的我，也不像魔鬼一样。这是我们的命运。这朵不吉利的花就由它去吧！现在，你走吧，随你自己的意愿去处理同那人的关系吧！”

他挥了挥手，又专心地采他的草药去了。

十五 赫丝特和珀尔

于是，罗杰·奇林沃思——有着一副老态龙钟的畸形体态，带着一张萦绕着人们的记忆久到令他们讨厌的面孔——离开了赫丝特·普林，沿着路俯身屈背地走了。他到处采集药草或者刨出药根，把它们放进挎着的篮子里。当他朝前屈着身体走时，灰白的胡子几乎碰着地。赫丝特目送了他一会儿，怀着有点怪诞的好奇心，想看看早春的嫩草是否会在他的脚下枯萎，在那片怡人的翠绿中露出他歪歪扭扭的焦黄的足迹。她不知道老头这么聚精会神、小心翼翼地采集的是什么草药。大地是否会因为受到他眼睛的感应而变得邪恶，在他的手指下面突然出现迄今鲜为人知的各种有毒灌木来迎接他；或者每一种生机勃勃的生物在他的触摸之下变成有毒的、致命的东西，以满足他的需要呢？在其他地方如此灿烂的阳光真的照在他身上了吗？或者，无论他朝哪个方向走，总有一圈不祥的影子在随着他的畸形的身体移动？那么，现在他要往何处去呢？难道他不会突然沉到地底下去，留下一处枯萎的荒芜之地？到了一定的时候，人们将会在这个地方看见有毒的龙葵、山茱萸、天仙子以及其他在这样的气候条件中生长出来的险恶的植物，株株长得郁郁葱葱、枝叶繁茂。或者他会张开蝙蝠的翅膀逃之夭夭，越往天空上升，越显得丑恶？

“不管这是否是罪过，”赫丝特·普林辛辣地说道，依然目送着他的背影，“我恨这个人！”

她因这种情绪而责备自己，但无法克服或减少这种情绪。每当她试图克制这种情绪时，她便想起那些早已逝去的在遥远国度的日子。那时，他习惯于在黄昏时从僻静的书房里走出来，在他们家的炉火的亮光中，在夫妻欢笑的温馨中坐下来。他说，他需要得到她的温暖，以便从心中把因为孤独地啃书本而产生的冷飕飕的寒气驱散。这些场面曾经是愉快的。可现在，透过她后来的凄惨生活来看，它们属于她记忆中最丑恶的部分。她感到诧异，怎么可能会有这样的场面？她感到惊奇，她怎么竟然会答应嫁给他？她认为，她曾经忍受了他那冷淡的握手，曾容忍用她嘴上和眼睛里的笑容与他的相混相融，这是她最该忏悔的罪恶。当她在情感方面还很无知时，他说服她想象自己在他身边是幸福的。看来，这是罗杰·奇林沃思犯下的一个罪恶，比后来人们对他所犯下的任何罪恶都更加可恶。

“是的，我恨他！”赫丝特重复道，比以前更加尖刻了，“他伤害了我！他对我的伤害，比我对他的伤害更厉害！”

让赢得了女人婚约的男人们发抖吧——除非他们一并赢得了她心中的最大热情！否则，某种比他们更强有力的精神接触可能会唤起女人的全部情感。他们的命运就像罗杰·奇林沃思的一样可悲了。

这时，被男人们当作温暖的现实强加于她的那种平静的满足和冷漠的幸福形象，都将受到指责。可是，赫丝特早该结束这种不公正的待遇了。这能表明什么呢？这漫长的七年中，在红字的折磨下，她承受了这么多痛苦，难道还没有生出任何的悔恨吗？

当她目送年迈的罗杰·奇林沃思那弯腰屈背的身影时，这一瞬间的情感微弱地照亮了赫丝特的心境，揭示了她先前素来不敢承认的许多东西。

他走了之后，她想把孩子喊回来。

“珀尔！小珀尔！你在哪儿？”

向来朝气蓬勃的珀尔，在她的母亲与采草药的老头谈话时，一直懂得自得其乐。正如上面已经说过的，起初，她富于想象力地在水坑中玩弄自己的影像，把幻影召唤出来。而且，由于幻影拒绝冒险，她又为自己寻找了一条进入它那难以琢磨和难以达到的天地的通道。可是，她很快发现无论是她或影像都不是真实的，便转向别处寻找更好的消遣了。她用桦树皮制造了许多小船，并把蜗牛壳装上小船，将之送进汪洋大海，比任何新英格兰的商人驶出的船都要多，可是这些小船大部分在岸边沉没。她抓住了一只马掌蟹的尾巴，捕获了好几只海星，击昏了一只水母，让它在暖和的阳光下融化。然后，她捧起在涨潮线上泛起条纹的白色泡沫，朝微风中撒去，尔后，以飞快的脚步，蹦蹦跳跳地跟在它后面奔跑，以便在它落地之前截住那些大雪花。当她看见一群沿着海滨觅食和拍翅的海鸟时，这个顽皮的孩子提起装满小石子的围裙，从这块岩石爬到另一块岩石，去追逐这些小海鸟，在连续向它们投射小石子时表现出非凡的灵巧。珀尔几乎可以肯定，有一只白胸脯的灰色小鸟，已被她的一块小石子击中，鼓动着一只折断的翅膀飞走了。然而，此刻，这个小精灵叹了一口气，放弃了这一游戏。因为，伤害了一个如海风一样狂野或如珀尔本人一样桀骜不驯的小生命令她感到伤心。

她最后的消遣，是采集各种海草，为自己制作一条围巾、一件披风或一块头巾，然后将自己装扮成了小美人鱼的模样。她继承了她的母亲在设计布帘和服装方面的天赋。作为对她的美人鱼装束的最后点缀，珀尔拿来了一些大叶藻，竭力地在自己的胸脯上模仿她的母亲胸脯上的那个如此熟悉的装饰——一个字母A，但不是红色的，而是鲜绿色的！这孩子将下巴垂到胸前，怀着奇怪的兴趣，仔细地考虑这一设计，仿佛她来到这个世界上的唯一目的，就是了解这个字母的隐含意义似的。

“不知道母亲会不会问我它是什么意思！”珀尔想道。

就在这个时候，她听到母亲的呼喊。她像一只小海鸟那样轻快地飞奔过来，跳着、笑着，出现在赫丝特·普林的面前，用手指指着她自己胸前的装饰。

“我的小珀尔，”沉默了一会儿之后，赫丝特说道，“这个绿色的字母，戴在你那稚气的胸前，没有任何意义。可是，我的孩子，你知道你母亲注定要戴的这个字母是什么意思吗？”

“知道，妈妈，”孩子说道，“它是个大写字母A。你在角帖书[①]上教过我了。”

赫丝特的眼睛紧紧地盯着她的那张小脸蛋。然而，虽然在她那双黑眼睛里有着那种赫丝特太常觉察到的奇异的表情，赫丝特却无法确定，珀尔是否真的对这个符号附加了任何意义。她觉得自己有一种要查明这意义的病态欲望。

“孩子，你知道你的母亲为什么戴这个字母吗？”

“我当然知道！”珀尔回答道，目光炯炯，直视着她的母亲，“这与那位牧师老是将手放在他的心口上的理由一样！”

“那么，是什么理由呢？”赫丝特问道，觉得这孩子说的话有点荒谬，自相矛盾，有点可笑；可是，经过进一步考虑之后，她的脸色苍白了，“除了我的心之外，这个字母与别人的心有什么关系呢？”

“不知道，妈妈，我已经把自己知道的全都告诉你了，”

① 角帖书，一种纸页上印有文字，上面盖有透明角片的儿童识字书。

珀尔说道，比她平常讲话的神情更加一本正经，“去问问刚才跟你谈话的那个老头吧！也许他可以说出其中的道理。可是，现在咱们说实在的，亲爱的妈妈，这个红字是什么意思呢？为什么你把它戴在自己的胸前？为什么牧师老是将他的手搁在自己的心口上？”

她双手握住她的妈妈的一只手，以她那任性的和反复无常的性格中罕见的认真态度，凝视着母亲的眼睛。赫丝特心里想，也许这孩子真的在以孩子那种天真的信任亲近她，并且尽自己的能力和聪明建立一个感情的交汇点。这表现出了珀尔的一个异于寻常的侧面。在此之前，这个母亲虽然以其特有的强烈感情爱着她的孩子，却一直约束自己，不希望得到比四月的微风的反复无常更多的回报。四月的微风花时间进行空中游戏，具有一阵阵莫名其妙地迸发出的热情，即便其处于最佳心境时也总是爱闹脾气。当你将它吸进胸中时，它常使你觉得冷飕飕的，而不是使你感到被抚慰，作为对这些劣行的补偿，有时它会出自自己含糊的目的，以一种令人怀疑的温柔，吹拂着你的脸庞，轻轻地抚弄着你的头发，然后又忙其他闲事去了，但在你的心中留下了美好的回忆。然而，这是一位母亲对自己孩子的性情的判断。任何其他旁观者除了不友好的个性外，几乎什么也看不出来，而且会对这些个性进行更暗淡的着色。可是如今，赫丝特强烈地意识到，珀尔以其惊人的早熟和敏锐，也许已经接近能够作为一个朋友的年龄了，赫丝特可以把一个母亲能够透露的伤心事几乎全部都托付给她，而对母亲或孩子皆不失礼。人们可以看到，在小珀尔的有着小小混乱的性格中，出现了——从一开始就一直存在着——一种不屈不挠的、充满勇气的坚定原则，一种难以控制的意志，一种可以训练成自尊的自豪感，一种对许多事物的刻薄的轻蔑。对这些事物细查起来，人们可以发现其中都带有虚妄的痕迹。她也拥有丰富的情感，尽管迄今为止这些情感都是尖刻的和不愉快的，正如未成熟的果实具有最浓烈的风味一样。赫丝特在想，有了这一切优秀的品质，这个小精灵倘若不能成长为一个高尚的女人，那么，她从她的母亲那儿承继的邪恶想必实在太多了。

珀尔一直徘徊在红字这个谜上的倾向，似乎是她与生俱来的品质。从她记事的最初期起，她就开始把解答这个谜作为自己被指定的使命。赫丝特常常想，上帝赋予这孩子这一显著的习性，一定有其善恶报应的意图。然而，直到现在，她才想到这样的问题：与这一意图相关联的，是否也有一种慈悲和恩惠的目的？如果小珀尔不只是作为一个世俗的小孩，而是作为精神使者，怀有一种信仰和信任，那么，是否可以将减轻冰冷地藏在母亲心中的悲哀——这种悲哀将这个母亲的心变为一座坟墓——帮母亲克服一度如此狂野，迄今仍然未泯灭或熟睡，只是被禁锢在那个坟墓似的心中的情欲作为小珀尔的使命呢？

这些就是此刻涌入赫丝特脑海里的一些想法，其印象的活跃程度，犹如真的有人就这些想法与她交头接耳一般。这时，小珀尔的双手紧握住她的妈妈的手，仰起她的小脸蛋，一而再，再而三地提出这些敏锐的问题。

“妈妈，这个字母是什么意思？你为什么佩戴它？牧师为什么老是将一只手按在心口上？”

“我该怎么回答呢？”赫丝特心里想道，“不能说！倘若这是换得孩子的同情而应付出的代价，那么，我可付不起！”

然后，她大声地说：“傻珀尔，这算什么问题？世上有许多事情是小孩子不可以问的。我怎么知道牧师的心呢？至于那个红字，我佩戴它，是因为它的金线漂亮！”

在过去的七年里，赫丝特·普林从来没有对她胸前的符号不诚实过。这多半是因为它是个严厉的、苛刻的符咒，但也是个守护神。这个守护神现在放弃她了。因为，她意识到虽然守护神严密地保护着她的心，但某种新的邪恶已悄然进入了她的心，或者，某种旧的邪恶从未曾被驱除。至于小珀尔，她脸上显出的那股认真劲儿已荡然无存了。

然而，这孩子认为不再提及这件事是不恰当的。有两三回，当她的母亲和她回家时，或者在晚餐时间，或者赫丝特让她上床睡觉的时候，甚至有一次在她似乎睡熟了之后，珀尔扬起头来，那双乌黑的眼睛里闪烁着调皮的光芒。“妈妈，”她说道，“这个红字是什么意思？”

第二天早晨，表明这孩子已醒来的第一个迹象，就是她将脑袋从枕头上抬起来，问另一个问题。她已经莫名其妙地把这个问题与她对红字的调查联系起来了——

“妈妈！——妈妈！——牧师为什么老把一只手按在他的胸口上？”

“住嘴，顽皮的孩子！”她的母亲以从来不允许自己有过的粗鲁的态度回答道，“别来烦我了，否则，我就把你关进暗室里。”

十六 林中之行

无论眼下要受什么样的痛苦或将来会有什么后果，赫丝特·普林让丁梅斯代尔先生知道那个与其攀上关系的男人的真面目的决心不变。几天来，虽然她在寻找机会，想在他边思考边散步时与他讲话，但都是徒劳。她知道他习惯沿着半岛的海滨或邻近乡村的长满树木的山冈上散步。诚然，如果她直接到他的书房拜访，也不会有任何流言蜚语或玷污牧师圣洁名誉的危险——在此之前，许多忏悔者在他的书房里，向上帝忏悔也许如红字所表示的色调一样深重的罪恶。然而，部分因为她害怕老罗杰·奇林沃思会秘密或公开地干涉，部分因为她那颗敏感的心考虑到谁也没有感觉到的怀疑，部分因为当他们谈话的时候，她和牧师都需要一个可以在其中呼吸的广阔的天地——正因为这些理由，赫丝特不想在狭窄隐暗的地方，而要到空旷的户外与他见面。

终于，她在一个病房护理病人时，得知丁梅斯代尔牧师先生也曾被请去做祈祷。她得知，他前天已经走了，去拜访印第安人的皈依者中的埃利奥特使徒[①]了。他很可能会在明天下午的某个

① 埃利奥特使徒（1604—1690），第一位用印第安语向印第安人传教的牧师，被称为“印第安的使徒”。

时刻返回。因此，第二天一大早，她便带着小珀尔出发了。不论小珀尔的在场是否方便，她都是她的母亲每次外出时必不可少的同伴。

这两位徒步旅行者越过半岛进入大陆之后，就只剩下小路可走了。小路蜿蜒向前，直向神秘的原始森林延伸。森林使小路变得如此狭窄，道路两旁的树林显得又暗又密，上边只零零落落地闪现出残缺不全的天空，因此，在赫丝特看来，它丝毫不差地象征着她这么多年一直彷徨于其中的道德荒漠。天气既寒冷又阴晦。头顶上飘着一片灰色的云，但它被微风轻轻地吹拂着，可以看见忽隐忽现的阳光沿途寂寥地闪烁着。这一转瞬即逝的欢乐，总是浮现在森林中某条长长的林荫路的尽头。嬉戏的阳光——在凄凉的天气和景色中，充其量也只是微弱的嬉戏的阳光——在她们走近时便缩了回去，使阳光曾经摇曳过的那些地方变得更加阴晦了，而他们原希望这些地方是明亮的。

“妈妈，”小珀尔说道，“阳光不喜欢你。它跑掉并躲藏起来了，因为它害怕你胸脯上的东西。啊，你看！它就在那儿，在远处闪动。你站住，让我跑过去把它逮住。我只是一个孩子。它不会逃避我的，因为我还没有在胸前佩戴任何东西！”

“孩子，但愿你永远也不要佩戴。”赫丝特说道。

“可是为什么不呢，妈妈？”珀尔问道，她刚开始起跑，便突然停下来了，“当我长大成人的时候，它不会自动地出现吗？”

“孩子，跑过去吧，”她的母亲回答道，“把阳光捉住！它马上就消失了。”

珀尔快速地跑了过去。赫丝特微笑着在旁观看。珀尔确实捕捉到了阳光，并站在阳光中哈哈大笑，浑身沐浴着太阳的光辉，散发出快速的运动激起的活泼光芒。阳光在这个孤单的孩子周围缠绵不去，仿佛喜欢有这样一个游伴似的，直到她的妈妈挨近，就要跨入这个魔圈的时候。

“它现在要消失了！”珀尔摇了摇头，说道。

“瞧！”赫丝特笑着回答道，“现在，我可以伸手捉住部分阳光了。”

当她试图这么做时，阳光便消失了；或者，从珀尔的脸上荡漾着的欢快表情判断，她可以想象，这孩子已经将阳光吸收进自己体内了。当她们进入更幽暗的阴影里时，她会把它重新释放出来，让它在她的路上闪烁着微光。在珀尔的天性中，没有别的品性像这种永远不变的活泼这样给她的母亲留下深刻的印象，使她的母亲有一种崭新的、充满活力的感受：她没有那种忧郁症，而近来几乎所有的孩子都从他们的祖先那里把这种毛病连同淋巴结核病一起继承下来了。也许，这种活泼也是一种疾病，但这是珀尔出生之前赫丝特用以与自己的忧伤做斗争的疯狂劲儿的反应。这当然是种可疑的魔力，给那孩子的性格赋予了坚强的、金属般的光泽。她需要——有些人一生都需要——一件会深深地打动她的伤心事，使她被赋予人性，使她能够同情别人。然而，对小珀尔来说，时间还早着呢！

“得啦，我的孩子！”赫丝特说道，她在珀尔之前站在阳光下的那个地方环顾四周，“我们朝森林里再走一点路，就坐下来休息。”

“我不累，妈妈，”小姑娘回答道，“不过，你可以坐下来，如果你愿意给我讲故事的话。”

“讲故事，孩子！”赫丝特说道，“讲哪方面的故事？”

“哦，讲讲魔鬼的故事！”珀尔揪住她的母亲的礼服，半认真、半恶作剧地扬起头来，直视着她的母亲的脸，“他是怎样在这座森林里出没的，还随身携带了一本花名册——一本又庞大、又笨重、带铁扣的花名册；还有这个丑陋的魔鬼是怎样向在这里遇到他的每个人提供他的花名册和铁笔的；他们都必须用自己的鲜血写下他们的名字，然后，他便在他们的胸部打下印记！妈妈，你遇见过这个魔鬼吗？”

“谁给你讲这个故事的，珀尔？”她的母亲问道，她意识到这是那个时候普遍的迷信行为。

“是昨晚你护理病人的那一家，壁炉边的那位老太太讲的。”孩子说道，“可是，她讲这个故事的时候以为我睡着了。她说千千万万的人在这儿遇到过他，都在他的名册上写下了他们的名字，并且身上都留有他的印记。那位坏脾气的夫人——希宾斯老夫人，是其中之一。妈妈，那位老太太还说，这个红字是魔鬼在你身上留下的印记，还说当你半夜在这黑暗的树林里与他见面的时候，红字会像红色的火焰那样发光。妈妈，这是真的吗？你夜间去跟他见过面吗？”

“你什么时候醒来发现妈妈不在了？”赫丝特反问道。

“据我记得，你从未这样做过，”孩子说道，“如果你怕把我留在小农舍里，可以带我一起去。我是非常乐意去的！可是，妈妈，请告诉我！真有这样一个魔鬼吗？你曾经遇见过他吗？这是他的印记吗？”

“我一旦告诉了你，你就不再来烦我吗？”她的母亲问道。

“愿意，假如你把一切都告诉我的话！”珀尔回答道。

“我一生中曾有一次遇见过这个魔鬼！”她的母亲说道，“这个红字是他留下的印记！”

说着说着，她们便进入了树林里，其深入程度足以避免被偶尔沿林中小道行走的人看见。于是她们坐在一堆繁茂的青苔上——它在前一世纪的某个时期，曾经是一棵巨大的松树，它的树根、树干在黑暗的阴凉处，树梢却直刺云天。她们坐的地方是个小山谷，两边是缓缓上升的铺满树叶的河岸，一条小溪流过，溪水中有一些落叶。悬挂在小溪上方的树木不时地垂下巨大的树枝。这些树枝堵塞着溪流，迫使它在某些地段形成旋涡和深潭；在溪流更湍急、更畅通的地方，呈现出一个铺有卵石和闪闪发光的棕色沙子的河床。沿着溪流放眼望去，她们在森林里的不远处，可以捉捕到溪水反射的光，但是它很快在一片树干和矮树丛中消失得无影无踪。同时，处处可以见到长满灰色青苔的大岩石。所有这些大树和花岗岩巨石，似乎都一心要使这条小溪的所经之处变得神秘兮兮，也许担心它会喋喋不休地低声诉说关于它所流经的古老森林的传说，或者会在平滑如镜的水面上映出它的种种启示。确实，当小溪静静地朝前流淌时，它继续发出一种亲切、恬静、令人宽慰，但忧郁的潺潺流水声，这声音犹如一个在幼年时期从未嬉戏过的幼儿，不知道在令人伤心的环境和一连串色彩暗淡的事件中如何取乐。

“啊，小溪！愚蠢而讨厌的小溪啊！”珀尔听了一会儿小溪的汩汩流水声之后大声喊道，“你为什么这么悲伤？勇敢点，别老是唉声叹气和喃喃自语！”

然而，在树木中度过了短暂的一生的小溪，已有这种严肃的习惯，以至于它忍不住要喃喃自语，而且似乎没有什么别的话可说。珀尔就像这条小溪，因为她的生命的溪流从同样神秘的泉源涌出，同时，所流经的地点也同样被遮掩起来。然而，与这条小溪不同的是，她手舞足蹈，光芒四射，沿着她的生活道路谈笑风生。

“这条悲伤的小溪在说些什么，妈妈？”她问道。

“如果你有了自己的伤心事，这条小溪会把它告诉你，”她的母亲回答道，“正如它把我的伤心事告诉我一样！可是现在，珀尔，我听到路上有脚步声，还有拨开树枝的声音。我要你跑去玩耍，让我跟从那边过来的人谈谈话。”

“是魔鬼吗？”珀尔问道。

“孩子，你跑去玩，好吗？”她的母亲重复道，“但是不要在树林里走得太远了。注意，我一喊，你就得来。”

“好的，妈妈，”珀尔回答道，“可是，假如是魔鬼的话，你可以让我待一会儿，看看他腋下挟着的那本大花名册吗？”

“去吧，傻孩子！”她的母亲不耐烦地说道，“他绝不是什么魔鬼！现在，透过树林，你可以看见他了，是那个牧师！”

“啊，真的！”孩子说道，“而且，妈妈，他把一只手搁在心口上！是不是牧师在花名册上写下自己的名字时，魔鬼在那个地方打下了印记？可是，妈妈，他为什么不像你那样，在他的胸脯外面佩戴它？”

“去吧，孩子，等下一回再逗弄我吧，”赫丝特·普林大声叫道，“可是别走得太远了，到不能远过能够听到小溪的潺潺流水声的地方就行。”

孩子哼着歌走了。她沿着溪流，并力求用一个轻快的调子与小溪忧郁的声音交织在一起。然而，小溪不接受她的抚慰，仍然不断地诉说着发生在凄凉的森林里的晦涩难懂的悲哀的秘密，或者预告即将发生的令人忧伤的事！因此，在幼小的生命里已有了不少暗影的珀尔，决定与这条牢骚满腹的小溪断绝一切交往。于是，她竭力设法采集紫罗兰、白头翁以及她发现长在高高的岩石裂缝上的一些红色耧斗菜。

在她的小精灵离开之后，赫丝特·普林往林中的小径上挪动了一两步，但依然停在浓密的树荫下。她看见牧师独自一人沿着小路款款而来，拄着一根拐杖——那是从路边的树上截下来的。他看起来憔悴、虚弱，且露出沮丧、无力的神情。他在居留地或者在他认为容易被人注意的任何其他场合行走时，还从未曾如此显著地流露过这种神情。但在这儿，在这极其偏僻的树林里——这种环境对他的情绪是极大的考验——这种神情是显而易见的。他的步态显得无精打采，仿佛他看不出有再往前走一步的理由，也不觉得有这么做的愿望。可是，他会高兴地——假如他还会为任何事感到高兴的话——一头扑倒在最靠近的一棵树根旁，并永远默默地躺在那儿。树叶也许会抛撒在他身上，土壤会逐渐地堆起，在他的身躯上形成一座小山丘，不管这身躯是否还有生命。死亡的目标太确定了，因此，人们无须希冀，也无法避免。

在赫丝特看来，丁梅斯代尔牧师先生除了如小珀尔所说的，老是将一只手搁在心口上外，没有显示出任何明确的病痛的症状。

十七 牧师与教区居民

牧师缓慢地往前行走着。他差一点就走过去了，赫丝特·普林才发出足够大的声音来引起他的注意。她终于成功了。

“亚瑟·丁梅斯代尔！”她说道，先以微弱的，然后以大一点的声音，这声音却是嘶哑的，“亚瑟·丁梅斯代尔！”

“谁？”牧师应道。

他迅速地打起精神，站得更笔直，像一个在不愿意有目击者的情境中冷不防被吓了一跳的人。他焦急地把目光投向说话者的方向，清楚地看见树底下有个人影，身穿暗色服装，在被云层密布的天空和密密的树叶遮掩住的正午的昏暗光线下显得那么模糊，以至于他不知道它究竟是个女人还是个幽灵。这多半是由于在他的人生道路上，他就是被一个从他的思想里溜出来的幽灵如此缠住的。

他走近一步，发现了那个红字。

“赫丝特！赫丝特·普林！”他说道，“是你吗？你还活着吗？”

“是的，我还活着！”她回答道，“这样的生活我已经度过了七年了！而你呢，亚瑟·丁梅斯代尔，你还活着吗？”

他们这样彼此询问实际肉体的存在，甚至对他们自己的存在都感到怀疑，是不足为怪的。他们在昏暗的树林子里这么不可思议地相遇，犹如在生前关系密切，死后在世间第一次邂逅的两个幽灵一样，因为对各自的情况尚感陌生，也不习惯与脱离了肉体的幽灵的伴侣关系，所以彼此畏惧、浑身战栗地站着。两个都是鬼魂，彼此皆满怀敬畏！他们对自己也同样满怀敬畏，因为这一紧要关头使他们恢复了意识，彼此袒露各自的经历。这是人在活着的时候从未做过的，除非在像这样令人屏息的时刻。灵魂在往昔的镜子中看到了自己的面貌。亚瑟·丁梅斯代尔由于一种需要，战战兢兢地、缓慢地、勉强地伸出他的那只冷冰的手，来触摸赫丝特·普林的冰冷的手。握手虽然冷淡，却消除了这次会面的沉闷的气氛。现在，他们起码觉得他们是同一个星球上的居民了。

他们没有再多说一句话——他们谁也没有担任向导，却带有某种默契地悄悄地溜到赫丝特最初出现的树荫下，并坐在她和珀尔先前坐过的那堆青苔上。当他们开口讲话时，起初只是讲些两位熟人见面时都会谈论的有关昏暗的天空、即将来临的暴风雨之类的话，接着，便是谈各自的健康状况。于是。他们不是冒冒失失地，而是逐步地谈及他们内心最深处正在思考的话题。由于被命运和境遇冷落得太久了，他们需要先考虑一些微不足道的事，以便打开心扉，使他们的实际思想被领进门槛。

过了一会儿，牧师凝视着赫丝特·普林。

“赫丝特，”他说道，“你找到心灵的平静了吗？”

她凄凉地笑了笑，俯视自己的胸脯。

“你呢？”她反问道。

“没有！——除了绝望外，什么也没有！”他回答道，“像我这样的人，又过着这样的生活，我还能期望什么呢？倘若我是一个无神论者——一个没有良知的人，一个有着粗俗的野蛮天性的人，那么，我也许在很早之前就找到平静了。不，我本来就不应该失掉它的！然而，照我的灵魂目前的状况，不论原来我有多么了不起，一切上帝赐予我的最优良的天赋，都已经成了对我进行精神折磨的工具。赫丝特，我是最痛苦的！”

“人们尊敬你，”赫丝特说道，“而且毫无疑问，你在他们当中行善！这还不能给你带来安慰吗？”

“更痛苦，赫丝特！——只会更加痛苦！”牧师苦笑着答道，“关于似乎我是在行善的那些事，我没有自信。那一定是个错觉。像我这样一个堕落的灵魂，对拯救别人的灵魂能起什么作用呢？或者像我这样一个亵渎神圣的灵魂能净化其他的灵魂吗？——至于人们的尊敬，但愿它变成轻蔑和仇恨！赫丝特，我必须站在讲坛上，与这么多双仰望着我的脸的目光相遇，仿佛天国的光辉是从我的脸上放射出来似的！——我必须看着我的那些渴望真理的教徒，看他们聆听我说话，仿佛在聆听火焰之舌讲话似的！——然后，再看看自己的心灵深处，就会看出他们当作偶像崇拜的那些丑恶的现实。我心里酸楚地、痛苦地嘲笑表面的我和实际的我之间的反差！就是撒旦也会嘲笑这种反差！”

“你这就错怪自己了，”赫丝特温柔地说道，“你已经深深地、痛心疾首地悔悟了。你的罪孽早已离开你了。实际上，你现在的生活，并不亚于人们心目中的那种圣洁的生活。这样用善行保证和证明的悔悟，难道不是真实的吗？为什么这还不能给你带来心灵上的平静呢？”

“不能。赫丝特，不能！”牧师回答道，“这当中是毫无实质可言的！那是冷漠和麻木，对我毫无用处。关于赎罪的苦行，我已经受够了！至于悔悟，却不曾有过！否则，我早该扔掉假神圣的外表，让自己暴露在世人面前，就像他们在法庭见到我那样。赫丝特，你真幸运，公开地在你的胸脯上佩戴着红字！而我的胸部却在秘密地燃烧！你根本不知道，在经过七年欺骗的折磨之后，有能窥视出我的真面目的目光，这令我感到何等宽慰！倘若我有一位朋友——或者，倘若他是我最坏的敌人——当所有其他人的赞扬令我生厌的时候，我可以天天跑去找他，被他认为是一切罪人中最卑鄙的，那么，在我看来，我的灵魂也许能因此而保持活力。即便只是这么一点真实，也会挽救我！可是现在，一切皆虚！——一切皆空！——一切皆亡！”

赫丝特·普林一直盯着他的脸，但不愿开口。然而，当他这么慷慨激昂地说出他长期压抑的情感时，他的话在此为她提供了契机，让她说出了她想说的话。她克服了自己的忧虑，终于把话说了出来。

“你现在希望得到的这么一个朋友，”她说道，“一个能同你一道为你的罪恶落泪的朋友，你可以从我这个罪恶的伙伴这儿找到。”她欲言又止，但努力把话说了出来，“你也早就有这么一个敌人，并且与他同住在一个屋里！”

牧师蓦地站起来，气喘吁吁地紧紧地揪住他的胸，仿佛他要把他的心从胸中揪出来似的。

“哈！你说什么？”他大声说道，“一个敌人！而且与我同住一屋，你这是什么意思？”

现在，赫丝特·普林深深地感到这位不幸的人所受的极大伤害。她对此负有责任——她允许那个敌人欺骗了他这么多年，或者，事实上，那个怀有恶意的人欺骗他片刻都是不被允许的。只是敌人的接近——不论这个敌人以什么样的假面具将自己隐藏起来——就足以干扰像亚瑟·丁梅斯代尔这么敏感的人的磁力。曾经有一个时期，赫丝特不怎么注意这一值得考虑的问题，或者，由于她自己的烦恼和愤世嫉俗，对于牧师遭受的厄运，她认为与她自己的相比，是可以忍受的，于是就置之不理了。可是，自从他梦游的那一夜之后，她对他的一切同情心都变得温和并被激发起来了。她现在更准确地了解他的心理了。她毫不怀疑，罗杰·奇林沃思不断地在他面前出现，用心怀恶意的秘密毒药感染了他周围的一切空气。而且，作为一名医生，他有权对牧师的肉体和精神上的疾病加以干涉——这些机会已全部被用于一个残酷的目的。这使受难者的良心处于一种烦躁的状态，继续这样，就不是通过有益于健康的痛苦来治愈他的疾病，而是腐蚀和瓦解他的心灵了。结果就是，他不可避免地精神错乱，从此以后，永远疏远“真与善”，在人间的象征也许就是癫狂。

这就是她使这个男人遭受的毁灭，这个她曾经——不，我们为什么不该说出来呢——现在依然这么深深地爱着的男人！赫丝特认为，牺牲牧师的名誉，甚至让他死亡，如她告诉罗杰·奇林沃思的那样，要比她毅然选择的方法更可取得多。而现在，与其对这一严重的错误进行忏悔，她宁愿倒在树林里的落叶上，就死在亚瑟·丁梅斯代尔的脚下！

“噢，亚瑟，”她大声说道，“原谅我吧！在其他一切问题上，我一直力求真诚！忠诚是我唯一可以紧紧抓住，而且在任何极端的困境中牢牢抓住的美德，只是当时为了你的美德、你的生命、你的名声，我才答应了一个骗局。然而，即使有死亡在对面威胁着，谎言也总是不好的。难道你不明白我要说的话吗？那个老头！——那个医生！——那个人们管他叫罗杰·奇林沃思的人！——他是我的丈夫！”

牧师以极其强烈的情感看了她一会儿。这种情感实际上是恶魔要求占有的那一部分，并且要通过这一部分进而获得其余的部分。这种情感以种种形态，与他的更高雅、更纯洁、更温柔的品质相融合。赫丝特从未见过比这更阴郁、更凶狠的不悦神情。

在它所持续的那一瞬间，这真是一个令人不愉快的变形。然而，他的性格已因为痛苦的折磨而变得如此衰弱不堪，因此，即使需要不多的精力，他也只能做瞬间的挣扎了。他双手掩面，瘫倒在地。

“我早就该知道这件事！”他喃喃道，“我过去确实知道！我第一次见到他及以后每次见到他的时候，我的心都自然地畏缩，这不是已告诉我这个秘密了吗？我为什么不明白呢？哦！赫丝特·普林，你根本一点也不了解这件事有多么可怕！多么可耻！——多么粗鄙！——把一颗不健全的、有罪的心，就这样暴露在幸灾乐祸地凝视着它的目光下，这是何等的丑恶、可怕！女人啊女人！你要对这件事负责！我不能原谅你！”

“你应该原谅我！”赫丝特嚷道，她扑倒在他身边的落叶上，“让上帝惩罚吧！你应该原谅我！”

她以突然的、不顾一切的温柔，张开双臂搂住了他，将他的头紧紧地抱在她的怀里。虽然他的脸颊贴在红字上，但她毫不在意。他想挣脱开来，但这种努力是徒劳的。赫丝特不松开他，生怕他会严厉地瞪着她的脸。人人都对她皱眉表示厌恶——在漫长的七年里，人人都对这个孤独的女人皱眉表示厌恶——但她把这一切都忍受下来了，从未把自己坚定的、悲哀的目光掉转过去。上帝也同样对她蹙额表示不满，但她也没有死去。可是，这位脸色惨白、身体纤弱、罪孽深重、饱经忧患的男人的蹙额，是赫丝特无法忍受的，会使她无法活下去！

“你还能原谅我吗？”她一而再再而三地重复道，“你别不高兴，好吗？你能原谅我吗？”

“我当然原谅你，赫丝特，”牧师终于回答道，这是从悲哀的深渊中发出的深沉的声音，但没有愤怒，“我现在就慷慨地原谅你。愿上帝饶恕我们俩！赫丝特，我们不是世界上最坏的罪人。还有一个人甚至比那个亵渎神圣的牧师还坏！那个老头的复仇比我的罪恶更加邪恶。他已经冷酷无情地玷污了一颗圣洁的心。我和你，赫丝特，就从来没有这么做过！”

“从来没有，从来没有！”她低声说道，“我们所做的事本身就是神圣的。我们是这么认为的！我们也是彼此这么说的！你忘了吗？”

“嘘！赫丝特！”亚瑟·丁梅斯代尔说着，从地上站起来，“不，我没有忘记！”

他们又肩并肩、手挽手地坐在一棵长满青苔的倒下的树干上。生命从未给过他们比这更令人沮丧的时刻；他们的人生小径早就引领他们朝这个终点靠近，在他们悄悄地往前走时，变得越来越黑暗。然而，它仍有一种诱惑力，使他们流连忘返，并一再要求多待片刻。他们周围的树林子一片昏暗，一阵强风吹过去，发出吱吱嘎嘎的声响。粗大的树枝在他们头上沉重地摇晃着；一株外表庄严的老树正在向另一棵树如泣如诉，仿佛在诉说着坐在树底下的这对男女的伤心事，或者不得不预示即将到来的灾难。

可是，他们依然流连忘返。返回居留地的林间小道看上去是多么沉闷寂寥！赫丝特·普林必须在那儿继续承受耻辱的重负，而牧师则继续保持他那虚伪的、假冒的好名声！于是，他们又逗留了一会儿。金色的阳光从未像在这幽暗的树林里那么宝贵。在这儿，只有他一个人可以看见红字，因此红字不会烧进这个堕落的女人的胸膛里！在这儿，只有她一个人可以看见对上帝和对人类都不诚实的亚瑟·丁梅斯代尔，因此也许会有片刻的真实！

他被突然想到的一个想法吓了一跳。

“赫丝特，”他大声说道，“现在有一件新的可怕的事！罗杰·奇林沃思已经知道你要揭露他的真面目了，那么，他会继续保守我们的秘密吗？他现在的报复计划是什么呢？”

“他的天性中有一种奇特的保密习惯，”赫丝特若有所思地回答道，“而且那种隐藏的复仇诡计在他身上已经根深蒂固了。我认为他不大可能会泄露秘密。无疑，他会寻求其他满足他的邪恶欲望的方法。”

“而我！——跟这么一个不共戴天的敌人呼吸同样的空气，我怎能不短命？”亚瑟·丁梅斯代尔嚷道，将身子缩成一团，一只手不安地按着他的胸部——这已成为他的一个不由自主的姿势了，“赫丝特，替我考虑考虑吧！你很坚强，帮我拿定主意吧！”

“你再也不可以跟这个人住在一起了，”赫丝特缓慢地，但坚定地说道，“你的心灵再也不可以受他的邪恶的目光监视了！”

“那简直远比死亡还糟！”牧师回答道，“可是该怎么回避呢？我还有什么选择余地呢？当你告诉我他是什么人时，我就倒在地上了，要不要我再倒在这些枯叶上？我必须马上倒在地上死掉吗？”

“哎呀，看你已经软弱到何种地步了！”赫丝特噙着泪水说道，“你愿意仅仅因为软弱而死去吗？没有别的原因了！”

“这是上帝对我的惩罚，”心中充满悔恨的牧师回答道，“他太强大了，我无法与之抗争！”

“上帝会发慈悲的，”赫丝特说道，“难道你连利用这种慈悲的力量都没有了吗？”

“但愿你能支持我！”他回答道，“告诉我该怎么办。”

“难道世界就这么狭小吗？”赫丝特·普林喊道，一双深邃的眼睛紧紧地盯着牧师的眼睛，本能地对这位精神上如此崩溃、如此屈从，以至于几乎无法自己直起腰的人发挥了一股磁铁般的力量，“难道宇宙就只有这个城镇这么大的范围吗？这座城镇不久以前还只是被落叶覆盖的荒野，像我们周围的森林一样荒无人烟。那边的森林小道通往何处呢？你肯定会说，那是回居留地的路！没错，但它还在往前延伸啊！它逐渐地朝荒野延伸。你每走远一步，你的背影就模糊一点，直到离这儿几英里之后，那地面的黄叶上就再也看不到白种人的足迹了。到了那里，你就自由了！这么短的一段路程，就会把你从一个一直使你极为痛苦的世界，带到一个你可能得到幸福的世界！在这片无边无际的森林里，难道还没有足够的树荫，来掩饰你的心灵，使它免遭罗杰·奇林沃思的凝视？”

“是的，赫丝特，可也只有在落叶下的路啊！”牧师苦笑着回答道。

“此外，还有宽阔的海上之路！”赫丝特继续说道，“它过去曾经把你带到这儿来。假如你愿意的话，它还会再把你带回去。在我们的祖国，不论是在某个偏僻的山村，抑或是在广大的伦敦——或者，毫无疑问，在德国、法国和怡人的意大利——你都可以逃出他的魔爪，不为他所知！而且，你与这些铁石心肠的人以及他们的看法又有什么关系呢？他们已经使你处于被奴役的状态太久了！”

“这不可能！”牧师回答道，他倾听着，仿佛他应邀前来是因为她要他去实现一个梦想似的，“我没有能力离开。尽管我穷困潦倒、罪孽深重，但是，除了在上帝安排给我的天体上继续苟延残喘外，我没有其他想法。虽然我自己的灵魂已经堕落了，但我仍愿意为其他人的灵魂尽自己的绵薄之力。我不敢放弃我的岗位，尽管我是一个不忠实的哨兵。在沉闷的守卫结束的时候，所得的奖赏一定是死亡和耻辱！”

“这七年的痛苦的重负已经把你摧垮了，”赫丝特回答道，决心以自己的活力使他振作起来，“然而，你必须把一切痛苦统统抛于脑后！当你沿着林间小道行走时，过去的痛苦不该妨碍你前进的步伐；倘若你更喜欢跨海渡洋的话，你也不应该把痛苦装上船。将痛苦和堕落留在它发生的这个地方！再也别去与它纠缠了！一切重新开始。一次试验失败了，你认为就再也没有成功的可能性了吗？根本不是如此！未来依然充满着机会和成功。还有好日子等着你享受呢！还有善事等着你做呢！把你这种虚假的生活换成真实的生活。去当个红印第安人的牧师和使徒吧，假如你有勇气去承担这一使命的话。或者，在上流社会的最聪明、最有名望的人当中当个学者或贤人吧——这更适合你的天性。讲道吧！写作吧！行动吧！除了躺倒死掉外，什么事都可以做！放弃亚瑟·丁梅斯代尔这个名字，换上另一个名字，一个高贵的名字，譬如一个你能够毫不畏惧、毫不羞愧地接受的名字。在那已经消耗了你的生命——已经使你无力下决心，无力行动——甚至将使你无力忏悔的折磨中，你怎么还能再耽误一天！站起来，逃掉！”

“哦，赫丝特！”亚瑟·丁梅斯代尔大声喊道，眼睛里有着被她的热情激起的光，但闪烁了一下又消失了，“你这是在让一个双腿站不稳的人赛跑啊！我必须死在这儿。我已经没有余力和勇气单枪匹马地闯荡那浩瀚的、陌生的和艰难的世界了！”这是一个精神崩溃的人最后的泄气话。他缺乏掌握似乎唾手可得的更好的命运的力量。

他又把话重复了一遍。

“单枪匹马，赫丝特！”

“你不必单枪匹马地去！”她以低沉的声音悄悄地回答道。

于是，一切都明白了！

十八 一片阳光

亚瑟·丁梅斯代尔注视着赫丝特的脸。诚然，他的眼神里闪耀着希望和喜悦，但也带着恐惧及对她的大胆的震惊。她道出了他含糊地暗示但不敢说出的话。

可是，有着与生俱来的勇气和活跃的思维方式，长期以来不仅与社会隔离，而且被宣布为罪犯的赫丝特·普林，已经使自己习惯于这种对牧师来说完全陌生的思考自由了。她曾经毫无规则、毫无目标地在道德的荒漠上徘徊，这道德的荒漠犹如这片荒野的森林一样浩瀚，一样复杂，一样幽暗。在森林的阴暗中，他们正进行着一次决定他们的命运的谈话。可以说，她的智力和勇气在这种荒漠中如鱼得水。在那儿，她像野蛮的印第安人一样在森林中自由自在地漫游。在过去的几年中，她一直用这种疏远的目光来看待人类的制度以及牧师或立法者们建立的机构。她对这一切批评，几乎不会比印第安人看待牧师的衣领、法官的长袍、颈手枷、绞刑架、炉边或教堂怀有更多的敬意。红字是她进入其他女人望而却步的地区的通行证。耻辱、绝望、孤独！这些一直是她的老师——严厉和狂野的老师——它们使她变得坚强，却又教给了她许多错误的东西。

另一方面，牧师从未有过引导他越出被普遍接受的种种法律的经历，虽然，仅有那一次，他曾经如此严重地违犯了其中一条最神圣的法律。但是，这是情欲的罪过，不是原则性的罪过，更不是有意图的罪过。自从那个可悲的时刻以来，他以病态的热情和细致监视着的，不是他的行为——因为那些容易安排——而是他的每一缕情感和每一种思想。由于当时牧师处于领导地位，他就只能更加受到社会的规章、原则，甚至偏见的束缚。作为一位牧师，他这个阶层的组织不可避免地将他束缚住了；作为一个曾经犯了罪，却由于被未愈合的伤口所困扰而使良心保持完全的活跃和令人难受的敏感的人，他或许会认为在道德的界限内，与根本没有犯罪相比更安全。

因而，关于赫丝特·普林，我们似乎可以看出，整整七年不受法律的保护和她所遭受的耻辱，只不过为此刻做准备而已。可是亚瑟·丁梅斯代尔呢！假如这样一个人再次堕落的话，别人能用什么辩解的话来减轻他的罪行呢？什么也说不出来，除非说：他的身体已被长期的极度痛苦搞垮了；他的脑子被折磨着它的悔恨搞糊涂了；在公开承认为罪犯而逃走和继续当一名伪君子之间，他的良心很难达到平衡；避免死亡和耻辱的危险，以及避免一个敌人的令人费解的阴谋，是合乎常理的；最后，还可以说，这个可怜的朝圣者，在他凄凉的旅途中，倍感昏迷、病痛和悲惨的折磨，却瞥见一道充满仁爱和同情的闪光，其中有崭新和真实的生活，可以取代他目前正在赎罪的沉重的命运。但愿那冷酷的、可悲的真相被人一语道破：人类的灵魂里一旦有了罪恶的伤痕，这伤痕就是永远无法愈合的。它可以被守护着，使敌人不会再次强行闯进大本营，但是敌人在以后的进攻中，与先前已取得成功的途径相比，也许会选择某种更好的途径。然而，残垣断壁依然存在，在它附近，还有敌人的秘密的脚步，敌人还想再次争取到未被其忘却的胜利。

这种思想斗争——如果有这种斗争的话——无须描述。单说牧师决心逃走，并且不是单独逃走就够了。

“在过去的七年里，”他想，“假如我能够记起一刻的平静或希望的话，那么，我就会为了诚挚的上帝的慈悲而继续忍受。可现在——由于我是个不可挽回地被判死罪的人——为什么我不该获得罪犯在被处死之前能得到的那点安慰？或者，如果正如赫丝特劝我的那样，这是通往较美好的生活的路，我当然不会放弃追求这种较有希望的生活前景！没有她的友谊，我再也无法活下去了；她的支持这么强大有力——她的安慰这么温柔体贴！上帝啊，我有何颜面与你相对？你还能再原谅我吗？”

“你一定得走！”当他的目光与她的相遇时，赫丝特平静地说道。

一旦做出决定，一阵奇怪的喜悦便在他那苦闷、忧虑的胸中投下了闪烁的亮光。呼吸一个未被收复、未受基督教化、没有法律的地区的原始自由的空气，对一名刚从自己灵魂的地牢里逃脱出来的犯人有着鼓舞的效果。他精神倍增，仿佛一跃而起，比他在痛苦中一直趴在地上时，更近地望见天空的美丽景色。由于他具有深刻的宗教气质，他的心境不可避免地带有一点虔诚的色彩。

“我又感受到欢乐了吗？”他大声喊道，对自己感到惊讶，“我还以为欢乐的幼芽在我身上已经死了！哦，赫丝特，你是我的守护神！我好像一头栽倒在这些树叶上，身体虚弱、充满罪恶、满怀忧伤，但一爬起来，却好像换了一个人似的，有了新的精力赞美慈悲的上帝！这已经是较好的生活了！为什么我过去不能早些找到它呢？”

“我们不要回头看，”赫丝特·普林回答道，“过去的事已经过去了！现在我们为什么还老想它呢？瞧！我把这符号扯掉，连同它一切都除去了，仿佛从来就不曾有过这回事似的。”

说着，她解开扣紧红字的别针，把红字从胸部拿下来，向远处的枯叶扔去。神秘的符号飞落在小溪的这一边。假如它再往远处飞一掌之宽[①]，它就会掉进水里，就会给这条小溪在低声倾诉着的晦涩难懂的故事的基础上，又增加一个悲哀的故事。然而，那刺绣的红字就落在那儿，像一颗遗失的宝石那样闪闪发光。某个倒霉的流浪汉可能会把它拾起来，于是，从那以后，他便老是会被奇怪的罪恶的幽灵、沮丧的心灵和莫名其妙的灾祸缠住。

拿掉红字之后，赫丝特久久地、深深地舒了一口气。随着这声叹息，羞愧、痛苦的重负便离开了她的灵魂。啊，这是多么大的宽慰！直到她感受到了自由，她才知道它的重量！凭借另一种冲动，她把拘束着秀发的传统帽子脱掉。乌黑、浓密的头发披落在她的肩上。顿时，那头茂密的秀发中现出了光和影，赋予她的容貌以柔和的魅力。她的嘴上和双眼中露出了一丝喜悦和温柔的笑意，它像是从这个女人的心中迸发出来似的。她长期以来一直那么苍白的脸颊上泛出了深红色的红晕。她的女性魅力、青春和全部的美艳，又从人们所说的不可挽回的过去复原了，并与她的新的希望和前所未有的快乐一起聚集在此刻的魔术圈内。因此，仿佛天地间的阴郁，只是这两颗凡人的心的放射物似的，随着他们的悲哀消失了。霎时，像是天空突然发出微笑似的，阳光迸射出来，在昏暗的森林里倾泻了一大片，令每片绿叶都舒展，把落地的黄叶都变成了金黄色，使阴森森的灰色树干闪闪发光。那些曾经制造阴影的物体如今却成了发光物。人们可以凭借这怡人的闪光，沿着小溪的水路探索到神秘的森林腹地。那里已经成了一个欢乐的谜。

这就是大自然对这两个人的幸福所表示的怜悯——那从未被人类法律征服，也从未被更高的真理启发的、荒凉的、未开化的

---

① 一掌之宽，约0.1公尺，原用于量马的高度。

森林中的大自然！不论是刚产生的，或是被从死一般的睡眠中唤醒的爱情，总是会产生阳光，令人心里充满喜悦，以至于它溢于外部世界。即使森林依然处于昏暗中，在赫丝特和亚瑟·丁梅斯代尔的心目中，它也是明亮的！

赫丝特怀着另一阵喜悦望着他。

“你必须认识认识珀尔！”她说道，“我们的小珀尔！你见过她——是的，我知道！——可是，你现在要以不同的眼光来看待她。她是个奇怪的孩子！我几乎无法了解她！但你会像我一样疼爱她，并告诉我该怎么对待她。”

“你认为这孩子愿意认识我吗？”牧师问道，心里有点不安，“我早就怕见孩子了，因为他们常常对我表示不信任——难以很快与我混熟。我甚至也害怕小珀尔！”

“啊，那太遗憾了！”母亲回答道，“可是，她会深深地爱你的，而你也会疼爱她的。她就在附近。我喊她来！珀尔！珀尔！”

“我看见这孩子了，”牧师说道，“她在那边，站在远处小溪另一边的一道阳光下。那么，你认为这孩子会爱我吗？”

赫丝特微笑着，又继续喊珀尔。珀尔就在远处可以看得见的地方。正如牧师所说，她像一道阳光下的衣着艳丽的幻影。这道阳光透过大树枝之间的弯曲部分照射在她的身上。光线来回抖动着，使她的身影若明若暗。当太阳的光辉忽来忽去的时候，她时而像一个真实的孩子，时而像一个孩子的幽灵。珀尔听见了母亲的呼喊，便穿过树林，慢慢地走过来。

当她的母亲坐下来与牧师谈话的时候，珀尔并不觉得这段时间很乏味。昏暗的大森林——尽管它对将人间的罪恶和烦恼带进森林里的那些人是严厉的——竭力地成了这个孤单的孩子的游伴。森林虽然是阴郁的，但它却装出最亲切的心境来欢迎她。它献给她蔓虎刺果，那是去年秋天长出，今年春天才成熟的，如今在枯萎的叶子上红得像一滴滴的血珠。珀尔采集这些野果，对它们的野生风味满意极了。荒野中的小动物几乎没有刻意地去避开她。没错，一只后头跟着十只小松鸡的母松鸡气势汹汹地朝前跑过来，但很快就对自己的凶猛表示后悔，咯咯咯地叫唤着，让它的幼雏别害怕。一只鸽子独自栖息在低低的树枝上，任珀尔走到树枝下，发出一种像是问候，又像是惊恐的啁啾声。一只来自它所栖身的高大树木深处的松鼠，或是愤怒，或是愉快地吱吱叫着——因为松鼠就是这么一种暴躁、古怪的小东西，要区别它的各种情绪是困难的——它对着这孩子吱吱直叫，还将一个松果扔到她的头上。那是个去年的松果，而且已被它锐利的牙齿啃咬过了。一只正在睡梦中的狐狸，被她走在落叶上的轻轻的脚步声惊跳起来，好奇地注视着珀尔，似乎拿不准是该溜走，还是该继续待在那儿打盹。据说——不过，这个故事无疑已变成荒诞的了——一只狼走上前，对着珀尔的罩衫嗅了嗅，然后，将那颗残暴的头伸过去让她的手抚摩。然而，事实似乎是：森林和它养育的这些野兽，都在这个人类小孩身上认出了与它们一样的野性。

她在这儿，比在居留地的边沿植着青草的街道上或她的母亲的农舍里，表现得更温柔。看来，花卉懂得这一点，当她经过的时候，朵朵鲜花悄声地说："拿我去做装饰吧，美丽的小姑娘，拿我去装饰你吧！"——于是，为了让它们开心，珀尔采集了紫罗兰、银莲花和耧斗菜，还有老树垂落在她眼前的一些最嫩绿的小树枝。她用这些来装饰她的头发、她的幼小的腰肢，使自己变成小仙女或小树精，或者任何与古老的森林最密切相关的东西。她正在这样打扮时，听到了母亲的呼喊，便慢慢地走了回来。

她慢慢地走回来，因为她看见了牧师！

十九 溪边的孩子

“你会疼爱她的，”在和牧师坐着注视小珀尔时，赫丝特·普林重复道，“你不认为她很漂亮吗？瞧她以怎样天然的技巧，用那些简单的花卉来装饰自己！即使她在树林里采集了珍珠、钻石和红宝石，也无法使她比这样更得体。她是个多么出色的孩子！不过，我知道她的容貌像谁！”

“你知道吗，赫丝特，”亚瑟·丁梅斯代尔面带不安的笑容，说道，“这个老是以轻快的脚步跟在你身边的可爱的孩子已经引起我的不少恐慌？我想——啊，赫丝特，这是个什么想法，而且这样的担心又是多么可怕！——如果我自己的容貌部分地在她的脸上被再现出来，而且又如此引人注目，世人可能就会因此看出破绽！可是她大部分像你！”

“不，不！不是大部分！”母亲莞尔一笑，回答道，“再过一些时候，你就不必害怕人们追查她是谁的孩子了。不过，她的头发上缀着那些野花，看起来漂亮得多么不可思议！仿佛我们留在可爱的旧英格兰的仙女中的一位，打扮好来迎接我们似的。”

他们俩正怀着一种未曾经历过的情感，端详着珀尔缓慢地走来。联结他们的纽带在她身上依稀可见。在过去的七年里，她一直作为一个活的象形文字被呈献给世人。这个文字泄露了他们试图隐藏的秘密——一切都写在这个符号上——一切都一目了然地显示出来——倘若有一个擅长解释火焰的特性的预言者或魔术师的话！而且珀尔是他们的生命的共同体。无论过去有过什么罪恶，当他们同时看到他们的肉体结合，看到他们会产生交集，并将永久地在一起的精神理念时，他们怎能怀疑他们现在的尘世生活与将来的命运是联结在一起的呢？这些想法——也许还有别的他们没有承认或表明的想法——在珀尔走来时，使她笼罩在一种令人敬畏的气氛中。

“别让她看出有什么异样——你上前跟她说话时不要带有任何激情或热情，”赫丝特低声说道，“我们的珀尔有时是个反复无常、异想天开的小精灵。尤其当她不能完全理解前因后果的时候，她几乎不能够容忍别人对她表示的情感。不过，这孩子是个感情丰富的人！她爱我，也一定会爱你的！”

“你简直难以想象，”牧师斜睨着赫丝特·普林，说道，“我心里是多么害怕，却又多么渴望这次会面！但是，说实在的，孩子们不那么容易与我亲近。他们不会爬到我的膝上，不会在我耳旁说悄悄话，也不会回应我的微笑，而是站在一边，冷漠地注视着我。即便是小婴孩，当我把他们抱起来的时候，他们便伤心地痛哭。可是珀尔，在她小小的年纪，曾经两次对我表示过友好，第一次你已经很清楚！最后一次是在你带她去严厉的老总督的住宅的时候。”

“当时你确实那么勇敢地为她和我求情！”那母亲回答道，“我现在还记得，小珀尔也会记得。你不必顾虑什么！她起初也许会怕生、害羞，但不久就会爱你了！”

这时，珀尔已经来到了溪边，站在小溪的对岸，默默地凝视着赫丝特和牧师。他们依然一起坐在长满青苔的树干上，等待着迎接她。就在小珀尔歇脚的地方，小溪碰巧形成了一个水坑。它的水面是那么平静，以至于映出了她那娇小身材的完美影像——在鲜花和冠簇叶的装饰下，具有她的一切光彩照人之处，却比现实中的人显得更加优美和脱俗。这影像——与真的珀尔如此近似——似乎给孩子本人传递了一点儿它的模糊无形的特性。珀尔站在那里，透过森林昏暗的光线，目不转睛地盯着他们，那种表情着实奇怪。同时，她本人完全沐浴在一道似乎由某种感应吸引到那里的阳光下，变得光彩夺目。在小溪里又站着另一个小孩——另一个同样的小孩——同样沐浴着金色的阳光。赫丝特依稀有点模糊地、着急地觉得自己与珀尔疏远了，仿佛这孩子独自一人在森林里闲逛，已经离开了她和母亲一起生活的天体，现在正徒劳地寻求回到原来的星球似的。

这一印象既是正确的，也是错误的——母女是疏远了，但这是赫丝特的过错，而不是珀尔的过错。自从孩子从她身边离开后，另一个成员进入了她的感情范围，从而改变了他们每个人的现状，以至于珀尔，这个归来的漫游者，无法找回她习惯的位置，这简直使她感到无所适从。

“我有个奇怪的想法，”敏感的牧师说道，“这条小溪是两个世界的分界线，你再也见不到你的珀尔了。再说，她不是一个小精灵吗？按照我们童年的传统所教导我们的，小精灵是不许越过一条流淌的小溪的。请叫她快点，这种耽误已经让我的神经震颤了。”

“过来，最亲爱的孩子！”赫丝特鼓励她道，一边伸出双臂，“你的动作太慢了！你以前什么时候这么慢过？这是我的一位朋友，他也应当是你的朋友。从今以后，你将会得到两倍于你的母亲给予你的爱。跳过小溪，到我们这儿来。你可以跳得像一只小鹿的！”

珀尔对这些甜言蜜语毫无反应，她依然待在小溪的对岸。她一会儿用她那双明亮的、桀骜不驯的眼睛盯住她母亲，一会儿又盯住牧师，一会儿又以同样的目光一起看着他们两个人，仿佛要查明他们之间的关系似的。当亚瑟·丁梅斯代尔觉得孩子的目光落到他身上时，出于某种令人费解的理由，他将一只手悄悄地搁在胸口——这姿势太习以为常了，以至于已成了他无意识的动作。终于，珀尔摆出一副奇特的权威模样，伸出一只手来，小食指外伸，明显地指着她的母亲的胸脯。底下，在小溪这面镜子里，映出了小珀尔那被鲜花环绕的、愉快的影像，小食指也正指着呢。

“你这古怪的孩子，为什么不到我这儿来？”赫丝特喊道。

珀尔仍然用食指指着，皱起了眉头，展示了她那稚气的、近乎婴儿的容貌令人难忘的一面。当她的母亲依然向她招手，脸上呈现出罕见的欢乐笑容时，这孩子以更为傲慢的神色和姿势跺着脚。小溪里又出现了极其漂亮的影像——那映出的皱眉，指着的食指，傲慢的姿态——突出了小珀尔的外貌。

“快点，珀尔，要不然我就生你的气啦！”赫丝特·普林喊道。在别的时候，无论她多么习惯于这个小精灵的这种行为，现在，她自然渴望孩子有个较像样的表现。“跳过小溪，淘气的孩子，然后跑到这边来！否则，我只好到你那儿去啦！”

可是，珀尔一点也不怕母亲的恐吓，同样也不为她的母亲的恳求所软化，而是突然勃然大怒，猛烈地做着手势，使她娇小的身体极度扭曲。她以刺耳的尖叫声伴随着她的感情暴发。林子的四周都回响着她的尖叫声。她独自无理地大发小孩子脾气，却仿佛私下有许多人在同情她、鼓励她似的。小溪里再次映出了珀尔怒气冲冲的影像，她的头顶和腰肢缀满了鲜花，她跺着脚，猛烈地做着手势，自始至终都把她的小食指指着赫丝特的胸脯！

“我知道这孩子是怎么回事了，”赫丝特悄悄地对牧师说道，她的脸色变得苍白，尽管以极大的努力来掩饰自己的着急和恼火情绪，“孩子们对于每日摆在他们面前的习以为常的事物容不得丝毫的改变。珀尔发现我一直佩戴的某样东西不见了。”

“假如，”牧师回答道，“你有什么能使孩子镇定下来的办法，请你立即拿出来！除非是像希宾斯夫人那个老巫婆那样的暴躁和狂怒。”他又试图微笑着补充道，“我不知道原来自己这么不愿见到一个孩子发这么大的火。幼小美丽的珀尔，就像那满脸皱纹的巫婆一样，有着不可思议的力量。让她镇定下来，如果你爱我的话！”

赫丝特再次转向珀尔，脸涨得通红，有意识地斜瞄了牧师一眼，然后深深地叹了一口气。但是，她还来不及开口，脸色就霎时变得死一般的苍白了。

“珀尔，”她伤心地说道，“看看你的脚下！那里！——就在你面前！——在小溪的这一边！”

孩子将目光移向她所指的地方，红字就落在那里。它太靠近溪边了，金色的刺绣映在溪水中。

“把它带过来！”赫丝特说道。

“你过来捡吧！”珀尔回答道。

“真没见过这样的孩子！”赫丝特低声对牧师说道，“噢，关于她呀，要告诉你的多着呢。不过，说实在的，关于这个可恨的符号，她的看法是对的。这种折磨我还得再忍受些时日——再过几天就行了——直到我们离开这个鬼地方，我们在回顾时，可以把这儿当成我们曾经梦想过的国度。森林藏不住红字！大洋会从我手中把它夺走，永远将它吞没！”

说罢，她走到溪边，拾起红字，再次将它别在胸前。刚才，当赫丝特谈及将它沉入深海中时，她还满怀希望。然而，当她从命运之手收回这一致命的标志时，她有着一种不可避免的厄运感。她已经将它扔进了无限的空间！——她已经呼吸了一小时自由的空气！——如今这不幸的红色标志又在老地方闪闪发光！不管有没有标志，邪恶行为本身都带有厄运的性质，这是千真万确的。尔后，赫丝特拢起一大绺一大绺的头发，把它们压进帽子底下。好像这可悲的字母具有毁灭性的符咒似的，她的美貌、她的热情以及她那浓郁的女人味宛若正在消失的阳光一样消逝了。一抹灰色的影子似乎降临到她身上。

做出了这一乏味的改变之后，她向珀尔伸出了一只手。

"孩子，现在你认识你的妈妈了吧？"她以责备的口吻说道，但声音压低了，"既然你的妈妈又戴上了耻辱的标志——既然她感到悲哀了，你愿意越过小溪，过来认你的妈妈吗？"

"愿意，现在我愿意！"孩子说着，跳过了小溪，把赫丝特紧紧地抱住，"现在你确实是我的妈妈了！而我是你的小珀尔！"

她以一种罕有的温柔，抱着她的妈妈的脑袋，吻她的前额和双颊。然后，出于某种需要——这种需要总是迫使这孩子将自己无论偶尔可以给予的什么安慰都与痛苦掺杂在一起——珀尔扬起她的小嘴，也吻了吻那个红字！

"这可不友好！"赫丝特说道，"当你对我表示一点爱的时候，你总是嘲笑我！"

"牧师为什么坐在那里？"珀尔问道。

"他等着欢迎你呢，"她的母亲回答道，"你过来，请求他的祝福吧！他爱你，我的珀尔，也爱你的妈妈。你不爱他吗？来吧！他渴望迎接你呢！"

"他爱我们吗？"珀尔一脸精明地仰望着她的母亲的脸，说道，"他愿意跟我们——我们三个人——一起手挽手回城里去吗？"

“现在不行，亲爱的孩子，”赫丝特应道，“但是将来他会跟我们手挽手地走的。我们将有一个自己的家，在炉边，你将会坐在他的膝上，他会教你许多东西，并疼爱你。你会爱他的，不是吗？”

“他会总是把一只手搁在胸口上吗？”珀尔问道。

“傻孩子，这算什么问题呀！”她的母亲大声说道，“过来，请求他的祝福吧！”

然而，不知是出于每个受宠爱的孩子对危险的对手那似乎是本能的忌妒的影响呢，又或者是出自她的古怪天性的反复无常，珀尔与牧师就是亲近不起来。她的母亲用尽全力才把她带到他的跟前。珀尔畏缩不前，扮种种怪相来显示她的不情愿。自从婴儿期以来，她就已经会扮各种各样的鬼脸，并善于将她多变的面孔转变成一系列不同的容貌了。每一副新的容貌都含有一种新的恶作剧。牧师很窘迫，但希望可以证明一个吻是赢得孩子的好感的法宝，便向前弯下身子，在她的额头上吻了一下。珀尔旋即从她的母亲那儿挣开，一口气跑到溪边，蹲下身子，洗她的额头，直到这一不受欢迎的吻完全被洗净，尔后又让流动的溪水久久地缓慢地流淌，使之散发开来。然后，她站在一边，默默地注视着赫丝特和牧师，而他们俩正在一起商量在新形势下做什么准备，能使他们的目的很快达到。

于是，这次重大的会面就这样结束了。小山谷将被遗弃在灰蒙蒙的古树的孤寂之中。这些古树将以其众多的舌头，久久地悄声诉说这儿所发生的一切，而没有一个凡人可以听得懂。这条郁郁寡欢的小溪将会把另一个故事，加入它已不堪负荷的小小心灵里的神秘传说中。同时，它仍将继续发出潺潺的流水声，其音调丝毫也不会比迄今为止年深日久地使用着的音调更为怡人。

二十 迷惘的牧师

牧师先于赫丝特·普林和小珀尔走了，走时他又往后望了一眼，希望能够看出她们母女俩慢慢地消失在森林的暮色中的模糊的轮廓。这是他一生中如此重大的变迁，以至于他无法立即接受它是真实的。可是，赫丝特就在那儿，身穿灰色外套，依然站立在树干旁。这棵树干是很久很久以前被一阵狂风吹倒的。从那以后，岁月已使它披上了青苔。于是，这两位饱经人间忧患的人可以共同坐在这里，得到一小时的休憩和慰藉。还有珀尔，既然那闯入的第三者已经走了，她就在溪边轻快地跳跃着回到母亲身旁的老位置。所以，牧师并没有睡着，这不是在做梦！

为了让他的脑子摆脱这种模糊的印象——这种印象以奇怪的焦虑不安使他大伤脑筋——他回忆起并更彻底地确定了赫丝特和他本人为他们的逃脱所草拟的计划。他们两人已经确定，东半球[①]稠密的人群和城市，使其与在海岸线稀疏地分布着印第安人居住的棚屋或为数不多的欧洲人的居留地的新英格兰和全美洲相比，为他们提供了更合适的掩蔽所和藏身之处。牧师的身体

① 此处指欧洲。

状况根本受不了森林生活的艰辛，而他的天赋、他的教养、他的整个发展只有在文明和文雅之中才有安身立命之地，社会层次越高，对他来说就越适合。促使他做出这一选择的一个因素是，碰巧港口停泊了一条船。那是当时常见的一种看上去有些可疑的巡航机动船。它并不绝对属于海上的不法之徒，却带着一种不承担责任的性质在海面游弋。这艘船最近刚从加勒比海抵达这里，三天之内就要驶往布里斯托尔[①]。赫丝特·普林自告奋勇加入"慈善姐妹会"，这使她有机会与船长和船员认识——可以神不知鬼不觉地弄到两个大人和一个小孩的船票。环境对保密工作非常有利。

牧师以极大的兴趣，向赫丝特了解这条船可以离开的确切时间。它很可能是在从现在算起的第四天离开。"运气太好了！"这时他心里想道。为什么丁梅斯代尔牧师先生认为这是非常幸运的呢，我们不愿透露，但为了不向读者隐瞒，可以在此说明，这是因为从现在算起第三天，他必须在因为总督就职而举行的布道活动中布讲；同时，这样的场合在新英格兰牧师的一生中构成了一个值得纪念的光荣时刻，他再也不能遇到一个比这更适合结束自己的职业生涯的方式和时间了。

"至少，人们会认为，"这位模范人物心里想道，"我没有擅离职守或未履行任何社会职责！"这位可怜的牧师能做那样深刻、敏锐的内省，却这么不幸地遭受欺骗，着实令人感到遗憾！我们曾经说到他的许多毛病，也许今后还会说到，但是据我们了解，没有一种毛病软弱到这么可怜的地步。一种微妙的疾病早就侵蚀了他的真正人格的实质，其证据虽说如此细微却又如此不容否认。没有一个人能长时间地对自己呈现一副面

---

① 布里斯托尔，英国港口城市。

孔，对大众呈现另一副面孔，而最终不会对哪一副面孔是真实的感到迷惑不解。

在丁梅斯代尔先生与赫丝特见面回来后，他的激动之情给了他不寻常的体力，催促他加快步伐向城里走去。林中的小径似乎更加荒芜，并因为一些自然障碍物而变得更崎岖不平，也比他记忆中的显得更人迹罕至了。但是，他跃过了许多坑坑洼洼的地方，猛然穿过盘根错节的矮树丛，爬上山坡，下入山谷。总之，他以令自己惊讶的不知疲倦的活力，克服了道路上的一切困难。他不禁回想起仅仅在两天前，他是如何艰苦跋涉、虚弱不堪、不时地停下来歇口气，才通过这同一条路的。当他临近城镇时，他依稀感到映入眼帘的一系列熟悉的物体已发生了变化。他离开这些物体，似乎不是昨天，不是一天、两天，而是许多天，甚至是好几年前的事。那儿确实有如他记得的以前街道的踪迹及房子的一切特征：大量的山墙尖顶以及在他的记忆里认为每个地方都该有的风标。然而，对于城镇，其仍然有一种缠扰不休、强加于人的变化的感觉，对于他所遇到的熟人以及小城中一切为他所熟知的生活形态，情况亦然。现在，他们看起来既没有显得更苍老，也没有显得更年轻。老人的胡子没有变得更白，昨天在地上爬行的婴儿今天也没有站起来走路。要描述他们在哪一方面不同于他最近离开时粗略地看了一眼的那些人是不可能的。然而，牧师最深刻的感觉，似乎把他们的变化告诉了他。当他从自己的教堂的墙下经过时，他突然有了类似的印象。这座庞大的建筑物的面貌如此奇怪，又如此熟悉，因此，丁梅斯代尔先生的脑子在两种想法之中摇摆不定：他要么以前在梦中见过它，要么现在在梦见它。

这些以各种形态出现的现象，表明并不是外部发生了变化，而是观察熟悉场景的人的心中发生了突然的和重大的变化，以至于仅仅间隔一天，就在他的意识上产生了像相隔数年那样的作用。牧师想要干出一桩奇怪、疯狂和邪恶的事，一方面是被鼓动的，另一方面是出于比反对这种冲动更深刻的自我。譬如，他遇见了他的教会中的一位执事。这位老好人以父亲般的情感和长辈的特权跟他说话。以老执事的高龄、他的正直和圣洁的性格以及在教会的地位，他是有资格使用这一特权的。此外，这位老人对他兼而怀有一种深深的，几乎是崇拜的尊敬。这是因为牧师的职业和权利都可以这样要求他。社会地位较低、天分较差的人，在对待地位较高的人时，其年龄和智慧的威严如何与被要求的顺从和尊敬保持一致，这正是一个很妙的例子。如今，丁梅斯代尔牧师先生与这位杰出的、胡子灰白的执事交谈了片刻之后，只是通过极其谨慎的自我克制，才没说出浮现在他心头的有关圣餐的一些亵渎神明的话。他浑身发抖，面如土色，生怕自己心里尚未同意，舌头便喋喋不休地说出这些可怕的话来，并为自己如此轻率的行为辩护。即使他心里有着这种恐惧，但一想象这位圣洁的、年高德劭的老执事该会怎样被他的牧师的不虔诚的言行吓得目瞪口呆时，他还是忍不住哈哈大笑起来。

此外，还发生了另一件性质相同的事。当丁梅斯代尔牧师先生沿街朝前赶路的时候，他遇到了他的教会中年纪最大的女教徒。她是个非常虔诚的、可以称为模范的老妇人。贫穷、孀居、孤独，她心里充满着对她过世的丈夫和孩子们以及很久以前去世的朋友们的回忆，犹如堆积着一层层墓石的墓地一样。这一切本来该是多么令人觉得可悲的事。可是，三十多年来，由于她不断地用宗教的安慰和《圣经》的真理来滋润自己，这些回忆几乎已成了她的年迈的、虔诚的灵魂的神圣乐事。自从丁梅斯代尔先生收她为教徒以来，这位善良的老妇人在人间最主要的安慰——除非它同样也是天国的安慰，否则就根本什么安慰也不是——就是有意无意地去见她的牧师，以她那麻木的，但极其专心的耳朵来聆听出自他那可爱的嘴的一句温暖的、甜蜜的、充满天堂气息的绝对真理，从而重新振作精神。可是，在这一时刻，直至该将自己的嘴凑到她的耳朵讲话的时刻，由于他的灵魂的大敌占了上风，丁梅斯代尔先生除了此刻想起的反对人类不朽灵魂的简洁、精辟和无可辩驳的论点外，再也记不起任何《圣经》的经文或别的什么话了。以这样的论点向她的脑子灌输，很可能会导致这位年迈的女教徒如同被注入剧毒药一样立即倒毙。牧师实际上低声地说了些什么，他后来再也回忆不起来了。也许，只是幸运地出现了语言障碍，使他无法传递能让这位善良的寡妇理解的任何清晰的思想，或者上帝按照自己的方法来解释他的意思。无疑，当牧师回头看的时候，他看到了一种神圣的感激和欣喜若狂的表情，看起来像天国的光辉闪耀在她那布满皱纹的苍白的脸上似的。

另外，还有第三个例子。离开了教会的老教徒之后，他又碰到了教会中最年轻的女教徒。她是个新近被争取过来的少女——是丁梅斯代尔牧师先生在那次夜游之后的一个安息日布道时争取过来的。她愿以世间稍纵即逝的乐趣换取神圣的希望。这就是，当人生在她周围变得暗淡时，希望将更明亮，并以最后的荣光把一片漆黑染成金色。她像盛开在天国里的一朵百合花那么漂亮、纯洁。牧师非常清楚，他本人已被供奉在她那纯洁的心灵里。她在心中垂挂起雪白的帘子，围绕着他的肖像，将爱的温暖给予宗教，将宗教的纯洁给予爱情。那天下午，鬼使神差，一定是撒旦把这个可怜的姑娘从她的母亲的身边诱走，将她推向这个受到严重诱惑的人，或者——要不要我们换一种说法？——这个堕落的、绝望的人经过的小路。当她走近的时候，撒旦悄悄地叫他紧紧地缩成一团，在她娇嫩的胸中播入一颗邪恶的种子。可以肯定的是，它很快就会秘密地开花，不久便结成邪恶的果实。牧师意识到自己有控制如此信任他的这个纯洁的灵魂的能力。他觉得只要使出一个邪恶的眼色，就能摧残她的全部单纯，或仅用一句话，便会使她的单纯走向反面。于是，他在经过一番未曾经历过的斗争之后，用那件黑色宽袖长法衣遮住脸，假装没有认出她的样子，匆匆地走了过去，任凭这位年轻的女教徒去领会他的无礼。她苦苦地检查自己的良心——她的良心犹如她的口袋或针线盒一样，充满着无害的小物品——而且，这个可怜的人，她为无数想象中的过失而责备自己。第二天早晨，她在干家务时，眼睑都哭肿了。

牧师还顾不得庆祝对这最后的诱惑赢得的胜利，就意识到另一个更荒谬可笑的、可怕的冲动。这就是——我们说起来都感到脸红——就是想猛然停在路上，去教正在那儿玩耍，刚开始牙牙学语的一群清教徒儿童一些非常刻毒的话。他克制住这一怪念头，因为他认为这与他的牧师身份不相称。这时，他遇到了一个醉醺醺的水手。他来自加勒比海，是那条船上的船员。这时，由于他已经这么勇敢地克制住其他一切邪恶念头，可怜的丁梅斯代尔先生渴望至少过去与这个蓬头垢面、满口脏话的人握握手，以一些亵渎神灵的、下流的笑话——放荡的水手们满腹都是此类笑话——以及一连串有趣、有力、大快人心、藐视天国的咒骂来消遣消遣！最后，他能安然地渡过后面这场危机，与其说是因为他有较好的道德准则，倒不如说部分是因为他天性中的风雅，但更多的则是因为他已习惯的牧师礼节。

“是什么东西在这样困扰和诱惑着我？”牧师终于对自己嚷道。他停在街上，以手击前额。“我疯了吗？或者，我已经完全将自己托付给魔鬼了吗？我在森林里跟他订立了契约，并用我的鲜血签字了吗？现在他要通过让我实施他的最卑劣的想象力能想得出的一切邪恶使我履行契约吗？”

正当丁梅斯代尔牧师先生这样沉思着，并以手击自己的前额时，据说有名气的女巫希宾斯老夫人正巧路过。她浓妆艳抹地登场，披着一条长长的头巾，身穿华丽的天鹅绒礼服，以及用著名的黄色淀粉浆浆过的皱领。制作这种黄色淀粉浆的秘方是她的密友安·特纳教她的——在这位最善良的夫人因托马斯·奥弗伯里爵士谋杀案而被绞死之前。不管这个女巫有没有看出牧师的心思，她突然停下脚步，用敏锐的目光盯着他的脸，狡黠地微笑着，并开始与他攀谈起来——虽然她不习惯与任何牧师谈话。

“这样看来，尊敬的先生，你是到过森林里了，”女巫说道，披着那条长长的头巾向他点头，“下一回请你事先通知我一声，我十分乐意陪你去。不是我吹牛，只要我说一句好话，任何陌生的先生，都将从你知道的那个有权势的人那儿得到很好的接待。”

“我承认，夫人，”牧师恭敬地回答道，这位夫人的地位和他自己良好的教养使他必须这样做，“凭良心和人格担保，我坦诚地说，你的话里的意思我一点也听不懂！我不是到森林里去寻找有权势的人物。在将来的任何时候，我也不会带着得到这样一位要人的欢心的计划到那儿去游览。我去那儿的唯一理由就是要向我那位虔诚的朋友——埃利奥特使徒问候，并跟他一起，为他从异教那里争取过来了许多宝贵的灵魂感到欢欣鼓舞！”

“哈！哈！哈！”老巫婆咯咯直笑，仍然披着那条长长的头巾向牧师点头，“好啦！好啦！我们白天不得不这么讲话！你像个老手，能装作若无其事的样子！可是半夜在森林里，我们就可以谈谈别的了！”

她以老年人的威严继续朝前走，不过，她总是回过头来向他微笑，像愿意承认他们两人之间有秘密的亲密关系似的。

“难道当时我已把自己出卖给那个魔鬼了？”牧师想道，

“如果人们说的没错的话，这个戴用黄色淀粉浆浆硬的皱领、穿天鹅绒的老巫婆，就是选择了魔鬼做自己的君主和主子！”

可怜的牧师！他已经做了一笔与这很像的交易！因为受到幸福之梦的诱惑，他有意选择了屈从于他明知应遭天罚的大罪，这是他以前从未做过的。而这一罪恶的传染性毒物，已非常迅速地扩散到他的整个道德体系。它使一切神圣的冲动麻木，却栩栩如生地唤起全部的邪恶冲动。轻蔑、刻薄、非诱发性的恶意、无缘无故的作恶欲望、对任何善良和神圣之举的嘲笑等，全都被唤醒来诱惑他，尽管它们同时也令他心惊肉跳。他与年迈的希宾斯夫人相遇，倘若这是一件真实的事，只能表明他与坏人及无数堕落的灵魂产生了交情。

此刻，他已经抵达他在墓地边缘的住处。他急急忙忙地上楼，躲进他的书房里。牧师为回到这个庇护所感到高兴，因为这样就不会有那些奇怪、邪恶的反常行为使他向世人暴露其本来面目。从街上走过时，他不停地被驱使着去做这些反常行为。他进入自己习惯的房间，环顾四周，目光落到书本、窗户、壁炉和用挂毯装饰的舒适的四壁上，心里还带有从森林山谷到城里，直至这儿，一路上都在困惑着他的那种奇怪的感觉。他曾经在这儿学习和写字；曾经在这儿经历斋戒和夜游，结果被弄得半死不活的；在这里，他奋力祷告；在这里，他承受着无穷无尽的痛苦！还有那部丰富多彩的古希伯来语的《圣经》。摩西[①]和各种预言者正在对他讲话，而上帝的声音透过其中！桌子上是一篇未完成的布道文，旁边有一支沾了墨水的鹅毛笔。布道文中有一句不完整的话，那是两天前他的思想停止洋洋洒洒地在纸上倾泻的地方。他知道，这是他本人，就是这个瘦骨嶙峋、脸色惨白的牧师在做了那些事和遭受了许多痛苦之后，

---

① 摩西，《圣经》中传说率领希伯来人摆脱埃及人奴役的领袖，犹太教的教义、法典多出自其手。

写出来的总督就职布道文！然而，他似乎正站到一边，怀着轻蔑、怜悯，却又有一些羡慕的好奇心端详着以前的自己。这个以前的自己已不复存在了！从森林里回来的他已经换了一个人，一个更明智的人，隐藏着许多神秘的知识，这是先前单纯的他无法取得的。这可是一种痛苦的知识！

就在他沉思的时候，书房的门上传来了一阵敲门声。牧师说道："进来！"——他并非完全没有想到可能会看见恶魔。他真的看到了！进来的是年迈的罗杰·奇林沃思。牧师站着，他脸色苍白，说不出话来，一只手搁在希伯来语的《圣经》上，另一只手按住胸部。

"欢迎你回来，可敬的先生！"医生说道。"你觉得那位虔诚的埃利奥特使徒怎么样？不过，亲爱的先生，我看你脸色苍白，似乎野外的这趟旅行对你来说太辛苦了。要不要我帮你增强勇气与力量，以准备总督就职布道？"

"不，我认为没必要，"丁梅斯代尔牧师先生回答道，"我这么长时间被关在书房里，这次旅行，与虔诚的使徒会面，呼吸自由的空气，都对我的身体大有好处。我想，我不再需要你的药了，我的仁慈的医生，尽管这些药很好，而且是经过友好之手配制的。"

罗杰·奇林沃思始终以医生对病人那种特有的严肃和集中的目光注视着牧师。然而，尽管有这虚饰的表面，牧师几乎确信这个老头已经知道，或者至少已经深深地怀疑他与赫丝特·普林会面的事。医生那时已经知道，在牧师看来，他再也不是一位可信赖的朋友，而是与他最不共戴天的敌人。在了解了这些之后，似乎理应有些表示。然而，奇怪的是，往往要等很长时间过去了，语言才能说明情况。两个决定避开某一话题的人，虽然已接近它的边缘，却又安全地退却，丝毫不去点破它。因此，牧师一点也不担心罗杰·奇林沃思会以明确的语言，谈及他们彼此所处的真实的状况。但是，医生已经可怕地蹑手蹑脚地摸近这个秘密了。

“你今晚再利用一下我那不怎么高明的医术，”他说道，“是不是更可取呢？毫无疑问，亲爱的先生，我们必须下苦功，使你身强体壮，并能精力充沛地进行总督就职布道。人们对你的期望很高，生怕明年发现他们的牧师不在人世了。”

“是啊，到另一个世界去了，”牧师虔诚地、无可奈何地回答道，“但愿上帝答应那是一个更美好的世界，因为，其实我几乎不想再跟我的教徒们度过稍纵即逝的一年的时光！可是，仁慈的先生，以我眼下的身体状况，我不需要服用你的药了。”

“听你这么说，我很高兴，”医生回答道，“说不定我这么长时间徒劳配制的药物现在开始产生一定的疗效了。如果我这次能治愈你的病，我将是个幸运的人，应该深受新英格兰的感激！”

“我衷心地感谢你，我最细心周到的朋友，”丁梅斯代尔牧师先生严肃地笑着说，“我感谢你，但只能以我的祈祷来回报你做的好事。”

“好人的祈祷是宝贵的回报！”年迈的罗杰·奇林沃思离开的时候回答道，“是的，这些祈祷是天国通用的金币，上面还铸造着上帝的圣像呢！”

牧师一人独处时，唤来了一个仆人，叫他把食物端来。食物摆在他面前时，他狼吞虎咽地吃了起来。接着，他将先前写好的那几页总督就职布道文付之一炬，立即开始重写。这一次，他以如此热情奔放、滔滔不绝的思绪一气呵成，以至于他自认为是受神的感召，只是心里感到纳闷：上帝竟然会认为通过他这样拙劣的风琴管，来传播《圣经》壮丽、庄严的乐曲是恰当的。然而，他认真、专注地以飞快的速度继续进行这项任务，让这个谜自行解开，或者任它永远成为一个谜。这样，夜晚犹如一匹飞马，悄然消逝，而他骑着它飞奔而去。天亮了，曙光透进窗帘。终于，晨曦往书房里射进了一道金光，正落在牧师眩晕的眼睛上。他就坐在那儿，手里握着一支笔，身后是已写好的一大篇布道稿。

二十一 新英格兰假日

在举行就职仪式、新总督将接受人民的授职的那个早晨，赫丝特·普林和小珀尔来到了集市广场。这里已经挤满了为数不少的工匠和城里的其他平民百姓，他们当中有许多粗俗之辈。他们的鹿皮服装，表明他们来自殖民地小都会周围的一些森林居留地。

在这一公共假日里，如同在过去七年中的其他一切场合一样，赫丝特身穿灰色粗布衣服。这衣服起到了使她的外表不引人注目和显得轮廓不清的效果。这与其说是由于它的色泽，倒不如说是由于其式样上的某个难以形容的特征。而红字再次把她从这种晨曦的朦胧带回现实中，使她在红字的照耀下显露出其道德面貌。她那张早已为城里人所熟悉的面孔，显示出他们习惯看到的大理石般的平静，犹如一个假面具，或者更确切地说，犹如一个死去的女人脸上的那种冷漠的平静。这一可悲的相似基于这样的事实：赫丝特不能要求任何同情，她实际上相当于已经死了，已经离开了她似乎还与之融合在一起的世界。

在这一天，她的脸上也许会带有以前未曾有过，现在又确实不容易看出来的表情，除非某位有超自然天赋的观察家能首先看出她的心意，然后再去寻找面部表情和态度方面的相应变化。这样一位心灵先知该会想到，在过去悲惨的七年里，公众的注视被她作为一种需要、一种赎罪的苦行或者严苛的宗教的一部分来忍受，现在，在这最后一次，她可以坦然、自愿地面对这种注视，以便把长期的痛苦转变成一种胜利。

“再最后看一次红字及其佩戴者吧！”这个被视为民众的受害者和终生奴隶的人也许会对他们这么说，“可是不久以后，你们可管不着她啦！再过几个小时，那深邃、神秘的大海，将会吞没你们使之在她的胸脯上燃烧的标志！”如果我们假定，在赫丝特正要从一直与她紧密联系在一起的痛苦中赢得自由的时候，她的脑子里有悔恨的感觉，也不是不可能的，这并不是一种自相矛盾的行为。对于她在这些成年的岁月里一直品尝着的那杯由苦艾和芦荟制成的苦味药，她有一种最后深深地屏息痛饮一口的不可抗拒的欲望，难道是不可能的吗？今后，递到她嘴边的生命之酒，在金色的雕花酒杯里，一定是香醇、可口和提神的，否则，她在饮完一直使她保持沉醉的苦味酒之后，将不可避免地处于一种困乏的昏昏欲睡的状态中。

珀尔打扮得花枝招展。谁也猜不出这个活泼、欢快的小精灵，竟然是这位身穿灰色服装的女人所生的。同时，谁也不会想到，一个人用如此华丽、雅致的想象力设计出这孩子的服饰，又制作了赫丝特的这件简单的长袍——也许与设计孩子的服饰相比，使这件简单的衣服具有一种明显的特色更为困难。珀尔穿的这套衣服太得体了，它简直是她的性格的一种流露，或是其性格的必然发展和外部显示。这服装离不开她，犹如斑斓的色彩离不开蝴蝶的翅膀，或者瑰丽的色彩离不开鲜花的花瓣似的。这对这些事物来说是这样，对这孩子来说也是这样。她的装束与她的性格完全吻合。况且，在这个盛大的节日里，她的心情有点异常的不安和激动，有点儿像一颗钻石在随着胸部的起伏而跳动与闪烁。孩子们对于那些与他们息息相关的事物的改变总有某种感应，尤其在家庭环境中，只要有了什么麻烦或即将来临什么变革，孩子们总是能意识到。因此，珀尔——她是她的母亲不安静的胸脯上的一颗宝石——通过她情绪上的雀跃，泄露了谁也不能从赫丝特脸上那冷漠、平淡的表情中察觉到的情感。

这种兴奋的心情使她像鸟儿一样轻盈地跳跃，而不是在她的母亲身旁好好地行走。她有时突然发出狂野的、含混不清的喊叫，有时发出尖锐刺耳的声音。她们到达集市广场时，她一看见这地方的骚动与熙熙攘攘，便更加坐立不安了。因为这个地方在乡村礼拜堂前面，通常更像是一片宽阔、孤寂的公共草地，而不像是城镇的商业中心。

“这是怎么啦，妈妈？”她喊道，“为什么今天大家都不干活了？今天是全世界的休息日吗？瞧，那是铁匠！他洗干净了那张被煤烟熏脏的脸，穿上了最好的服装，看上去像想好好地乐一乐似的，要是有哪位好心人愿意教他怎么玩乐就好啦！还有那位老狱卒布雷克特先生，正朝我点头微笑呢。妈妈，他为什么要对我点头微笑呢？”

“他还把你当成婴儿，我的孩子。”赫丝特回答道。

“尽管如此，他也不该对我这样呀——那个黑不溜秋、冷酷无情、眼睛丑陋的老头！”珀尔说道，“假如他愿意的话，他可以向你点头，因为你穿灰色的衣服，还戴了红字。可是，看呐，妈妈，那么多陌生的面孔，他们当中还有印第安人和水手！他们都到这个集市广场来干什么？”

“他们等着观看游行队伍经过，”赫丝特说道，“因为总督和地方行政官们将会走过去，还有牧师们，所有的伟人和好人都将伴着音乐走过去，士兵们走在他们前面。”

“牧师会来吗？”珀尔问道，“他会像你把我从溪边领去见他时那样伸出双臂来欢迎我吗？”

“他会来的，孩子，”她的母亲回答道，“可是他今天不会跟你打招呼，你也不必跟他打招呼。”

“他真是个可悲的怪人！”孩子说道，仿佛在自言自语似的，“在漆黑的夜里，他把咱们喊过去，挽着我和你的手，当时我们就跟他站在那边的刑台上！在密林里，那里只有古树能够听见，只有那片狭长的天空能够看见，他跟你坐在那堆青苔上谈话！他还吻了我的前额，以至于那条小溪几乎无法把他的吻洗掉！可是现在，在这样的白天，在大庭广众面前，他竟不认识我们，我们也不可以认识他！他真是个可悲的怪人，一只手老是搁在心口上！”

“安静，珀尔！这些事你不懂，”她的母亲说道，“现在别想牧师的事了，你看看四周，瞧瞧今天每个人的脸上是多么喜气洋洋。孩子们从学校来到这儿，大人们从商店、田野赶来这儿，都是为了寻求欢乐。因为，今天有一个新人要来统治他们，按照自从一个民族最初聚集以来一直延续的风俗，他们尽情地欢乐，庆祝节日，仿佛一个金色的好年景终于来到这个可怜的旧世界了。”

恰如赫丝特所言，人们的脸上都洋溢着罕见的喜气洋洋的欢乐神色。清教徒把人类弱点所允许的任何欢笑和公众的欢乐——过去如此，在今后两个世纪的大部分时间里仍将如此——都压缩进一年中这个喜庆的季节里了。因此，迄今为止，在驱散了习惯的乌云之后，在这个唯一的假日里，他们几乎不会比其他大多数社区的居民在一个苦难的时期里所表现的显得更严肃。

我们也许夸大了灰色或黑色所表达的情绪，但毫无疑问，这种色彩表现了那个时代的精神状态和风俗。现在波士顿集市广场里的这些人并没有生来就承袭了清教徒的阴郁。他们是土生土长的英国人，他们的祖先曾经生活在伊丽莎白女王时代充满阳光的富庶之中。从总体上看，那个时代英国的生活看起来是世人未曾经历过的，是那样高贵、奢华和快乐。倘若这些新英格兰居民继承了他们的祖先的爱好，他们将会以篝火、宴会、展览和游行来庆祝一切公开的重大事件。在庄严的典礼上，人们把欢快的娱乐与严肃的气氛结合起来，恰似在这样的节日里，国民所披的威严的大外套上绣上了风格奇异、光彩夺目的花，这也不是不现实的事。在殖民地政治年度开始的这一天，在庆祝方式上已显现出了这一试图的某些苗头。古老的伦敦人曾见过的——我们且不说皇家的加冕庆典，单说伦敦市长的就职典礼——那种壮观的仪式，这在我们的祖先根据每年地方行政官的就职典礼所创立的仪式中，都还有所反应，只是有些朦胧了，而且那些被冲淡了的重复已没有什么色彩了。英联邦的祖先和缔造者——政治家、牧师和士兵——都认为在外表上显示出威严和庄严是一种责任。根据古代的作风，这种威严和庄严被视为政府或社会的显赫而适当的外观。全部都出来参加游行，从老百姓的面前走过去，这样就给予了一个新创立的政府的简单机构所需要的尊严。

在这一天，普通老百姓，即使不是被鼓励，也被默许在他们视为宗教而严格奉行的艰苦、高度集中的劳作中放松一下。诚然，这儿没有伊丽莎白女王时代或者詹姆斯国王时代在英国很容易找到的那些大众娱乐设施，没有粗野蹩脚的戏剧演出，没有手弹竖琴演唱传说中的民谣的歌手，没有伴着音乐跳猴子舞的吟游诗人，没有变戏法的魔术师，没有说俏皮话、逗公众乐的小丑——那些俏皮话也许有几百年的历史了，但其借助最广泛的欢笑的共鸣的源泉而仍然有效。进行这种诙谐表演的人不仅受到刻板的法律的压抑，而且还受到给这种法律注入活力的普遍情感的压抑。然而，公众的热情、诚实的脸上依然挂着笑容，也许看上去有些阴森，却也是开怀的笑。很久以前，这些殖民地的居民在英国的乡下庙会中和乡间公共草坪上也目睹和参加了各种运动。人们认为，为了使他们身上具有必不可少的勇气和刚毅，最好让这些运动在这块新的土地上继续传承下去。在集市广场上到处可以见到不同于康沃尔①和德文郡②方式的摔跤比赛；在广场的一隅，正在进行一场友好的棍棒比赛；最引人注目的是在我们前面已多次提到过的刑台上，两名精于防身术的人正在进行一场小圆盾和大砍刀的表演。可是，令观众大为失望的是，这场表演被镇上小官吏的干预打断了。他不允许人们滥用这么神圣的地方而冒犯了法律的尊严。

总之，当时的老百姓正处于无欢乐状态的最初阶段，而且他们又是那些懂得怎么取乐的祖先们的子孙，在庆祝假日这一点上，如果说他们比后代强，甚至超过我们——虽然时间间隔很久，这样说也不会太过分。他们的下一代人——早期移民者的直系子孙——带着清教徒最忧郁的愁容，使整个民族的面貌都变得阴沉，以致后来所有的岁月都无法消除它，我们不得不重新学习已被遗忘的喜庆艺术。

这幅集市广场上的人类生活的图画，虽然主要色彩是英国移民那种暗灰色、褐色或黑色，但由于夹杂着一些不同的颜色，而富有生气。一群印第安人，身穿原始的、华丽的、绣得古里古怪的鹿皮衣服，束着贝壳串珠腰带，佩戴着红色和黄色赭石，插着羽毛，装备着弓箭和石头长矛——远远地站着，面部表情显得呆板、严肃，就连清教徒的表情也远比他们逊色。尽管这些搽脂抹粉的野蛮人很粗野，但他们的面貌还称不上此场面中最粗野

① 康沃尔，英国西南部的一个郡。

② 德文郡，英国西南部的一个郡。

的。堪称最粗野的是一些水手。他们是来自加勒比海的那艘船上的船员，上岸来观看在总督就职日表演的有趣节目。他们的脸被太阳晒得黑黑的，蓄着大胡子，是一群粗暴的亡命之徒；他们穿又宽又短的裤子，用皮带系在腰间，皮带常用粗糙的金片扣紧；他们总是挂着一把长刀，有时也挂一把剑。他们的眼睛在宽边的棕榈叶帽子下面闪烁着。即使在脾气好或兴高采烈的时候，他们的目光也总是带有几分动物的凶残。他们肆无忌惮地违反约束着所有其他人的行为准则：虽然镇上的人每吸一口烟就被罚款一先令，但他们就在小官吏的眼前抽烟；他们随心所欲地掏出口袋中的扁玻璃酒瓶，慷慨地向四周目瞪口呆的人群劝酒，一口口开怀畅饮葡萄酒或烈性酒。航海阶层不仅在岸上被允许有种种任性的举动，而且还被允许在他们自己的生活环境中进行更铤而走险的行动。这明显表现出当时那个刻板的时代的不完美的道德规范。那个时代的水手在我们今天这个时代几乎可以被指控为海盗。譬如，毫无疑问，这条船的全体船员，虽然不是航海界特别坏的人，但是，我们可以说，他们都犯过劫掠西班牙贸易船的罪。如果拿到现代法庭上，他们个个都有上绞刑架的危险。

然而，在那个古老的年代，大海照自己的意志潮起潮落、浪涛汹涌、泡沫四溅或者只受制于狂风暴雨，而几乎无意于受人类法律的约束。海上的海盗可以放弃自己的职业，如果他愿意的话，立即可以在陆地上成为一个正直和虔诚的人；即便在他那无法无天的生涯中，别人也不会不齿于与其进行贸易或临时与其合伙做生意。因此，穿着黑色斗篷，系着浆过的宽领带，戴着尖顶帽子的清教徒长辈，对这些欢乐的海员的吵吵闹闹和粗鲁的举止报以慈祥的微笑。人们看到像年迈的罗杰·奇林沃思医生这样一个有名望的市民走进集市广场，与那条可疑的船只的船长进行亲密交谈，这件事既不会引起人们的惊奇，也不会招惹人们的责备。

就服装而言，那位船长不论在人群中的什么地方出现，他的服装都是最惹眼和最华丽的。他穿着一件上面有许多缎带的衣服，帽子上镶有金线花边，并用金链环绕了一圈，顶上还点缀着一根羽毛。他身佩一柄宝剑，前额上有一道刀伤。他梳理着头发，似乎急于炫耀自己的伤疤，而不是把它掩饰起来。一个在陆地上居住的人如果穿着这样的服装，显露出这副样子，又以轻快活泼的神态如此炫耀，可能就会受地方行政官的严厉审问，或招致罚款或监禁，或戴枷示众。不过，至于这位船长，人们认为一切都与他的身份相称，就像闪闪发亮的鱼鳞与鱼那么相称一样。

布里斯托尔巡航船的船长同医生分手之后，就在广场上闲逛，恰好走到赫丝特·普林站着的地方。他似乎认出了她，便毫不犹豫地跟她搭话。像往常一样，不管赫丝特站在哪儿，她的周围都自动形成一块小空地——一种魔圈——虽然，人们在较远处互相以肘推搡，但谁也不敢，也不愿贸然闯入这个魔圈。红字用这种强制的精神上的孤独笼罩着注定要佩戴它的人。这种孤独，部分是由于她的缄默，部分则是由于她的同胞本能的退避——尽管他们已不再像先前那么刻薄了。现在，这种情况——即使过去不曾有过这样有益的作用——使赫丝特可以与船长谈话而毫无被人偷听的危险。况且，赫丝特·普林在公众面前的名誉已经发生了很大变化，以至于即使城里最以道德著称的主妇有如此举动，结果也就是这样。

“所以，夫人，”船长说道，“我们必须吩咐乘务员在你预先考虑的舱位之外，多备一个舱位！这次航行不必担心患败血病或斑疹伤寒病了！一方面我们有随船医师，另一方面还有另外这名医生。看来，我们唯一的危险将来自药水或药丸。因为，船上有大量的药品，都是我从一条西班牙船上交换来的。”

“你这是什么意思？”赫丝特问道，心里大吃一惊，却故作镇定，“你还有另外的乘客吗？”

“啊，你不知道吗？”船长大声说道，“此地的那位医生——他管自己叫奇林沃思——有意与你们一起搭乘我的船。是的，是的，你想必知道这件事了，因为他告诉我，他和你们是一伙的，而且还是你提起的那位先生的密友——即那位深受这些尖酸刻薄、老朽昏庸的清教徒统治者迫害的先生。”

“没错，他们彼此非常熟悉，”赫丝特平静地回答道，虽然她心里恐慌极了，“很久以来，他们一直住在一起。”

船长和赫丝特之间再没有讲些什么。可是，就在这时候，她看见老罗杰·奇林沃思正站在集市广场最远的角落里向她微笑。这微笑——越过宽阔、喧闹的广场，透过一切谈话声和欢笑声以及人群的各种思想、情绪和兴趣——传递着一种隐秘的和可怕的含义。

二十二 游行队伍

赫丝特·普林还来不及集中思想来考虑在这一触目惊心的新形势下该采取什么有效的办法，就听到从邻近的街道传来了军乐声。这意味着地方行政官和市民的游行队伍正在前往会场的路上。在会场上，根据早先已经确立、后来一直奉行的习俗，丁梅斯代尔牧师先生必须发表总督就职布道。

不久，游行队伍的排头已经出现了，他们正迈着缓慢、庄严的步伐，拐弯，横穿广场而来。走在队伍最前面的是乐队。乐队中的各种乐器，也许彼此间配合得不太好，乐手演奏的技巧也不怎么熟练，但达到了用鼓和号角的和声向公众传递信息的目的——给他们眼前的生活场面增添了更加崇高、更加英勇的气氛。起初，小珀尔拍手喝彩，可是不一会儿，她便失去了整个上午一直使她保持兴高采烈的那种坐立不安的激动心情。她默默地观看着，像一只海面上的海鸟一样，在声浪的缓慢的起伏升降中浮动。军队紧跟在乐队后面，形成游行队伍的义务护卫队。阳光在武器和军队的盔甲上闪烁，这又使珀尔恢复了先前的心境。这个队伍仍然以一个团体的形式存在着——从过去到现在，一直带着古老、体面的声誉——而不是由雇佣兵组成的。这个队伍中有很多绅士，他们感觉到了一种扣人心弦的尚武精神的冲动，寻求建立起一种纹章院[①]。在那儿，正如在圣殿骑士团[②]中一样，他们可以学习军事科学，至少可以从和平时期的演习中学习战斗策略。当时，人们给予军人的高度尊重，可以从这个队伍的每个成员的高傲神态上看出来。实际上，他们当中的一些人通过在低地国家[③]和其他欧洲战争的战场上作战，赢得了表现军人身份和荣耀的头衔。而且，他们的服饰——铮亮的甲胄，羽毛在明晃晃的高顶盔上摆动——具有一种辉煌的气势，这是现代的任何阅兵都望尘莫及的。然而，紧跟在军人护卫队后面的显赫的文官们更值得观赏。即使在外部举止方面，他们也表现出威严的特征，这使军人那高傲的步伐如果不是显得荒唐的话，也显得庸俗。那是一个我们所谓的天才远不如现在那么受重视的时代，可是，展示性格的稳重和端庄在当时却得到了更多的重视。人们凭借遗传，拥有了敬畏的品质。这些品质在他们的后裔身上，如果还有幸存的话，也已所剩无几了，而且在挑选和评估政治官员时，其力量也已锐减了。这一变化可能有利，也可能有弊，也许利弊参半。在过去的年代，在这些荒野的海岸上生活的殖民者，已把国王、贵族及各种可怕的地位、等级都统统抛在后头。然而，敬畏的能力和要求在他们身上依然根深蒂固——把尊敬施与白发和可敬、年迈的面孔；施与久经考验的正直；施与坚实的智慧和凄惨的经历；施与表现出永久的概念，并应属于尊敬的一般定义的那种严肃的、有分量的天赋。因此，早期人们挑选的这些掌权的政治家们——布蕾兹特里特、恩迪科特、达德利、贝林厄姆[④]以及他们

① 纹章院，15世纪英国建立的一种皇家社团，主要处理纹章（勋章）问题。

② 这是信徒们在1118年为保护圣墓、圣地及朝圣香客而在耶路撒冷组织的僧兵团。

③ 指北海沿岸的低地国家：荷兰、比利时和卢森堡。

④ 这四位先后都当过新英格兰殖民地的总督。

的同辈，似乎并非总是才华横溢，也不是以其智慧著称，却很沉着冷静。他们坚韧不拔、充满自信，在遇到困难或危险的时候，为了国家的幸福，像顶住狂风恶浪的悬崖峭壁一样巍然屹立。这里表明的性格特征，在新殖民地地方行政官的那张四方脸和魁梧体魄上得到了充分的体现。就天生的权威风度而言，这些民主政体的最重要的人物，如果被吸收进贵族院，或进入主权国的枢密院，也会无愧于祖国[①]。

依序紧跟在地方行政官们后面的，是赫赫有名的年轻牧师，人们正期望从他口中听到一年一度的宗教布道。在那个时代，他的职业与政治生活相比，更能展现其智力才能。因为——且不说那更高尚的动机——这种职业在近乎崇拜的社会情境中，足以具有吸引雄心勃勃的人来服务的强大的诱惑力。就连政治权力——正如英克里斯·马瑟[②]的情况一样——也在一个成功的牧师的牢牢掌握之中。

现在看到丁梅斯代尔先生的人都注意到，自从他踏上新英格兰海岸以来，从未曾见过他像现在这样以有力的步伐和神态在游行队伍中行进。他的脚步不像其他时候那样虚弱无力，他的身躯没有弯曲，他的手也没有病态地搁在心口上。然而，假如我们对牧师做正确无误的观察的话，可以看出他的力量似乎不是发自身体，而是发自精神——是举行天国的宗教仪式给予了他力量。那也许是烈性的兴奋剂产生的兴奋。这种兴奋剂只有在诚挚的、长久不断的思想的熔炉里才能被提取出来。或者，也许他的敏感气质，为向天空升腾并在其上升的声浪中将他抬起的喧闹和尖锐刺耳的音乐所振奋。然而，丁梅斯代尔先生的表情是这么心不在焉，甚至他是否听见了音乐都值得怀疑。他的身体正以一种罕见

① 此处指英国。

② 英克里斯·马瑟（1639—1723），美国新教领袖，1685到1701年间曾任哈佛大学校长。

的力量向前移动。可他的心思在哪儿呢？它又深又远地进入自己的领域，正忙着进行超自然的活动，引导着一长串庄严的思想，不久，这些思想将从那儿发出。于是，他对周围的一切什么都看不见，什么都听不见，什么都不知道；然而，精神的要素举起他虚弱的身躯，抬着他朝前走，并未感觉到他的重量，也把身体转变成精神一样的东西。有些患了病而又才智过人的人可以通过巨大的努力产生一种力量，将许多日子的生命聚集于一时，在之后的日子里，他又毫无活力。

赫丝特·普林目不转睛地凝视着牧师，感到有种阴郁的影响力在支配着她，但为什么会有这样的感觉，或这种影响力从何处来她都不知道，只是他看上去似乎与她的天地相距甚远，全然非她所能及。她想象着他们彼此之间应该交换一次一眼就能认出的眼色。她想起了昏暗的森林，它那充满着孤独、爱情和痛苦的小山谷和长满青苔的树干。他们手拉手地坐在那儿，把他们伤心的和热情洋溢的谈话与小溪的令人伤感的潺潺流水声交织在一起。当时，他们对彼此的了解是多深啊！然而这就是那个男人吗？她现在简直不认识他了！他像是沉浸在美妙的音乐中，与威严可敬的前辈组成的游行队伍一起，高傲地走了过去。他，以其世间的地位已是那么令人难以接近；而今，她眼前的他已陷入了无同情心的思绪中，就愈加遥不可及了。她情绪低落，心想一切都只是幻想——正如她逼真地梦想过的，牧师和她之间，不可能有任何真正的契约。赫丝特身上具有这么多女性气质，因此她几乎不能原谅他。现在，当他们已经可以听到即将来临的命运的沉重脚步声越来越近、越来越近的时候，她就更不能原谅他了！——因为他竟可以这么彻底地从他们共同的世界中退出来，而她在暗中摸索着，伸出她那双冰冷的手，却找不到他！

珀尔或是看出了母亲的情感并对此有所反应，或是她自己觉得牧师突然变得如此冷漠和难以琢磨，当游行队伍过去时，这孩子开始不安起来，像一只上下拍动着翅膀即将飞翔的小鸟那样。当游行队伍全部走过去之后，她仰起头来，直视着赫丝特的脸——

“妈妈，”她说道，“那就是在溪边吻我的牧师吗？”

“别出声，小珀尔宝贝！”她的母亲低声说道，“我们不可以老是在广场上讲我们在森林里发生的事。”

“我不能相信这就是他。他看上去多么陌生，”孩子继续说道，“否则，我就会跑过去找他，让他在大庭广众面前吻我，如他在那昏暗的老树林中吻我一样。妈妈，牧师会怎么说呢？他会把一只手按在胸口上，对我怒目而视，叫我走开吗？”

“他能说什么呢，珀尔，”赫丝特回答道，“只能说这不是亲吻的时候，也不该在集市广场上亲吻。傻孩子，你还是不要去跟他说话的好！”

对于丁梅斯代尔先生，有一个人表达了同样的看法。这个人的怪癖——或者我们所称的癫狂——诱使她干出很少有市民敢做的事：在大庭广众面前与红字的佩戴者交谈。她就是希宾斯夫人。她身着华丽的服饰——三层轮状皱领，绣花的胸衣，奢华的天鹅绒礼服，拄着一根金头拐杖——出来观看游行。鉴于这位老太太有着不断发生的一切巫术的主要行为者的名声（这后来使她付出了生命的代价），她前面的人群纷纷让路，生怕被她的衣服碰到，仿佛那奢华的衣褶中带有瘟疫似的。虽然如今已有很多人对赫丝特·普林很友好，但人们看到她和希宾斯夫人在一起，被激起的恐惧加倍了，这在这两个女人站着的那部分集市广场上引起了骚动。

“啊，凡人要明白这件事，需要多大的想象力啊！”老夫人亲密地对赫丝特耳语道，“那边的那位圣人！那位人间的圣人——正如人们认为的那样，而且——我必须说，他看上去真的像个圣人！现在，看到他跟着游行队伍走过去的人，谁会想到，从他走出自己的书房——嘴里正咀嚼着希伯来语的《圣经》经文——到林中散步才多大的工夫！啊哈！赫丝特·普林，只有我们知道这是什么意思！可是，老实说，我真的难以相信他就是那个人。我看见许多教徒走在乐队后面。他们曾跟我合着同样的节拍跳过舞。当时某某人是小提琴手，可能还有印第安巫师或拉普兰[①]巫师与我们拉着手！对于一个通达世事的女人来说，这只是小事一桩！可是这位牧师，赫丝特，你能确切地断定，他就是你在林中小道上遇到的那个人吗？"

"夫人，我不知道你在说什么，"赫丝特·普林回答道——她认为，希宾斯夫人有精神上的疾病，却可以那么自信地断定这么多人（包括她自己）和魔鬼之间产生了个人联系，对此她大为吃惊，并深感敬畏，"轻率地谈论像丁梅斯代尔牧师先生这样一位学问渊博、虔诚的牧师，对我而言不合适！"

"呸，女人，呸！"老夫人嚷道，朝她晃动着手指表示威胁，"你想，我到过树林里那么多次，能不知道如何分辨还有谁到过那儿吗？没错，尽管他们在跳舞时戴在头上的花环的叶子并没有留在他们的头发上！我了解你，赫丝特，因为我看到了这个标志。在阳光下，我们都可以看见它，而在黑夜里，它像一团红红的火焰那样闪闪发光。你公开佩戴着它，因此，这点没有任何疑问。可是这位牧师！让我在你耳旁悄悄地告诉你吧！当魔鬼见到他自己的一个签名盖章的仆人，像丁梅斯代尔牧师先生这样对承认同盟顾虑重重时，他自有处理问题的方式，使那个标志暴露在众目睽睽之下！牧师老是将一只手搁在胸口，他想隐藏的是什

① 拉普兰，北欧地名，包括挪威、瑞典、芬兰北部及俄罗斯西北部科拉半岛的一个地区。

么呢？哈！赫丝特·普林！”

“是什么呢，希宾斯夫人？”小珀尔急切地问道，“你看见过吗？”

“那无关紧要，宝宝！”希宾斯夫人回答道，深深地向珀尔鞠了一躬，“你自己总有一天会看到的。孩子，据说你具有魔鬼的血统！在晴朗的夜晚你跟我一块儿乘风去看望你的爸爸，好吗？那时候，你就会明白牧师为什么老是把手搁在胸口上了！”

这个离奇古怪的老妇人走了，边走边尖声地哈哈大笑，笑得整个广场的人都听到了。

此刻，会场中已做过预备祷告，人们可以听到丁梅斯代尔牧师先生布道的声音了。一种不可抗拒的情感迫使赫丝特靠近会场。神圣的大厦太拥挤了，无法多容纳一位听众，于是，赫丝特便在紧挨绞刑架的地方找了一个位子。这儿够靠近了，整个布道都可以传到她的耳朵里。牧师以他特有的、微弱但多变的、低沉的、流畅的声音，滔滔不绝地讲了起来。

发音器官本身就是一种宝贵的天赋。因此，一位不懂说教者所使用的语言的听众，光凭其语调和节奏，也能听得摇头晃脑。它像音乐一样，能以人类心灵天生的语言，对无论在哪里受教育的人们都抒发出热情、怜悯、高尚或温柔的情感。他的声音因为受到教堂的围墙的阻隔而低了很多，但赫丝特·普林听得如此专心，并在内心深处产生共鸣，以至于布道对她而言始终有一种完全与其难以分辨的语言无关的含义。如果听得更清楚的话，这些话语也许只是一种粗俗的媒介，阻碍了精神上的意义。现在，她听到他的低声细语，像风声一样渐渐减弱，进入静止状态；接着，当声音通过逐渐地增加力量上升起来的时候，她也随之升起，直到那声音用一种令人敬畏和庄重的气氛笼罩着她。可是，虽然他的声音有时变得威严，但自始至终都有着悲哀的基本特征：宛若受苦的人或高声或低沉地痛苦地诉说——或悄声耳语，或尖声喊叫，触动了每个人的心弦！在孤寂的沉默间，不时隐约听到的，只有这种深沉、怜悯的语调。然而，即使在牧师的声音升高和变得威严的时候——当它压抑不住、滔滔不绝地朝上扬的时候——当它使尽最大的力量，于是充满整座教堂，甚至穿过坚固的墙壁，扩散到露天去的时候——倘若听众聚精会神并带着目的地听，那么，他们仍然能听出同样痛苦的哀鸣。那是怎么回事呢？那是一颗充满忧愁，也许充满愧疚的人心，将它无论是愧疚的或悲哀的秘密，向人类高尚的心透露；他在每时每刻，以每一种腔调，恳求人类的同情或宽恕，而且绝对不是徒劳的！正是这一深刻的、连续不断的、低沉的声音，给了牧师最恰如其分的力量。

在此期间，赫丝特始终像雕像似的立在绞刑架下。倘若不是牧师的声音让她待在那儿，那么，这地方一定有着无法规避的吸引力。这儿是她的耻辱生活的起点。她内心深处有种感觉——虽然称不上是种思想，但却沉重地压在她的心头，她觉得自己前前后后的整个生活，都与这个地点有关联，好像那里是一个把她的生活统一起来的地点。

此时，小珀尔已离开她的母亲的身边，随意地在集市广场玩耍。她以自己那闪闪发亮的光辉，把忧郁的人群逗乐了，她犹如一只羽毛鲜艳的小鸟，在一簇簇朦胧的树叶中若明若暗地飞来飞去，使那棵长满微黑的树叶的大树也变得明亮了。她的动作像波浪一样起伏，往往是敏捷的、无规律的。这表明了她精神上的不安定的活力。今天，因为受到她母亲不安情绪的煽动和刺激，她一直踮着脚尖雀跃，更加不知疲倦了。每当珀尔见到任何能激起她的活跃的好奇心的事物，她便奔向那儿，只要她想要，就把某个人或某件东西据为己有，对自己的行为丝毫不加约束。清教徒们在一边旁观看着。即便他们微笑着，但仍然会根据她那难以形容的美艳和古怪的魅力，断言她是魔鬼的后代。她跑着，跳着，瞧着那个野蛮的印第安人的脸，而那个印第安人则渐渐地意识到这是一个比他更加狂野的人。因此，带着天生的鲁莽和冷漠的性格特征，她跑到那群水手中间。正如印第安人是陆上的野蛮人一样，这些水手是海上脸孔黝黑的野蛮人。他们以惊叹的目光凝视着珀尔，仿佛一片海面上的泡沫呈现出了一个小女孩的形状，并被赋予了夜间在船头底下闪亮的海火①一样的灵魂似的。

其中一个海员——实际上，他是曾经与赫丝特·普林谈话的那位船长——被珀尔的容貌深深地迷住，以至于他想伸手抓住她，以便乘机亲她一下。当他发现要碰到她，简直如同抓到空中的一只蜂雀一样不可能时，他就解下了缠绕在帽子上的那条金链，朝那孩子扔去。珀尔立即灵巧地将它盘绕在自己的脖子和腰上。金链一盘在她身上，便成了她的一部分，简直难以想象她可以没有这条金链。

“你的母亲是那边那个戴红字的女人吗？”船长说道，“你替我给她捎个口信，好吗？”

“如果这口信使我高兴的话，我就愿意。”珀尔回答道。

“那么，你告诉她，”他又说道，“我又跟那个面色黝黑的驼背老医生谈过了，他答应把他的朋友——她认识的那位先生——带上船。因此，除了你和你的母亲之外，叫你的母亲就不必再操什么心了。把这件事告诉她，好吗，你这小女巫？”

“希宾斯夫人说我的父亲是个魔鬼！”珀尔嚷道，脸上露出了淘气的笑容，“假如你用这个不吉利的名字叫我的话，我就把你的事告诉我的爸爸，他就会用暴风雨来追逐你的船！”

---

① 海火，指海里含磷的生物发出的光。

孩子沿着横穿集市广场的一条蜿蜒的道路，回到她的母亲那里，传达了船长所说的话。一看到这一不可避免的厄运的阴郁、狰狞的面目，赫丝特坚强、镇静、坚定不移的精神终于消沉了。正当牧师和她似乎寻到了一条能使他们走出痛苦的迷宫的通道的时候，这狰狞的面目带着冷酷的微笑，出现在他们的道路中间。

船长的消息使她陷入可怕的困惑之中，她感到心烦意乱，又遭受着另一种磨难。在今天到场的人中，有不少来自附近的乡下。他们常常听人说起红字的事。由于种种不实的和添油加醋、夸大其词的话语，红字已成了非常可怕的东西，但他们还从未目睹过它的风采。在其余形式的娱乐玩腻了之后，现在这些人带着粗鲁和乡巴佬的冒昧，蜂拥在赫丝特·普林的周围。尽管他们横冲直撞、肆无忌惮，但只在几米以外围成一个圈子，不敢再挨近。他们在那儿站着，那神秘的符号引起的一种令人厌恶的离心力把他们固定在那儿。那一大群水手注意到密集的观众，并了解了红字的含义之后，也走了过来，将他们被太阳晒得发黑的亡命之徒的面孔探进这个圈子里。甚至印第安人也受到白人的冰冷的好奇心的影响，悄悄地穿过人群，用他们蛇一般的黑眼睛紧紧地盯住赫丝特的胸脯。也许，他们认为这个金光闪闪的刺绣标志的佩戴者是这些人当中的一位高贵的人物呢。最后，城里的居民（他们对这个陈旧的问题的兴趣，因感受到别人的兴致的共鸣而慢慢地恢复）懒懒散散地逛到同一个地方，以他们那熟悉的冷淡的目光凝视着她那耻辱的标志，这些人也许比其他人更使她苦恼。赫丝特认出了七年前等待她从监狱大门出来的那群主妇的面孔——除了一个人外，其他的都一样。这个人就是她们当中最年轻并唯一富有同情心的那个——她的寿衣是后来赫丝特替她缝制的。在这最后的时刻，当她很快就要扔掉这个灼人的红字的时候，红字竟奇怪地成了更引人注意的兴奋的中心，因此，它在她的胸脯上灼烧，比她从第一天戴上它以来的任何时候，都更加使她痛苦。

赫丝特站在那个耻辱的魔力圈里——对她的这一阴险、残酷的判决似乎永远把她固定在那儿——令人赞美的布道者正从神圣的讲坛上俯视这些听众。他们内心最深处的情绪都已听从于他的支配了。教堂里神圣的牧师！集市广场上戴红字的女人！什么样的想象力才敢于如此不恭地推测，在他们两人身上有着同样灼热的耻辱标志？

二十三 红字的显示

牧师那激昂的声音终于停下来了。听众的灵魂犹如漂浮在波涛汹涌的海浪上一样，被这声音高高地托起。会场上出现了瞬间的沉默，如同在发布神谕后那样鸦雀无声。接着，是一阵嘁嘁喳喳声和喧哗声。听众仿佛从把他们带进另一思想领域的强大魔力中解脱出来似的清醒过来，但仍然怀着深深的敬畏和诧异。又过了一会儿，人群开始从教堂的几道门涌出。既然布道结束了，他们需要呼吸新鲜空气，这更适宜于维持他们重新陷入的粗俗的尘世生活，而不是呼吸布道者已将其转变成慷慨激昂的言辞，并充满了他的思想的浓郁气息的空气。

一到了户外，他们的狂喜突然变成了话语。在整条大街和集市广场上，处处都在喋喋不休地赞美牧师。他的听众，直到都把自己最好的心得转告别人，才能安静下来。根据他们一致的证明，从来没有一个人像他今天这样怀着如此崇高、如此神圣的心情进行了如此充满智慧的演讲。神的启示从他的口中被吐露出来，比通过任何凡人之口被说出都更清楚。人们似乎可以看到神的启示的影响突然落到他身上，支配着他，不断地将他举起，使他离开摆在他面前的布道讲稿，使他充满着对他和对听众一样不可思议的念头。他布道的主题看来是“上帝和人类社会两者之间的关系”，特别涉及正在这里开垦荒野的新英格兰。后来，当他的布道快结束的时候，他突然有了一种类似预言的精神，像以色列的老预言家们那样，他被迫宣布这一预言，只是有一点不同，即犹太人的预言家们预言他们国家的天罚和毁灭，而他的使命则是预言新聚集的基督教徒将有一个崇高和荣耀的命运。然而，在整个布道中，自始至终都隐含着一股深深的、令人忧伤的悲情。这只能被解释为对一个即将逝世的人表示自然的遗憾。是啊，他们这么爱戴的牧师——而他也这么爱着他们大家，因此，他不能连一声叹息都没有就上天堂——已预感到自己将会英年早逝，并且在不久之后将在他们的一片哭声中离开他们！牧师即将离开人世的想法，最后加强了布道者所产生的效果，就像一个天使在飞往天空时，在人们的上方摇动了一会儿闪亮的翅膀——既是阴影，又是光辉——给人们撒下了一阵珍贵的真理。

因而，丁梅斯代尔牧师先生进入了一个比以前任何时候或者比今后更加辉煌和更加充满喜悦的新时期——正如大多数人在他们各自的领域里的情况一样，虽然直到很久以后，他们才认识到这点。此刻，他就站在这个最值得骄傲的显赫的位置上。当职业特点是地位崇高的、受人尊敬的偶像时，智力天赋、渊博的学识、雄辩的口才和最纯洁无瑕的神圣的名声，可以把新英格兰初期的一位牧师捧上这样的高位。这就是牧师现在所处的地位。总督就职布道结束时，他在布道坛的坐垫上俯首向前。与此同时，赫丝特·普林站在颈手枷的刑台旁边，红字依然火辣辣地在她的胸脯上灼烧着！这时，教堂大门处又传来了音乐的喧闹声和军人护卫队整齐的脚步声。游行队伍预备从那儿走到市政厅。在市政厅里，人们将通过一场盛大的宴会圆满地结束当天的典礼。因此，人们再次看到那群可敬、威严的前辈穿过人群中间的宽阔的大道。总督和地方行政官们，老年人和贤哲，圣洁的牧师以及所有杰出的、著名的人物朝人群走过去，人们都恭敬地往两旁退去。当他们全都进入集市广场时，人们向他们欢呼致意。这被认为是仍然还在他们耳际回响的那篇高谈阔论和滔滔不绝的言辞在听众中激起的难以压抑的热情——虽然，毫无疑问，那个时代赋予人们对统治者幼稚的忠诚也起到了推波助澜的作用。每个听众都感到自己有这种冲动，同时，也受到其旁边的人的感染。在教堂里，这种欢呼声几乎难以抑制；在露天处，它响彻云霄。有足够多的人、足够高度的兴奋及和谐的感情，产生出比狂风的呼啸声、雷鸣声、大海的怒号声更感人的声音。声音渐渐增强，与人类的冲动——这种冲动同样把众人的心变成一颗巨大的心——汇合成一个巨大的声音。在新英格兰的土地上，从未有过这样的欢呼声！在新英格兰的土地上，从未有人像这位布道者这样受到他的凡人同胞的尊敬！

那么，他的实际情况又是怎样的呢？他的头顶上不是有耀眼的光粒子组成的光环吗？他因精神因素而变得如此轻飘，又被敬慕者们奉若神明，他的脚步在游行队伍中真的踩在尘土上了吗？

当军人和文职长官朝前迈进时，每个人的目光都转向可以看见牧师向他们走来的那一点上。当人群中的一部分人瞥了牧师一眼时，此起彼伏的欢呼声渐渐变成了喃喃声。在这胜利的喜悦中，他看上去是多么虚弱和苍白啊！他的精力已经如此忠诚地履行了自己的职责，他的力量——或者更确切地说，那种支撑着他传达神圣的启示，又为他从天国那儿带来自己的力量的灵感——已经荡然无存了。他们不久前刚从他的脸颊上看到的燃烧着的红光消失了，犹如火焰在余烬中无可奈何地熄灭了似的。那死灰的颜色使他的脸看起来不像是一张活人的脸。

他的身体也不像是个有生命的人的身体——那么有气无力

地一路蹒跚着。他这样蹒跚着，但没有倒下！他的一位牧师同仁——可尊敬的约翰·威尔逊——看到理智和情感的退潮使丁梅斯代尔先生处于这样的状态，赶紧走上前去搀扶他。牧师颤颤颠地断然拒绝了那位老人的手臂。他依然继续往前走——如果那动作能称为“走”的话。他的动作就像一个学步的婴儿那样摇摇摆摆——眼前是母亲伸出的双臂，怂恿他朝前迈去。现在，虽然他几乎不知道自己的脚步正迈向何处，但他还是来到了他记忆犹新的、因风吹日晒而变黑的绞刑台的对面。在经历许多乏味的岁月之前，赫丝特·普林曾在这里面对世人令她屈辱的凝视。赫丝特牵着小珀尔的手，就站在那儿！她胸前佩戴着红字！牧师在此停下来，尽管乐队仍然吹奏着威严的、欢乐的进行曲，游行队伍正和着这乐曲前进。这乐曲召唤他继续前进——前往参加宴会——可是他在此停了下来。

贝林厄姆在过去的几分钟里一直焦急地注视着牧师。他现在离开自己在游行队伍中的位置，走上前来搀扶牧师。从丁梅斯代尔先生的神色判断，如果不扶他的话，他难免要摔倒。可是后者的那种表情使这位地方行政官望而却步，尽管他并不是一个会毫不犹豫地听从人们彼此之间传递的模糊的暗示的人。这时，人们怀着敬畏和惊讶的心情观看着。在他们看来，这种肉体的衰弱只是牧师的天国力量的另一个方面，倘若他就在他们眼前升天，渐渐变得更模糊、更明亮，最终消失在天国的灵光中，那么，一位如此神圣的人创造这样一个奇迹，似乎也不是一件太高不可攀的事！

牧师转向绞刑台，伸出双臂。

“赫丝特，”他说道，“到这儿来！来吧，我的小珀尔！”

他脸色惨白地注视着他们，但同时也带着一种温柔的、奇特的胜利神情。那孩子以鸟一般的动作——这是她的特点之一——

向他飞奔而来，双手抱住了他的双膝。赫丝特缓慢地，仿佛受不可避免的命运的驱使和违背自己最坚强的意志似的，同样向他走去，但还没到他跟前就停住了。就在这个时候，老罗杰·奇林沃思猛然挤过人群——或者，他的神色太阴郁、太不安、太邪恶了，也许他是从地狱爬出来的——想揪回他的受害者，不让他做他试图做的事！不管情况如何，这个老头冲上前去，抓住了牧师的手臂。

"你疯啦，站住！你要做什么？"他低声说道，"挥手叫那个女人回去！放弃这个孩子！一切都会好起来的！别给你的名声抹黑，否则你会在耻辱中死去！我还可以救你！你愿意让你的神圣的职业声名狼藉吗？"

"哈，诱惑者！我想你来得太晚了！"牧师回答道，胆怯但却坚定地看着他，"你的权力已经今非昔比了！在上帝的帮助下，我可以马上摆脱你！"

牧师再次向戴红字的女人伸出手。

"赫丝特·普林，"他大声说道，声音带着刺耳的诚挚，"如此令人敬畏、如此仁慈的上帝，在这最后的时刻，恩准我去做七年前我阻止自己做的事——因为我罪孽深重、痛苦难当——到这儿来吧，给我一些力量吧！你的力量，赫丝特，但要让它受上帝赐予我的意志的支配！这个可怜的受害的老头正在竭力地反对这样做！他在竭尽自己的一切力量和魔鬼的力量来反对！来吧，赫丝特，来吧！扶我走到那边的绞刑台！"

人群中一片骚动。紧挨牧师站着的那些有地位、有身份的人对他们所见到和感到如此惊奇、如此困惑，以致无法接受最容易地呈现在他们眼前的解释，也想象不出任何别的解释。因此，他们保持缄默，成为旁观者，观看上帝正欲做出的判决。他们见到牧师靠在赫丝特的肩上，由她的一只手臂扶着，走近绞刑台，登上台阶，而他的手里还紧紧地握着那个因罪孽而生的孩子的一只小手。老罗杰·奇林沃思跟在后面，犹如一个与这场罪恶和悲哀的戏剧密切相关的人一样。在这场戏剧中，他们全都是演员，因此，完全有资格在结尾的一幕登场。

“你就是把全世界都找遍，”他说道，以略带威胁的目光盯着牧师，“除了这个绞刑台外，就是再秘密的地方——不论高处或低处，你都逃不过我的手心！”

“感谢上帝把我领到了这儿！”牧师回答道。

然而，他浑身战栗，转向赫丝特，目光中带着疑惑和焦急，嘴上依然明显地露出一丝无力的笑意。

“这难道，”他喃喃道，“不比我们在森林里所梦想过得更好吗？”

“我不知道！我不知道！”她匆匆地回答道，“更好？是的，这样我们俩都可以死去，小珀尔也跟我们死在一起！”

“你和珀尔，应该听从上帝的安排，”牧师说道，“上帝是慈悲的！现在，让我按照他已经一目了然地摆在我眼前的意愿去做吧。因为，赫丝特，我是一个快要死的人，所以，让我赶快承担起自己的耻辱吧！”

丁梅斯代尔牧师先生一边由赫丝特·普林搀扶着，一边拉着小珀尔的一只手，把身子转向可敬的统治者们；转向圣洁的牧师们——他们是他的教友；转向公民们——他们的伟大心胸完全被吓坏了，但当他们知道某一深奥的人生事件现在就要向他们披露，知道即便这个事件充满了罪恶，但同样也充满了极度的痛苦和悔悟时，他们都满怀悲哀的同情。当牧师从人群中挺身而出，在上帝的法庭上提出有罪的请求时，尚未过正午的阳光洒在牧师身上，把他的身影照得分外鲜明。

“新英格兰的公民们！”他大声喊道，高昂、严肃、威严的声音在他们上方响起，却始终带有颤音，有时从深不可测的悔恨和悲哀中发出一声哀鸣，“你们，曾经爱过我！——你们，曾经认为我是圣洁的！——看到我，一个世间的罪人站在这儿！终于！——终于！——我站在了七年前就该站的地方，跟这个女人一起站在这儿。她用她的那只臂膀，以大于我用来爬上这儿的那点力气的力量，在这可怕的时刻支撑着我，使我免于趴在地上！看呐！赫丝特佩戴的红字！你们看到它便浑身战栗！无论她走到哪里——她的精神负担是这么沉重，也许她希望在哪里找到宁静——红字都会在她周围放射出令人敬畏、厌恶的红光。可是，在你们当中却站着这么一个人，你们从未对他的罪恶和可耻的标志感到不寒而栗！”

这时候，看起来好像牧师不会透露他秘密的其余部分了。他努力地抑制住肉体上的虚弱——尤其抑制住他的精神上的怯懦——这种虚弱正与他一争雌雄呢。他推开别人的一切搀扶，愤然跨出一步，站在那个女人和小孩的前面。

“标志就在他身上！”他略带激愤地继续说道，决心把秘密全部抖搂出来，“上帝的眼睛看到了它！天使们老是指着它！魔王对它了如指掌，并且不断地以他那燃烧般的手指触摸它！可是，他狡猾地向人们隐瞒了这一秘密，像一个正人君子似的在你们当中行走。他是悲哀的，因为在这个充满罪恶的世界上，他是那么纯洁！同时，他又是伤心的，因为他失去了可爱的亲人！如今，在临终的时刻，他站在你们面前！他让你们再看一次赫丝特的红字！他对你们说，虽然有着神秘的恐怖，但赫丝特的红字只不过是他带在自己胸部的那个红字的影子罢了，而且他自己的红色标志，也只不过是烙在他内心深处的东西的象征！你们这些站在这儿的人，有谁怀疑上帝对一个罪人的最后审判？看呀！看这个可怕的证据！”

牧师像痉挛似的从胸前扯掉牧师饰带。红色标志显露了出来！然而，描述这一显露是不恭敬的。一刹那间，惊恐的群众全都把目光集中在这一可怕的、不可思议的奇事上。而牧师站着，脸上浮现出一种胜利的喜悦，宛若一个战胜了最剧烈的疼痛的人。尔后，他便倒在了刑台上！赫丝特将他扶起来，让他的头靠在她的胸脯上。老罗杰·奇林沃思跪在他身旁，表情茫然、麻木，看起来像死人一样。

“你已经摆脱我了！”他不止一次地重复道，“你已经摆脱我了！”

“愿上帝饶恕你！”牧师说道，“你也是罪孽深重的！”

牧师将濒死的目光从那个老头身上移开，落在这个女人和孩子的身上。

“我的小珀尔！”他有气无力地说道，脸上绽出了一丝甜蜜和温柔的笑容，像一个陷入酣睡中的人那样，不，既然精神负担已经解除了，看来他似乎该同这个孩子开开玩笑了，“亲爱的小珀尔，现在你愿意亲我一下吗？在森林里，你不愿意亲我！可是现在你愿意吗？”

珀尔吻了吻他的嘴唇。一个魔力被解除了。这个悲壮的伟大场面——在这个场面中这个粗野的孩子扮演了一个角色——已经激起了她的一切同情。当她的眼泪滴落在她的父亲的面颊时，这泪水等于一种承诺：她将在人类的苦与乐之中成长起来，永远不再向世界开战，只是在这个世界上做一个女人。珀尔作为一个痛苦的使者，已经完成了对她的母亲的使命。

“赫丝特，”牧师说道，“别了！”

“我们不再见面了吗？”她喃喃道，把她的脸挨近他的脸，“我们不能在一起度过不朽的生活吗？当然啦，当然啦，我们已用这一切悲哀互相赎罪了！请用你那双明亮的、濒死的眼睛深远地窥视来世吧！然后，把你所看到的告诉我，好吗？”

“嘘，赫丝特，嘘！”他说道，声音里带着颤抖和庄严，“我们违反的法律——我们在这里如此可怕地显露出来的罪恶——只让这些停留在你的心头吧！我担心！我担心！当我们忘记我们的上帝时——当我们各自亵渎了对方的灵魂的尊严时——也许，从那时起，希望我们来世在永恒和纯洁中团聚、相会便是徒劳的了。上帝知道，而上帝是慈悲的！在我的种种痛苦中，他尤其证明了他的慈悲。他让我的胸部有着这燃烧般的痛苦！他派遣那边那个阴险、可怕的老头，把这种痛苦一直保持在炽热状态！他把我带到这儿，让我在众人面前这样丢人现眼，又得意扬扬地死去！倘若没有这些痛苦，我就永远不能得救了！愿上帝的圣名受人们赞美！愿上帝的愿望得以实现！别了！”

牧师以最后一口气说完最后一个字。直到此刻还一直默不作声的群众，突然发出一阵异常深沉的敬畏和惊叹的声音。迄今为止，他们仍说不出话来，唯有这阵喃喃声，好像深沉地在死者身后隆隆作响。

二十四 结局

多日之后，当人们有足够的时间对上述场面整理思绪的时候，他们对其所目睹的刑台上的事有着不止一种说法。

大多数旁观者都说看到这位不幸的牧师的胸膛上有一个红字——与赫丝特·普林佩戴的那个红字极为相似——就印刻在他的肉体上。至于它的来源，则有各式各样的解释。这些解释想必都是猜测。有人断言，就在赫丝特·普林第一次佩戴她的耻辱标志的那一天，丁梅斯代尔牧师先生用让自己遭受骇人听闻的折磨的方式来开始这项苦行赎罪的计划。后来，他又以种种徒劳的方法继续进行下去。其他人争辩说，那个红色标志是在很久以后才产生的。那时候，由于老罗杰·奇林沃思是个强有力的巫师，他借助魔法和毒药才使它显现出来。更有一些人——那些最能体会牧师独特的敏感性以及他的精神对肉体的奇妙作用的人——低声地说他们相信，这个可怕的符号是那越来越有活力的悔恨的牙齿的作用。它们从内心最深处往外咬，终于出现一个可以看得见的字母，来显示上帝的可怕审判。读者可以在各种猜测中各取所需。关于这件怪事，我们已经把所知道的都阐明了。既然它已经完成了自己的使命，我们乐意将它产生的深深的印记从我们的脑海中抹掉。因为在我们的脑海里，旷日持久的深思已经清清楚楚地把它牢牢记住了。

然而，一些目睹了整个场面，声称他们的眼睛从未离开过丁梅斯代尔牧师先生的旁观者否认他的胸部有任何标志，就像一个新生婴儿的胸脯没有任何标志一样。这是非常奇特的。根据他们的报告，牧师临终时说的话，既没有承认，甚至也没有模糊地暗示，他与赫丝特·普林佩戴这么久的红字有任何关系。按照这些高贵、体面的证人的说法，由于牧师意识到自己濒于死亡，也意识到大众的崇敬已经将他列入圣徒和天使之中，因此，通过在那个堕落的女人的怀里断气，牧师很想向世人表明：即使一个人的正直品质中的最优秀的部分，也是如此毫无价值。为人类的精神利益努力，呕心沥血，耗尽生命，他让自己的死亡方式成为一种道德说教性的寓言，以便让他的敬慕者们注意这引人深思的悲哀的教训：从无限纯洁的观点看来，我们同样都是罪人。此事教训了人们：我们当中最圣洁的人，充其量也不过比他的同类更清楚地看出上天俯视人间的慈悲，同时，更彻底地否定貌似巍然高耸的人类功绩的虚幻。我们对一个如此重要的真理毫不怀疑。我们必须允许把关于丁梅斯代尔先生的传说看作一个表现坚定的忠诚的例子，它说明当如同照耀在红字上的正午的阳光那样清楚的证据，证明他是一个虚伪的、罪孽重重的世间凡人的时候，一个人的朋友——尤其是一位牧师的朋友——有时会用这种忠诚来维护他的品质。

我们的主要证据是一份年代久远的依据一些人的口头证词整理而成的手稿。他们中的一些人认识赫丝特·普林，而其他人则从同龄的目击者那儿听到这个传说。因此，这些证据充分地证实了前文采用的看法。这位可怜的牧师的痛苦经历使我们得到了许多道德上的教训，我们仅用一句话来表达："要诚实！要诚实！要诚实！即便不把你最坏的方面直率地告诉世人，也要把可借以推测出你最坏的方面的某个特点直率地告诉世人！”

在丁梅斯代尔先生去世之后，在外貌和举止方面变化最明显的，是被称为罗杰·奇林沃思的这个老人。他的一切力量和精力——他的一切生命力和智力——似乎顿然丧失殆尽，以致他像一棵在阳光下凋残、被连根拔起的草一样，全然干枯、卷缩，并几乎从人们的视野中消失。这个不幸的人已使自己的生活原则存在于寻求和系统地实行报复上。当这种报复圆满完成，这一邪恶的原则再没有任何东西来支撑它的时候——总之，当世间再没有魔鬼的差事让他去做的时候，这个没有人性的人只能到他的主子那里寻找活儿干，并按时从他那里领取薪水了。然而，对于所有这些影子般的人物——长期以来他们一直是与我们亲近的熟人，就像罗杰·奇林沃思和他的同伴——我们愿意慈悲为怀。爱与恨在本质上是否是同样的东西，这是一个值得观察和探究的奇怪问题。这两种情感发展到极端时，各自都包含着高度的亲密和心灵的沟通；各自都可以使一个人向另一个人寻求感情生活和精神生活的食粮；各自因其目标的撤销而使热恋的情人或具有同样热烈情感的仇人处于孤独和凄凉的状态。因此，从哲学的角度考虑，爱和恨这两种情感在本质上是一样的。只是一个碰巧出现在天国的光辉里，而另一个则出现在凄惨的红光中。在精神世界里，老医生和牧师——他们一直是彼此的受害者——可能不知不觉地发现他们在世间的积怨和厌恶已变成宝贵的爱了。

暂且撇开这个话题不谈，我们有一件重要的事要告诉读者。年迈的罗杰·奇林沃思死的时候（那是同一年之内发生的事），根据他处理身后财产的遗嘱——贝林厄姆总督和威尔逊牧师先生是遗嘱执行人——他把他在这儿和英国的一大笔财产，遗赠给赫丝特·普林的女儿，小珀尔。于是，珀尔——这个小精灵——这个魔鬼的后代，直到那时候，一些人仍坚持认为她是魔鬼的后代——成了当时新大陆上最富有的女继承人。这一情况使公众的评价发生了重大变化。倘若母女俩还留在这儿的话，已到了结婚年龄的小珀尔，也许会把她的野性的血液与他们当中最虔诚的清教徒的血统相混合。可是，在医生死后不久，红字的佩戴者连同珀尔一起失踪了。多年来，虽然不时地从海外传来模糊的报道——像一块被风浪打上岸、形状丑陋、上面有一个姓名的首字母的浮木一样——但是人们没得到有关她们的确实可靠的消息。红字的故事成了一个传说。然而，它的魔力依然是强大的——它使这位可怜的牧师去世时所在的绞刑台、赫丝特·普林居住过的海滨小农舍，一直处于令人畏惧的状态。一天下午，一些孩子正在农舍附近玩耍，这时，他们看见一位身着灰色礼服、身材修长的女人走近农舍的门。这么多年来，这道门从未被人打开过。然而，或是她开了门上的锁，或是那腐烂的木头和铁制品被她的手推开，或是她像影子似的悄然地越过这些障碍物——无论如何，她进入了农舍。

她在门口停住了——稍稍转过脸来——因为，也许她想到，一切都发生了这么大的变化，独自一人进入这个昔日她如此痛苦地生活过的房子，会感到太阴郁、太凄凉，她简直无法忍受。然而，她只是犹豫了片刻——这一刻已足以显示出她胸脯上的红字。

于是，赫丝特·普林回来了，并继续承受早已被她放弃的耻辱。但小珀尔到哪儿去了呢？如果她还活着的话，现在她应该是个充满青春活力的少妇了。谁也不知道——也从未完全肯定地获悉——这个小精灵是否过早地进入了坟墓；或者是否她的狂野、有趣的天性已变得温和和冷静，她已经能够获得一个女人的温柔的幸福生活了。然而，在赫丝特的全部余生中，有种种迹象表明，佩戴红字的隐居者是另一个国家的某个居民爱戴和关心的对象。盖有纹章邮戳的信件寄来了，尽管那是英国纹章学所不懂的纹章。在她的小农舍里，有种种舒适的、奢侈的物品，这是赫丝特过去从未使用过的，只有富人才买得起它们，也只有对她充满深情的人才会想到为她购买。另外也有一些琐碎的东西——小小的装饰品，留作永久纪念的漂亮的纪念品。想必是有人凭着一时的慈爱之心的冲动，以纤细的手指将它们精心制成。有一次，有人看见赫丝特在一件婴儿的衣服上绣花。她以如此可贵的、丰富的想象力刺绣，以至于任何穿上这样的服装的婴儿在我们习惯了素净色调的社区露面，都一定会引起公众的骚动。

总而言之，当时的饶舌者们都相信——而且一个世纪之后做过调查的稽查官皮尤先生也相信——况且，一位他新近的继任者[①]也忠实地相信——珀尔不仅还活着，而且已经结婚，生活非常美满，她时刻都在挂念着她的母亲。相信如果她能在自己家里伺候她的那位悲哀、孤独的母亲，那将是她的最大的快乐。

然而，在新英格兰，赫丝特·普林过着比在珀尔定居的不知名的地区更现实的生活。这里有她犯下的罪过，这里有她的悲哀，这里还将有她的忏悔。因此，她回来了，并且出于自愿，继续佩戴我们所讲述的这个凄惨的故事中的符号——那个严格的时代最严厉的地方行政官再也不会把红字强加于她了。后来这个符号再也未曾离开过她的胸脯。然而，随着构成赫丝特的生活的辛劳、沉思和自我牺牲的岁月的流逝，红字不再是招致世人奚落和讽刺的标志，而是成了一种令人感叹、敬畏的象征。而且，赫丝特·普林不怀有任何利己的目的，也毫不为了自己的利益和享乐而生活，因此，人们都把她视为一个经历过重大劫难的人，并带着他们所有的忧伤和困惑，来向她请教。尤其是女人们——她们常常被伤害、糟蹋、冤枉、误解或者在罪恶的情欲中被折磨——或者怀着一颗不受重视、不被追求而又不肯罢休的沉重的心——来到赫丝特的小农舍，询问

① 指霍桑本人。

为什么她们这么不幸，有什么补救办法！赫丝特竭力地安慰她们、劝告她们，还向她们保证，她坚定不移地相信，在某个更光明的时期，那时，世界对这个问题的看法已经成熟，在上帝认为合适的时候，一个新的真理将被揭示出来，以便在更稳固的男女双方的幸福的基础上，建立起男女之间的全部关系。赫丝特早年曾徒然地想象自己可能是命中注定的女预言家，但她早已认识到，任何神圣的、神秘的、有关真理的使命，被托付给一个罪孽重重、因羞耻而意气消沉，甚至终生饱经忧患的女人，是不可能的。诚然，即将到来的启示的天使和使徒应当是一个女人，但应当是一位高尚的、纯洁的和漂亮的女人，还应是个聪明的女人——不是通过忧郁、悲伤，而是通过欢乐的精神媒介，靠成功地达到这一结局的最真实的生活考验，来表明神圣的爱情如何使我们幸福！赫丝特·普林这么说着，悲伤的眼睛朝下看了一眼红字。好多年之后，在一座下陷的旧坟附近——这个旧坟的旁边是后来建起来的皇家小教堂——又被掘出了一座新坟。新坟挨近那座凹陷的旧坟，但两座坟墓中间留出了间隙，仿佛这两个死者的遗骸没有权利合葬在一起似的。然而，两座坟墓合用一块墓碑。周围都是雕刻着纹章的墓碑。而在这块普通的板石上——好奇的研究者还可以看出来，但对其含义感到困惑不解——却出现了类似雕刻的盾形式样纹章。墓碑上刻有一句墓志铭，一句纹章官写下的可以作为箴言，并对我们现在结束的传说做简洁说明的墓志铭。墓碑上的文字太暗淡了，只有通过一个不断闪烁的比阴影还幽暗的发光点，人们才能够看见那上面的文字——

“在墓碑的黑底上，衬着红色的字母A。”

（本书根据美国1963年莱因哈特版译出）

图书在版编目（CIP）数据

红字 / (美) 霍桑 (Nathaniel Hawthorne) 著 ; 黄水乞译. -- 南京 : 江苏凤凰文艺出版社, 2019.1（2023.7重印）
ISBN 978-7-5594-2100-5

Ⅰ. ①红… Ⅱ. ①霍… ②黄… Ⅲ. ①长篇小说一美国一近代 Ⅳ. ①I712.44

中国版本图书馆CIP数据核字(2018)第104349号

书　　名　红字
作　　者　[美]霍桑
译　　者　黄水乞
选题策划　北京记忆坊文化
策划编辑　钱　丽
责任编辑　白　涵　刘洲原
特约编辑　刘　洋
封面绘图　三　乖
封面设计　80零·小贾
版式设计　段文婷
出版发行　江苏凤凰文艺出版社
出版社地址　南京市中央路165号，邮编：210009
出版社网址　http://www.jswenyi.com
印　　刷　北京中科印刷有限公司
开　　本　880毫米×1230毫米　1/32
字　　数　200千字
印　　张　8
版　　次　2019年1月第1版，2023年7月第2次印刷
标准书号　ISBN 978-7-5594-2100-5
定　　价　42.00元